變態靈異學院
vol. 1
Novel 蝙蝠 × Illust TaaRO
Mr
Mr
LOVE

CONTENTS

第0章
引言
003

第1章
歡迎來到變態靈異學院
005

第2章
那些「夜晚班」的同學們
027

第3章
女裝的他好可愛
047

第4章
老師的恐怖教學
071

第5章
驚悚的入夢體驗
091

第6章
變態的兒子還是變態
111

第7章
驅鬼請勿帶蠢材
143

第8章
怕殭屍的趕屍者
185

第9章
樓家姐姐們大駕光臨
231

第10章
破除情侶之間的詛咒
261

Unusual
附錄漫畫
293

free Talk
作者後記
298

第0章
引言

在這個世界上，鬼怪之類的東西很多。雖然大部分人看不見，因而並不把他們當成一回事，但是無論如何，存在的東西始終也是存在的。

就跟人類一樣，鬼怪也有好有壞，他們本來並不是這個世界的居民，但是因為重重原因而滯留在這裡。如果他們不搗亂倒也罷了，偏偏大多數的鬼怪都是很喜歡開玩笑的，而他們開的玩笑，很多都讓人類無法忍受。

比如說，早上一起床，你要上廁所，廁所裡蹲著一隻鬼。

你上嗎？還是不上？

大多數人只有一個選擇——昏死過去。

這就導致了人類社會秩序的混亂，尤其是近幾百年來，擁有靈異能力的人越來越多，能看到鬼的人也呈逐年遞增趨勢。自然，患心臟病的機率也比過去高出了34.156%……

為了阻止這樣的情況再繼續惡化下去，政府終於開始批准專門的靈能學校，培養優秀的靈力人才，以求維持靈界和人界的平衡。

我們要講的，就是發生在其中一個靈能學校的故事……

2010OCT

第1章

歡迎來到變態靈異學院

這裡是變態雲集的「拜特靈異學院」，九月開學。

這裡從外觀上看來其實和其他的普通學校並沒有什麼不同，普通的校門、普通的教學樓、普通的宿舍、普通的學生……

開學的那一天和別的學校一樣，都是熱鬧非凡。不過，在這裡引起「熱鬧」的，卻不是普通的「東西」……

樓厲凡拖著一個大箱子出現在拜特靈異學院門前。

他來之前就對這所學校有所耳聞，由於校長奇怪的癖好，把學校建在了深山之中，而且據說是在「鬼門」上面！

所謂的鬼門，就是人界和靈界相通的地方，是人界死氣最重的地方，而它開口在靈界的那一端則被稱之為「生門」，是靈界中生氣最重的地方。

在這種地方蓋校舍，真是個無比大膽又變態的決定！

一般在別的地方，靈感輕的人是不可能感應到鬼的，而靈感重的人能輕易的感應到。可是在鬼門附近，靈感重的人反而會感覺不到——稱之為「靈感麻痺症狀」——或者感覺輕微；而靈感輕的人卻經常被鬼壓、被鬼追……

所以在這裡，受不了而退學的學生基本上都是靈感過輕的，這也算是淘汰、選拔學生的一種方法吧。

樓厲凡四下看了看校門的布局，覺得有些奇怪。他之前待過的那些靈異學院，在校門口都會布有結界，因為靈異者聚集太多的時候，會出現靈感反衝的情況，就是靈感之間互相干擾，導致氣機紊亂，這對教學可沒什麼好處。如果是中高級的靈異者就不會有問題，可是在靈異學院中的學生大部分都是初級的……

為了防止這種情況，一般都會以學校內外的建築、樹木或者符咒等等，建立龐大的結界系統，梳理靈氣氣機。

可是在這所學校中，他感覺不到任何結界的存在。

難道是校長疏忽了嗎？如果是新學校還有可能，但這所學校可是建立了四百多年的老資格，怎麼會出現這種情況？不過，這所學校雖然久負盛名，可聽說校長是一個大變態，那種混亂說不定就是他想看到的……

樓厲凡和其他學生一起往校門口走去，他發現所有人在經過校門口地上那一條黃線的時候都會顯得小心翼翼，他再次以靈力探測那個位置，但結果還是顯示那附近沒有結界。

他走到黃線旁邊，剛剛想一腳踏過線的時候，忽聽身後有人大叫一聲：「小心！」

他來不及收回腳，一股強大的屏障力量猛地升起，金光一閃，他「轟」的一聲就被推得倒飛出去。

——感應結界！

他的身體撞到了身後的什麼東西，某種生物慘叫一聲，被他結結實實坐在了身下。

所謂的「感應結界」是指只能感應到某種程度以上或者某種程度以下靈感的結界。一般是在特殊情況下，用來阻止靈感過高或者靈感過低的人進入結界內部的東西，怎麼會出現在這裡？

從剛才那一撞看來，這個結界是低階結界，也就是阻止靈感過低者進入的結界，這麼說來，這裡沒有防止靈感反衝結界的原因就在這裡！它根本不允許無法控制自己靈力氣機的人進入，當然就不需要那東西了！

——這裡的校長真是獨具匠心呢……怪不得在全世界的靈異學校排名中，這裡也算是數一數二的。

樓厲凡托著下顎陷入沉思。

「對……對不起……你……思考完了……嗎？」

非常顫抖的聲音從屁股底下傳出來，樓厲凡這才想起自己下面還壓著一個人。

他不慌不忙的站起來，看著被自己壓倒的高個兒青年艱難的從地上爬起來，似乎還聽得到他被自己壓到的腰骨發出卡嚓的聲音。

「對不起。」他慢吞吞的說。

這是個很英俊的青年，儘管被他壓得臉都快變形了，卻並不為此而生氣，只是微笑了一下，回答：「沒關係。」

「剛才……是你提醒我小心嗎？」樓厲凡問。

青年笑著點頭，「可惜我發現得太晚了，否則你一定不會被摔出來。」

樓厲凡看了一眼青年，沒有說話。

靈能者在一起的時候，本能的會去探測對方的能力深度和性質，如果相反或者差距太大，一般都不會有什麼很深的交情。

不過，當然也有例外。

剛才樓厲凡在說話的時候已經掃過了青年身上全部的靈能源，發現自己居然不能測出對方能力的範疇。

一旦發生這種情況，只有兩種解釋：要麼是這個人的能力實在太低，在普通人的百分之十以下，讓人感應不到；要麼就是這個人的能力實在太高，高得讓他無法接觸……當然不可能是前者，出現在這裡的人都不可能是前者。

這對樓厲凡來說可是一個很奇怪的概念。在他出生的那天，身為靈異界一員的父親就抱著他狂呼樓家出了一個靈異天才；在之後的這麼多年裡，他的靈能也的確比其他人增長得更加驚人，連靈異協會的會長也驚嘆，若是再過幾年自己都快不是樓厲凡的對手了，因此會長建議樓家將樓厲凡送入相當於普通學校研究所的拜特靈異學院。

因此，對於這樣一個比自己的靈能高出這麼多的人，他還是第一次遇到。

誠如前面提到的，一般人對於與自己差距太大的人是不會主動結交的。可是樓厲凡不同，他不是「普通人」，於是他主動對青年伸出了手。

「樓厲凡。拜特學院一年級新生。」

青年也微笑著伸出手道：「霈林海，也是拜特學院一年級新生。很高興認識你。」

這時，一股陰森森的感覺從身後無聲無息的襲來——

「我預言你會給我一抓……」

樓厲凡本能的一回身，五指抓向對方面門，「何方妖孽……啊！」

他硬生生收住了自己的攻勢。

他的身後站著一個女孩。是那種個子特別高、身材特別瘦、裙子特別長、頭髮特別飄、晚上出去特別容易引發傷亡事故的女孩。不過，雖然她擁有普通人稱之為「鬼氣森森」的特質，但其實她本身並沒有任何鬼怪的氣息，只能說是個怪人罷了。

此時的她正抱著一本本子記錄著什麼，嘴裡還低聲叨唸著：「預言準確率到現在為止81.25%……我叫天瑾，樓厲凡和霈林海你們好。」

即使是打招呼，她的頭也沒有抬一下。

霈林海毫不在意的回應：「妳好！」

樓厲凡沒有反應。

天瑾抬起頭來，蒼白的臉上那一雙黑色的大眼睛很恐怖的盯著樓厲凡，問道：「難道你不叫樓厲凡……」

「不，我是。」樓厲凡慢吞吞的回答。但是他不喜歡跟這種奇怪的人打交道。

現在的樓厲凡還不知道在踏入這所變態雲集的拜特學院後，還會跟多少變態打交道……

天瑾又低下頭記錄，「遙感準確率92.74%……」

記完之後，她又像來的時候一樣，無聲無息又陰森森的飄到別的人身邊。

「我預言你會……」

「哇——我的媽呀！」

「……」樓厲凡心中有種不好的預感。

霈林海倒是對這種事情似乎司空見慣，完全沒把那女孩的事情放在心上。他看看樓厲凡的大箱子，笑道：「這麼大的行李，你一個人拿著很辛苦吧？我幫你好了。」

不等樓厲凡說話，他已經彎下身體撿起了箱子，表情卻不知為什麼而微微一變。

「……封印？」

樓厲凡的內心也相當驚愕，這箱子是媽媽為他特製的，似乎在上面增加了一層念力或者符咒一類的東西，非經主人同意，他人根本無法碰觸，可是這個青年卻這麼毫不在意的拿了起來……

可惜他永遠都是那種一百零一號的臉，否則他的表情肯定有趣得很。

他不知道的是，其實樓媽媽在那上面加上的不是普通的東西，而是一種非常特殊的、平常人根本就不會用在防盜方面的符咒……

「走吧！」霈林海拖著箱子，和樓厲凡一起往那條黃線的結界走去。

剛才樓厲凡之所以會被彈出來，是因為他已經習慣了在不用的時候把全身所有的靈力蜷縮起來，所以在接觸黃線時他根本就和一個普通人沒有兩樣，如果不被彈出來那才見鬼了。

這一次他將靈力放開到最高限，很輕易的就過去了。霈林海自然也是一樣。

過了結界，樓厲凡又想將靈力蜷縮回去，霈林海發現了這一點，立刻叫道：「不行！繼續放開！」

正欲睡去的靈力「刷」的一下又伸展了開來。

樓厲凡不解的望著他，「幹嘛？」

霈林海道：「這個結界，不像其他的感應結界只限制在結界線的附近，而是被圈住的全部範圍之內都有感應，如果你的靈力一旦低於某個限度，不管你在哪裡都會被毫不客氣的扔出去。」

「……」真是夠變態的！要是總把靈力放開，那不是累死人嗎？萬一生病或者睡著，難道也要被扔出去嗎？

的事！

樓厲凡沒有說話，但是眼睛顯現出了他憤怒的情緒——果然是那種變態校長才會幹得出

霈林海撓了撓頭，有點困惑的微笑道：「真傷腦筋……難道你沒看入學通知書嗎？」

樓厲凡在全身所有的口袋摸了一遍，終於摸出一張已經皺巴巴的紙。

通知書上半部的欄位中填寫著樓厲凡的姓名、年齡、性別等等，下半部的注意事項中用大大的幾行紅字標明了學校門口感應結界和鬼門的事。

霈林海將那幾行字指給樓厲凡看，樓厲凡搖了搖頭。

「這種東西我沒有看過，通知書來之前的半個月我姐姐就已經預感到，所以通知書來了後我一眼也沒看……還需要看這個嗎？」

霈林海無言。

※◆◇◆◇◆◇◆※

拜特學院的占地面積非常之廣。不過，有圍牆的部分只有學校的正門而已，側面和後半部分全部是由大片的森林合圍而成，結界也都設在做圍牆之用的森林樹木以及溪流之上，看來是將整個山脈都包圍進去了。

前面說過，這個地方是鬼門的所在地，鬼門所影響的範圍恰恰是這間拜特學院的範圍之內，樓厲凡不禁稍微有些懷疑這所學校其實就是在封印鬼門……然而，在他見到那個拜特學院的校長之時，他就不再那麼想了。

拜特學院的校長室在學校中心教學樓的最高層——第一百四十七樓，沒有電梯。

本來和霈林海一起從校門口走到學校中心就已經很累人了，到了這裡居然還要爬那麼高的樓！那不是要人命嗎！要不是霈林海幫他把那個大箱子寄放在一樓專門的儲物區內，提著那麼重的東西上去肯定會死人的！

——果然是變態的校長啊！

兩個人互相扶持著，和其他報名的人一起氣喘吁吁的爬上第一百四十七樓，等爬上最後一個臺階的時候，毫不意外的看見上面有百十來個學生全部都癱倒在那裡，誰也不想動。不過，為了不要堵住後面的人，他們還是很努力的挪挪身體，不要擠在樓梯口那裡。

他們兩個總算沒有跟那些人一樣倒下。對霈林海來說，爬這上百層樓的負擔似乎不是很重，所以不倒下並不奇怪，而樓厲凡則是因為很討厭和那麼多人一起躺在滿是灰塵的地上……簡而言之，他就是死要面子。

一百四十七樓是一個寬廣的大廳，什麼辦公用具和家具都沒有，只有在離樓梯口N公尺遠的地方——也就是在另一邊的角落裡有一個小房間，旁邊有一塊用鐵杆釘著的鐵皮牌子，上面寫著「校長室」，字的旁邊畫了一個似乎是蝙蝠的東西，就像小學生畫得一樣粗糙。

走近了，樓厲凡這才發現釘著那塊牌子的鐵杆竟然是被硬生生插進水泥地板中的，不由得微吃一驚，心想：難道會是那個變態校長……

勉強支撐著還在發抖的腿肚子，樓厲凡跟著霈林海往校長室走去。不料剛走幾步，他忽然被後面衝來的一股大力猛撞到了霈林海的身上。

「讓開讓開！我們還有事！讓我們先報到！」

四個年輕人又喊又叫的撥拉開擋在身前的人，向著校長室橫衝直撞的跑去。

整個樓層的人都非常驚愕地看著十分有精力的他們。

樓厲凡身上幾乎一點勁都沒有了，被這麼一撞，他自然是將所有的撞擊力都卸在了霈林海身上。霈林海「啊」了一聲，看來被撞得滿痛的，不過他並沒有抱怨，只是接住了樓厲凡的身體。

校長室的門在那幾個人跑到那裡的時候就自動開了，等他們進去之後又自動關上。

「真奇怪……」霈林海說。

樓厲凡當然知道他在說什麼——當然不是門，而是那幾個人的精力——爬了一百四十七層樓，正常人還能有那麼大的精力嗎？

不過，那個房間看起來雖然神秘，卻非常不隔音，大家可以很清楚的聽見裡面傳出的對話聲。

「你們幾個，叫什麼名字？性別？年齡？超能力？靈力幾級？」

發問的聲音好像被捂在了一個很厚的東西裡，分不清是男是女是大人是小孩的聲音尖細地擠出來。

「我，羅天舞！男，二十歲，超能力是詛咒。靈力 59hix！」

「我，蘇決銘！男，二十歲，超能力是徒手次元洞。靈力 60hix！」

「我，樂遂！男，十七歲，超能力是水淨。靈力 55hix！」

「我，公治！男，十八歲，超能力是符咒。靈力 52hix！」

這裡雖然是靈異學校，但同時也是一間超能力學校。因為一般擁有靈感力的人都會同時擁有一種或者幾種超能力，如果能應用得法，將會對他們未來的靈異工作發揮很大的作用。

而他們所說的「靈力」，是一百年前才開始推行的世界靈力測驗標準，最低為0hix，最高為100hix。超過100hix的人當然也有，只是能得到這個級別的人寥寥無幾，連靈異協會這一屆的會長也不過剛剛102hix而已。

那尖細的聲音沉默了一會兒，桀桀笑了起來。

「你們幾個……不會是用了蘇泱銘的次元洞走捷徑上來的吧？」

「……」

「……」

「……」

「……」

「那麼，重來一次好了！」那聲音很快樂似的說，「記得不要作弊哦……」

「哇呀！」

「嗚哇呀——！」

只聽得幾聲慘叫，那幾個年輕人的身影咻的一聲從房間中彈了出去，與樓厲凡和霈林海錯身而過，咚咚磅磅的滾下了樓梯。一層一層的樓梯之間充滿了非常淒慘的哀叫聲。

樓厲凡和霈林海聽著那幾個倒楣蛋的慘叫，相視無語。

兩人一起走到校長室門口，門靜靜的滑開，兩人走進去，門又靜靜的關上了。

在外面的時候他們沒有任何感覺，直到走進來才發現，這個所謂的「小」房間其實並不小。因為這裡是在原本小房間的基礎上所開出來的另一個空間，整個空間之中似乎充滿了不知名的東西，卻又似乎空無一物。

在他們的面前站著一個被一堆黑色的布包得嚴嚴實實的人，以及旁邊所放的一個辦公桌，桌上疊著高高的幾堆文件，其中一堆文件上面懸空豎立著一枝筆——就那麼立著，沒有依憑，就跟那個人以及辦公桌一樣，空空的站在那裡，上下左右沒有任何東西支撐。

樓厲凡和霈林海當然也是一樣。

這大概就是開這個「空間」的人所設立的「法則」，這個空間之內的東西都是由他的意念支撐，只要他想，他可以在這裡做任何可以想像得到的事情。剛才那幾個人就是因為失去了他的意念支撐，而被「法則」彈出去的。

「你們兩個，叫什麼名字？性別？年齡？超能力？靈力幾級？」

樓厲凡覺得自己沒有剛才在外面那樣疲勞難過了，他放開了霈林海扶著他的手，「我樓厲凡，男，二十歲，超能力是式神、無媒介接觸靈體、徒手封印和靈力搜索。靈力85hix。」

霈林海答道：「我霈林海，性別男，年齡二十五歲，除靈感力之外全能。靈力未測。」

樓厲凡渾身震動了一下。

所謂的「全能」，就是擁有所有這世界上已知的超能力，即使沒有關於靈感力一類的超能力，也是非常罕見的了。

「靈力未測是怎麼回事？」

霈林海猶豫了一下，尷尬的撓撓頭，緩緩說道：「呃……是因為我把所有測量靈力的裝置都弄壞了……」

——弄壞了？！

樓厲凡和那個黑布包裹的人同時吃了一驚。也就是說，霈林海的靈力比測量裝置的最高限 150hix 還要高出三個級別以上！

他到底是什麼人？竟然有這麼大的力量？！

他們在報告的時候，那枝筆一直在自動「刷刷」的寫，在聽見霈林海把裝置全部弄壞的時候還啪嗒一聲倒在紙面上，但是很快又站了起來。

雖然很驚訝，不過關於這一點，黑布包裹的人並無意多問，很快便放他們離開。

在走出小房間之前，霈林海突然問了一句話：「請問，校長在哪裡？報到的時候不是要見校長嗎？」

那個人沉默了一會兒，用非常顫抖的聲音問：「校長……難道我不像校長嗎？」光從聲音就可以聽出他相當的悲憤，然而霈林海還是很不合時宜的「啊？」了一聲。

「你就是校長？為什麼穿得像變態一樣？」

樓厲凡來不及去堵他的嘴，那句最不該問的話已經出口了。

「你說誰是變態！」

只聽一聲轟然大響，從校長室飛出了兩條人影，比剛才那幾個人更倒楣的是，他們沒有滾下樓梯，而是直直的衝向校長室正對的樓梯處的那一大片玻璃，嘩啦啦幾聲，他們已經衝向了自由的藍天……

「居然說我是變態……我哪裡是變態啊！我哪裡像啊！這麼酷的打扮可是我想了很久才設計出來的！那個沒眼光的居然說我是變態！太過分了！你說對吧——小派？」

那句話他是對那枝筆說的，一邊說還一邊靠近它，小派的筆帽上浮現出一大滴汗，好像人一樣踉踉蹌蹌的往後退……

被丟出去自生自滅的兩個人在半空中像紙片一樣下墜著，樓厲凡在匆忙之間來不及想許多，一隻手拚命抓住同樣下墜的霈林海，另一手往空中一揮，大喝——

「出來！御嘉！頻迦！」

兩個身穿白色長裙的女子從他的掌心之中拉扯著兩條長長的白線長鳴著衝出來，在空中形成兩條絞扭的線，好像降落傘一般減緩了樓厲凡兩人下降的趨勢。但是那種減緩還是太輕微了，這麼摔下去縱然不死，也差不多會摔成殘廢。

樓厲凡對她們叫道：「御嘉！頻迦！難道不能再慢一點嗎？」

長髮女子不滿的說道：「我們的力量只夠支撐你一個人呀！你又抓著一個秤砣，我們當然拉不住了！」

短髮女子同意的點頭道：「沒錯沒錯！我們可是嬌弱的女孩子呢！」

樓厲凡無話可說。這兩個女子是他將死靈用靈力幻化出來的東西，也就是式神，但是因為教育失敗，導致性格方面非常惡劣，對他這個主人從來都沒有一點尊敬的意思。

霈林海笑起來，對拉著他的樓厲凡道：「沒關係，你放手吧。」

「可我要是放手的話……」樓厲凡腦中忽然浮現出剛才在校長室時霈林海的報告——全能、靈力未測！

他失了一下神，只是那麼一下，抓住霈林海的那隻手已經鬆脫，霈林海向下墜落，他卻被御嘉和頻迦拉向半空。

「霈林海——」

御嘉和頻迦尖叫起來：「等一下！厲凡！不要分神……」

她們的話還沒說完，身形已經倏地消失在半空，樓厲凡失去了阻擋的身體，也像剛才的霈林海一樣向下墜落……

然後，他落在一個軟綿綿的、氣囊一樣的東西上。

那是空氣所組成的托舉屏障，樓厲凡就落在那上面。屏障之下，是霈林海微笑的臉。

「對了，我忘記你根本就不需要我的幫忙。」樓厲凡說。

氣囊消失，他輕飄飄的落在霈林海的懷裡。

霈林海正欲張口說些什麼，周圍忽然爆發出了一陣暴風雨般的掌聲，還有口哨聲、尖叫聲。他慌忙放下樓厲凡，這才發現他們兩人的四周居然圍滿了人，對著他們又是吹口哨又是鼓掌，看來是在敬佩他們剛才從一百多樓掉下來卻居然沒死的壯舉。

等他們去拿樓厲凡的箱子時，那幾個被校長扔出去的倒楣鬼才好不容易滾到了一樓。

「都是你！說什麼超次元好用！看看！嗚……好痛……」

「我……我哪裡知道還有這麼一條啊！又不是要拿仙人的神聖水！只是報到而已嘛！嗚嗚……我也很痛啊……」

「都怪老媽她們啦！要打什麼賭規定我們必須在這麼短的時間來回……嗚啊啊啊——這下完蛋了！……痛……」

「一定會被打的……嗚嗚嗚嗚……」

他們哼哼唧唧呻吟哭泣著，看來等會兒上去的路會比別人要困難好幾倍吧。

※◆◇◆◇◆◇◆※

按照學校新生報到說明的指示，樓厲凡和霈林海兩人往宿舍的方向走去。

「剛才看到你的時候就覺得有點奇怪……」樓厲凡摸著下巴說道，「現在才發現，你居然沒帶任何行李。」

霈林海手中提的是樓厲凡的箱子，全身上下並沒有其他可能會是行李的東西。

「我的行李……」霈林海笑了，「我的行李都是放在這裡的。」

他空著的那隻手在空中揮了一下，在指尖所劃出的範圍內出現一個不規則的空間洞——就那樣一個平面的洞口，側面沒有厚度，但在正面看去卻有深度，裡面堆放著幾個大箱子。

「這倒是個很實用的超能力。」樓厲凡說，「不如把我的也放進去？」

「好主意！」霈林海舉起那個箱子，放進了洞口裡。

這裡畢竟是靈異學院，這種超能力在這裡遍地都是，因此他們也沒有引起他人的注意，繼續往宿舍樓走去。

樓厲凡有點想不明白，像他這樣一個超能力近乎全能、靈力深不可測的人，為什麼還要到這裡來上學呢？按照他的超能力標準，進入靈異協會當個副會長甚至會長都不會有什麼問題，他又是為了什麼到這裡來呢？

好像看出了樓厲凡心中所想，霈林海揮手關掉空間洞，笑著說道：「別以為我的超能力很多是好事，就是因為太多太雜了，我自己沒辦法穩定的控制。比如說剛才從樓上掉下來的時候，你可以在瞬間呼叫出那兩個式神，可我就不能在瞬間使空氣密度改變。這次幸虧是從一百樓以上掉下來的，如果是從七、八樓掉下來的話，我根本沒有時間去做氣墊。這種超能力可沒有什麼太大的用處，所以我要在這裡學習如何控制這種雜而不精的情況。」

樓厲凡沉默的點了點頭。霈林海的解釋讓他忽然明白了過去一直不能明白的事情。

他的姐姐們都是擁有多重超能力性質的超能力者，但是她們只專門修習關於預感、遙測和靈感等方面的東西，他以為她們是懶得學那麼多——以她們的個性的確很容易讓人這麼認為——可是這樣看來，她們應該是刻意如此，以期學有專精。

又拐了幾個彎，仿照中古世紀建築的宿舍樓出現在他們眼前。

這所學院內除了那棟奇高的教學樓之外，全都是花崗岩的古堡式建築，宿舍樓也不例外，所不同的是，教師樓的樓頂是尖的，十幾棟宿舍樓的樓頂則被剃了個平頭，上面各掛了一座鐘，看一眼就知道敲起來絕對很響。

——哪個設計師這麼有病！把鐘掛在睡覺的人頭頂上？

樓厲凡和霈林海同時這麼疑惑的想著。

其實拜特學院的學生並不多，也就千把來人，那麼大的校園和教室、教學樓也不是專門給「人類」學生用的……

宿舍樓前已經聚集了幾十名新生，圍在門口一個像是被結界圈住的抽籤筒四周，似乎在焦急的等著什麼。樓厲凡和霈林海一出現，他們都歡呼起來。

「快過來！快過來！」

樓厲凡不明所以的看一眼霈林海，霈林海對他聳聳肩，表示自己也不明白是怎麼回事。

幾個穿著學院工作人員制服的人走到他們面前，指一指身後那個抽籤筒，「你們是第三批報到的七十七個新生中的最後兩個，請站到那裡去，等會兒在裡面抽到的籤數就將是你們的宿舍。」

「第七十七個？」

對方點頭，「這個抽籤筒的結界，必須由七十七個新生站在命定的位置上才能解開，這是唯一的方法。」

兩人心想：只不過住個宿舍而已，居然還要用這麼麻煩的方法！真不愧是變態校長領導下的變態學院……

「不過……什麼是命定的位置？」

「你們隨便站就是了，你們以自己的意志所站的那個地方就是命定的位置。」

兩人依言走過去，站在他們想站的位置，停下腳步，看著那個抽籤筒的結界。果然，當他們一停下來的時候，結界就自動打開了。

第一個學生走到抽籤筒前，抽取一支扁平的籤。

「一號宿舍樓，208 號房間。」

籤發出了機械一般的聲音，嚇得那名學生險些脫手。報完號之後，籤的下端岔開，從裡面掉出一把鑰匙。

然後是第二個學生、第三個……輪到樓厲凡的時候，他走過去抽起一支籤，籤上似乎帶了微弱的電流，把他的手電得麻了一下。

籤同樣發出了平板的聲音：「七號宿舍樓，333 號房間。」

抽完籤，樓厲凡並沒有離開，而是等著後面的霈林海抽籤。

霈林海抽起籤。

「七號宿舍樓，333 號房間。」

他們兩人還沒有來得及為這麼巧合的事情而驚訝，那邊看著他們抽籤的工作人員中已經發出了強烈的抽氣聲音。

「啊……那個房間……」

「啊？什麼？」

「不就是那個房間嗎！」

「哦哦！是那個啊……」

「好可憐……」

他們在說什麼？樓厲凡和霈林海的臉色不太好看。瞧那幾個人的樣子，簡直就是晴天霹靂嘛！有必要這麼驚訝嗎？難道那房間有什麼古怪不成？

「唉唉……真可憐吶……」那幾個工作人員嘆息著，然後撒腿就跑了，連發問的機會也不給他們。

——到底是什麼事啊？！

滿肚子疑惑的兩人想問也沒人可問，只有先放下自己的疑惑，先找到自己的房間再說。

兩人走進七號宿舍樓。裡面的裝修很古老，少說也有百年的歷史了，但是因為保養得很好，偶爾露出的失修之處只顯出它的神秘，而不顯破敗。

他們沿著木質的樓梯走上去，每走一步，木梯就發出一聲小小的呻吟，有點類似嬰兒的哭聲，如果他們不是見多了這種事，怕是也要寒毛直豎了。

他們剛走上二樓，一股森冷的氣息剎那間鋪天蓋地衝來，那是長期有負面波動的生物居住的地方才有的氣息。

——這裡是靈異學院的宿舍吧？怎麼會有這麼強的負面波動？！

他們對視一眼，樓厲凡閉上了眼睛，讓自己的心沉澱下來，一寸一寸的感知整棟樓上可能有的、帶有負面波動的生物。

——在更往裡一點，再往裡……

樓厲凡一邊感應，一邊引領著霈林海往裡走去。

這宿舍樓從外面看的話，頂多也不過五十公尺寬，可他們足足走了五分鐘，少說也有幾百公尺了，仍是沒有走到頭，甚至連房間也沒有，只有看起來一模一樣的牆壁和壁燈一段一段的閃過。

「厲凡……我們好像陷入某個迷宮裡了……」

正在專心感應的樓厲凡沒有發覺他已經把自己的姓省略掉了，只是點了點頭，隨即問道：「你會破解迷宮嗎？這種程度的話，就算你的技藝不精應該也沒問題吧？」

霈林海會意一笑，「這話沒錯……」

樓厲凡很默契的站到了一邊，霈林海雙手對掌，雙目微閉，手心之中浮現出一道光的圓圈，一掠——

「破！」

紅光閃過，四周那一模一樣的牆壁和壁燈霎時間碎裂開來，嘩啦啦落到地上，揚起一片煙塵。

「咳咳咳……這是誰設的！咳咳咳……這麼沒公德心！」

一般的迷宮在被破之後會化成清煙消失掉，像這樣化作嗆死人的煙塵，他們還是第一次見到。

煙塵逐漸凝集成人形，樓厲凡剛才所感受到的負面波動忽而變得很強，一個身穿黑色長裙的十一、二歲小女孩隨即出現在他們面前。

「您好，我是宿舍管理員拜特，今後請多多指教！」小女孩深深的一鞠躬。

霈林海被她的大禮嚇到，馬上也深深的一彎腰，「彼此、彼此！」

「宿舍裡的怪人會比您想像的還要多，希望兩位能多多包涵！」又是一深彎腰。

「當然、當然！」也一彎腰。

「拜特也會經常犯些無傷大雅的小錯誤，只要您不死掉，請多多原諒！」再一彎腰。

「哪裡哪……啊？！」霈林海正準備彎下的腰僵硬在半空，「妳說……？」

名為拜特的小女孩嘻嘻一笑，又化作漫天煙塵消失去。她消失的同時，那強烈的負面波動也消失了。

「為什麼男生宿舍的管理員是個這麼小的小女孩？」霈林海問。

「我不知道。」樓厲凡答。

「為什麼她身上有這麼強的負面波動？」霈林海問。

「我不知道……」樓厲凡答。

「難道是妖怪？又不太像……」霈林海問。

「再有問題就去問她本人，別來問我。」樓厲凡答。

煙塵完全消失去，一個個裝潢精美得像是宮殿般亮麗的房間門在同樣亮麗的牆壁上顯現出來。那些門上都用金色牌子寫著房間號碼，號碼下是名牌，每扇門上有兩個名牌，也就是說每個房間裡住兩個人。

「328、329、330……啊，有了！是333！」

用鑰匙開門，推門而入——兩人頓時呆住。

整個房間都被打扮成了可愛的粉紅色，牆上還畫了無數的小心心——不要懷疑，就是少女漫畫裡的那種小心心。

而正對著門的牆壁上，還用大紅色的漆刷著幾行大字——

「歡迎入住情侶之間！凡是住進這個房間的人一定會成為幸福的情侶喲❤❤❤❤❤」

後面一串大心心符號，怵目驚心。

兩個可憐的人好像被什麼東西當頭給了一棒般，在原地石化了……

第2章

那些「夜晚班」的同學們

可憐的樓厲凡和霈林海兩個人，花了兩天時間才好不容易把房間重新整理了一遍，將那些包括床頭玫瑰在內的各種不明物體統統丟掉，牆壁也重新粉刷……也不知道寫那幾行大字的是哪個變態，居然是用念力附著上去的，害得他們光在這上面就花了三個小時。

在幹活的時候，樓厲凡一直默不作聲的做自己的事，霈林海則嘴裡一直嘟嘟囔囔不知道在抱怨什麼，後來樓厲凡才發現原來他是在抱怨宿舍區居然也有特殊結界，妨礙學生自由呼喚式神。

這個結界似乎沒有特別的目的，然而卻讓呼喚式神的方法變得事倍功半，看來主要的目的應該是要讓可愛的學生們「自己動手，豐衣足食」。這樣想來，在教學樓上的時候本來也可以設定禁止使用超能力上樓的，但是那個變態校長偏不！他肯定就是想讓別人用作弊的方法上去之後，再快樂的把人家踢下去，這應該也是他的興趣之一……

樓厲凡再次確定了，那種人是絕對不會那麼好心專門在這裡建立學校封印鬼門的，他只是個單純喜歡看別人苦惱的超級變態罷了！

住左右隔壁間的同學們，在他們入住之後一天才住進來，好像是報到的時候耽擱了，等他們拜訪的時候樓厲凡才發現，他們居然就是那四個被扔下來的倒楣鬼，每個人身上都纏著厚厚的繃帶。

左邊的 332 號房住的是羅天舞和蘇決銘，右邊的 334 號房住的是樂遂和公治。

這四個人的關係說好也好，說不好也不好，好的時候可以蹲在一個房間裡打著赤膊搓麻將，不好的時候可以紅著眼二對二單挑，從屋裡打到屋外，各種武器和超能力統統用上，損壞公共設施無數，直到那個小女孩管理員突然出現，帶著一臉惡狠狠的笑容告訴他們如果再不收手，就送他們到後山的蛇穴去打掃衛生。

一般情況下他們這幾位都是自認為自己是那種非常英俊的、瀟灑的、一出門就會引起無數美女尖叫的……男人，所以堅決不想沾染到蛇穴中兩百年沒打掃的臭氣熏天的味道，自然就灰溜溜的回房間去了。

而他們對面房間住著的，就是開學時帶了一身陰森森氣息到處飄的那個名叫天瑾的女孩。那個房間只有她一個人住。這裡是男生宿舍樓，過去也幾乎沒有女生抽籤抽到男生宿舍的情況，誰也不知道怎麼辦。

之前有一個倒楣的男生抽到跟她同一間寢室，普通情況下應該是女孩子嬌羞的大喊「我不要啦──」然後哭著跑掉吧？可是……那女孩果然不是普通人，不知道用了什麼方法，硬是把那男生嚇得在房間裡哭爹叫娘，住進去沒十分鐘就捲鋪蓋逃走了。

據說，為了請求不要跟這位「命定」的室友一起住，他曾經抱著那變態校長的腿嚎啕大哭，說是寧願賣身給校長為奴……

後來當然也不會再有膽大的人想去和她住了。

周圍住了這麼些怪人，樓厲凡和霈林海的日子當然也不會安靜。天瑾經常抓住不得不經過他們這邊的同學，陰森森地預言他們將遇到的事情──通常都不是什麼好事，於是樓道裡經常充滿了慘叫聲。

羅天舞等四人的超能力控制非常不穩定，出錯是常有的事情。比如，他們經常打著打著牌就會打起來，為了某人究竟有沒有用感應力作弊，公冶就會用符咒測謊，謊是測出來了，符咒用完之後就會爆炸的這個小小的問題總也解決不了……

一般被炸的都是蘇決銘。看見自己的對家被打，羅天舞自然會非常憤怒，然後使盡全身力氣施展出他的詛咒大法……問題是他的詛咒經常因為練習不夠而偏移到樂遂頭上，樂遂一怒之下就會使出召喚水術淨化，大家一起被淋成落湯雞，一個也跑不掉。

怒氣沖天的蘇決銘在這時候就會大大的發威，說是「你們到異次元好好玩去吧」，然後連自己一起丟到異次元，迷路個兩、三小時——在異次元大約是七、八天……

這座可憐的危樓天天處於被拆掉的威脅之中。樓厲凡倒是不受影響，睡得很香；霈林海就沒那麼幸運了，他經常睡眠不足，只有抱著厚厚的《靈異論》愁眉苦臉的看。他現在才瞭解為什麼通知書上寫的報到時間是一星期，原來就是要在這段期間和那些怪人磨合磨合……

霈林海不是沒想過要換房間，可是他只要一找到校長提起這件事情，校長就會用幽怨得讓人雞皮疙瘩掉滿地的聲音問他：「是不是我這個校長當得太失敗了，學生們一個接一個的都要換宿舍？」

他正想問換宿舍跟你當校長是不是失敗有什麼關係，那個變態就已經模仿著悲劇女主角的樣子，從腦袋上打下數十盞聚光燈，坐在地上淚如泉湧，黑布底下一片小河，把他後面的話都堵得說不出口了。

沒辦法，他只得認命。所幸那四個人迷路的時間比較長，且天瑾不常在人多的時候跑出來，勉強算是不幸中的大幸吧。

報到的七天很快過去了，每一個新生在見面的時候都會發現大家的臉色其實都一樣不好，並非自己一個人。霈林海也一樣，不過樓厲凡好像沒什麼改變。

霈林海問起來的時候，樓厲凡看了他很久，說：「如果你家裡有每天早上起來就用破鑼嗓子高唱《我的太陽》一直唱到晚上一點以後的女人，你也會跟我一樣沒有感覺的。」

霈林海這才瞭解這個人沒表情的面具之下隱藏了多麼悲慘的身世……

「那個女人是誰？」

「我的三個姐姐。」

「……」三倍的痛苦啊……

※◆◇◆◇◆◇◆※

開學典禮上，38.5度的高溫天氣，那個變態校長還是罩著一身「酷」得讓人光看就忍不住想中暑的黑布袍子，在臺上慷慨激昂的講話，讚美學生們都是世界上最勇敢的人，居然敢到拜特來上學，只要是來到這裡的就肯定能成為世界一流的靈異師，不管到哪裡都身價百倍，不管是論本事賣還是論斤賣都絕不會吃虧……

眾學生：他到底在說什麼……

他的誇誇其談持續了兩個小時還是沒有講到實際問題，最後還是幾個看來已經習以為常的高壯老師把還在喋喋不休的他架了下去，由一個嬌小的女教師代替他。

「大家好，我是副校長帕烏麗娜，大家可以叫我麗娜。」

帕烏麗娜微笑著說完這句話的時候大家都鼓起掌來，因為從她的樣子就可以知道，她應該是這所校園裡最不變態的存在了。

「我出生於魔女世家，所以有時不會按照常理來做事，請大家一定要做好心理準備哦～」

魔女＝將自己的靈力用於暗黑咒術的人＝暗黑咒術全都沒有什麼好的方面的用途＝一不小心就大家都玩完了……

一陣陰風掃過大家的背脊。

「那麼，開始介紹本校的情況吧！大略的情況大家已經知道了……」

「拜特學院，建於三二九六年，距今已有四百年歷史，校長一直都是那個穿著黑布袍子的變態，姓名不詳、年齡不詳、專長不詳、長相不詳、愛好是建立一個完美的（變態）學院、生平不詳、超能力不詳、靈力不詳……」

「學校占地三百平方公里左右，後山有蛇穴保衛的鬼門，大家喜歡的話當然可以去那裡探險，如果誰活著回來，可以與校長握一下手，回不來就處分你……」

「教學時間一般是白天，就在那棟一百多樓的教學樓中，每節課有不同的教室，請注意課程表……晚上的實習則是跟夜晚班的同學聯歡……咦？不知道什麼是夜晚班？這裡是鬼門，在晚上出來上課的東西你說是什麼？」

帕烏麗娜副校長說到這裡的時候，大家的臉都綠了一下。

「對了，實習的時候大多沒有生命危險，但是也不一定，如果害怕的話大家可以立下遺囑，我們拜特學院不會要你一分錢，絕對保證交到你家人手中。」

眾學生：我們才不希罕呢……

「由於這邊死氣很重，除了鬼之外，當然還會吸引其他的東西，比如吸血鬼、妖怪、山鬼、山精之類的，請小心不要被吃掉了……啊？為什麼不設防護結界？我們為什麼要設這種結界？」

大家的臉再次綠了一下。

「再有就是請大家注意，不要損壞任何公共設施，因為每一樣東西的擺放都是有其用途的，如果你把結界的陣眼弄壞了，我們女巫班的老師肯定會抓你去做人柱的……」

眾學生：人柱……是要我們當陪葬品、祭品、供品嗎？！

帕烏麗娜副校長列出了三百多條注意事項，等她唸完之後，新生中唯一臉色還算比較好的樓厲凡，臉部也發出了青綠色。

怪不得這所學校雖然以極高的教學品質享譽全球，但是卻沒有多少人自願來報到，因為凡是到這裡的人，基本上都是被家人或者朋友坑蒙拐騙來的，至於完全瞭解自己即將面臨的情況而來的人——一個也沒有！

可是也沒有人就此哭喊退學，畢竟只要是能來這裡的人全部都是靈力在某個級別以上，即便算不上年輕有為的「大師」，也算個「小師」，就這麼打道回府的話太沒面子了，所以儘管大家的臉色一個比一個綠，但還是沒有一個人說出退學回家的話。

※◆◇◆◇◆◇◆※

開學典禮在大家悲憤的心情和各懷鬼胎的心思中過去了，下午是打掃衛生。

宿舍區的衛生在大家剛剛到達的時候就已經打掃過了，不為別人，為自己著想也要打掃。可是那麼高的教學樓還有那廣闊的學院……當然不會有人主動去打掃。

拜特學院一共有四個年級，每年開學時高年級的學生可以不打掃，全都分給新生去做。

今年的新生大約有一千五百人，分出五百人打掃教學樓，其他一千人去打掃學院各處。

打掃這種工作又髒又累，大家都不想老老實實的做，自然就想出各種各樣的竅門來。比如有式神的人，那就是有了不用打掃的絕對理由，直接爬到樹上蹺著二郎腿聊天；如果不是式神的作用範圍不夠大、他們的精神力不夠強的話，早就可以讓式神們自個兒在這裡忙碌，他們回去睡覺了。而有風術的人，只需要颳起一陣旋風，把地上的髒東西統統捲成一團丟到垃圾桶就好了。有水術的人就負責灑水，如果是水泥地乾脆一沖了事……

可憐的羅天舞四人始終沒有逃脫自己的命運，還是被分到了後山的蛇穴打掃。可是他們根本沒有像別的同學一樣實用的法術，總不能把蛇穴中的蛇都丟進異次元去吧？而且那裡是鬼門的開口處，連水淨化都不能用，否則會產生生死氣機的鳴動，最後把他們捲進鬼門裡面去……可以說，全學院最倒楣的就是他們四個人了。

天瑾的超能力雖然最沒有實用性，但是她並不擔心，只需要抓住一個倒楣的新生——甚至不是新生也可以——在他耳邊陰森森的說：「我預言你會如何如何……如果你不聽我的話會如何如何……如此這般，幫我打掃我就教你怎麼破解你的命運……」馬上那人就會乖乖的為她賣命打掃。

樓厲凡和霈林海自然又被分到了一組，替他們分組的人看他們的時候眼神怪怪的，笑容也怪怪的，很曖昧的那種……

霈林海渾身的寒毛都豎起來了，樓厲凡似乎沒有反應，只是用眼角很平淡的望了他們一眼，那幾人很聰明的從那一眼中看出了隱藏在下面的凶狠，立刻分配完工作就逃之夭夭了。

他們兩人總共打掃兩間教室，說好了一人一間，霈林海滿口答應說沒問題，然而等樓厲凡叫御嘉和頻迦幫忙打掃完他那一部分之後，發現霈林海還在他那間教室裡磨蹭。

之前他有說過，他的超能力並不像其他人一樣學有專精，式神這方面更是一塌糊塗。樓厲凡以為他所謂的一塌糊塗就是召喚得慢一點、技術不熟練一點，沒想到……

樓厲凡和御嘉、頻迦到那間教室的時候，霈林海正在獨自一個人努力的打掃，而他的式神——那五個肥嘟嘟的好像貓咪的東西正趴在窗臺上邊曬太陽邊睡覺，看來連飛也不會，見到樓厲凡他們走進來的時候啊嗚啊嗚的叫了幾聲，算是起到了一點警報的作用。

樓厲凡懷疑就算在宿舍區打掃的時候允許用式神，他這幾隻肥貓能幹些什麼……幫他叼紙屑嗎？

他拉開了努力打掃中的霈林海，一向無情緒的眼中透出一種名叫憐憫的光，轉身指揮御嘉和頻迦去幫忙他打掃。她們兩個當然是怨言多多，但是式神和主人之間都有「法則」在作用，她們不能違背，只有邊打掃邊嘰嘰咕咕的拚命說霈林海的壞話。

為了自己的耳膜著想，樓厲凡不得不灰溜溜的拉著霈林海一起逃到教室外去避難。

「你的式神……真的好凶啊……」霈林海苦笑著說。

那五隻肥貓一看主人逃走，自然也不想跟那兩個喋喋不休的女人在一起，也飛快的跳下窗臺在主人腳邊磨蹭著出來了。

「她們兩個生前就是很難纏的，死後的性格自然也是這樣……不過，如果我的性格跟那個變態校長一樣的話，她們大概就會比較乖一點吧。」

說到「變態校長」這幾個字，樓厲凡突然覺得脖子上好像有什麼東西涼涼的、癢癢的，他用手摸了一下，什麼也沒有，但是那種涼涼癢癢的感覺還在。

霈林海沒有注意到他的情況，逕自笑著答道：「像那個變態校長……」他也覺得脖子涼涼癢癢的，用手去摸，也是什麼都沒有，「像那個變態校長的話，那兩個式神說不定就不會心甘情願的變成式神了呢。」

式神又可以稱之為使役魔，可以用讓他們心甘情願的方式昇華成為式神，就像御嘉、頻迦這樣的。但是如果她們不願意而有人一定要她們的話，那就要用另一種方法——強迫降靈，最後做出來的式神已經沒有原本的意識，只是殺人和詛咒的工具而已。

樓厲凡摸摸脖子，發現霈林海也在做同樣的動作，「你……是不是也覺得怪怪的？」

「沒錯……」

整個學校的學生加起來總共七、八千人，加上教職員也就將近萬人，可是光這教學樓就有一百四十七層，每一層十五間教室，差不多是五、六個人用一間教室。有必要嗎？

「這麼說來的話，這棟教學樓真的不止是為了『人』而蓋的。」

在這裡上課的除了他們，還有「夜晚班」的同學。帕烏麗娜副校長並沒有說這裡的夜晚班和他們在還沒來學校時見過的那些惡靈有什麼不同，而照這所學校一般的變態推理來看，應該也不會是什麼善靈，那麼晚上的實習就真的是一種很恐怖的歷練了。

「第一次進教學樓的時候我就發現到了——」霈林海道，「這棟樓是建在距離鬼門六萬六千六百六十六公尺之外的地方，面朝鬼門，與兩邊的男女宿舍樓剛好形成不規則的六菱形。這是召喚鬼的最佳模式……」

真是變態的設計啊……

「難道這是想歷練學生嗎？」樓厲凡喃喃自語。

霈林海笑道：「當然也不是不可能的，但是那種校長……算了。嗯，不過在我看來，這個召喚術可說是無懈可擊。不管是哪一個形成陣勢的『柱』發生問題，其他的『柱』立刻會變成『反術』，將這裡的鬼全部拉回鬼門。到底是誰設計的呢？這麼高等的術……」

這時，一個紅色頭髮、穿著很中性的少女經過他們身邊，對他們笑了一下。她的球鞋踏在地上，發出輕輕的擦擦聲。

霈林海當然也對她笑了一下。樓厲凡卻皺緊了眉頭。

「厲凡？」

「不對……」

「咦？」

剛才他們在這裡聊天的時候，其他教室門口也有其他人在聊天，大約也是有式神能力的人，而樓道裡有人在跑來跑去，有人在打鬧，一派生氣勃勃的景象。

如果是這種熱鬧的景象，是不可能會聽見別人的球鞋走在地上的聲音的！

不知從什麼時候起，耳邊突然就安靜了，可是他們兩個卻沒有發覺，直到少女出現……等他們抬頭環視的時候，愕然的發現周圍竟然已經空無一人，所有的東西都還在，就是沒有其他人了，連那五隻肥貓也不知去向。

樓厲凡衝回教室，原本在裡頭打掃的御嘉和頻迦也消失了，無論他怎樣用靈感搜索，就是沒有她們的下落！他推開從後面跟來的霈林海，跑出教室，剛才那個對他們笑的少女也不見了，可她明明是向著牆壁的死路走去……

「我們……好像又陷入迷宮了呢……」霈林海無奈的笑著說。

這次的迷宮和之前在宿舍樓裡的那個完全不一樣。他們之前遇見的那個尚且帶有惡作劇的成分，但這個卻不然，儘管暫時感覺不到任何惡意，卻連些微的善意也感覺不到，也就是說，這裡是「情緒」的「真空」，在這種迷宮裡要根據氣息找出口，真是有點困難了。

之前的迷宮是在原來的空間之中開放另一個完全不同的空間，屬於很低階的術，只需要撕開就好了。可是這個不一樣，原本那個空間的「法則」全部被運用到了這裡來，一個受到任何撼動，另一個也會受到同樣的撼動。

它本身就是「那個」空間，但同時又不是；它可以說是與「那個」空間互相平行，也可以說是與之互相套疊。這次他們不能再像上次一樣撕開它，因為他們沒有那麼大的力量去撕開利用了「法則」而自然形成的空間。

「真是的……傷腦筋……」霈林海自言自語的撓撓頭，忽然想起剛才他們說話時對校長所用的形容詞——變態。

報到的時候就因為不小心說校長是變態而被他扔出了教學樓，那麼這次會不會也……

他看向樓厲凡，樓厲凡似乎也在想這件事，臉色很不好看。

「這麼說來，說不定這棟樓是整個都在他的念力包圍之下……不，應該是整個學院說不定都在他的念力範圍之內……」樓厲凡說，「恐怕到處都是他的念力在竊聽著……」

一般人的念力伸展最多只有一百公尺左右，百分之五十以上的有效殘留時間最多也就幾天，如果從這裡去推算的話，那個變態校長的靈力……那是達到了一種怎樣可怕的程度啊！

「不過，別想那麼多了，先出去要緊。」霈林海道，「而且也不一定就是他呢？」

樓厲凡只有點頭。

整棟教學樓並沒有很大的不同，除了沒有他們兩個之外的人，其他幾乎都沒有變化。

當然，只是「幾乎」而已。

他們現在身處第七十七層，如果要破迷宮的「眼」，那就要找出「眼」所在的方向，這樣他們才有可能脫身。可是一般迷宮的「眼」是很難找的，都被施術的人隱藏起來了。樓厲凡用了全部的靈力去探測這個迷宮的「眼」，卻還是一無所獲。

這樣一來，恐怕只有親自去找了。

樓厲凡本來想讓霈林海向上，自己向下，逐個樓層去尋找，這樣比較有效率。但不幸的是霈林海的靈感力是零，即便他從「眼」的旁邊走過去、甚至一腳踩上去，恐怕也不會有感覺。於是，樓厲凡只有讓霈林海跟在自己旁邊，一個樓層一個樓層的往下搜尋。

教學樓的樓梯是螺旋式的，很寬，到每一層的時候都有一個與樓層之間的小玄關，看起來都一模一樣。

剛開始時，霈林海和樓厲凡還在心中默數走到了第幾層，可是下了十幾層之後，他們就開始眩暈了。每一層樓都是一樣的，沒有標誌、沒有特殊印記，每一個臺階也都是一樣的，走了這一步，下一步見到的景色肯定也相同。而眼前就在重複這些東西，不斷的、不斷的、不斷的……

樓厲凡腳下忽然一個踏空，只來得及「啊」一聲就滾了下去。

「厲凡！」

螺旋狀的樓梯沒有任何阻隔，樓厲凡就那麼順著樓梯一層一層的滾下去，霈林海拚命在後面追也趕不上他下滾的速度。

「厲凡！快抓住欄杆！厲凡！」

樓厲凡的意識在滾落的時候開始逐漸不清晰，他聽得見霈林海的叫聲，但是卻不明白他在叫什麼。他就那樣一直滾、一直滾、一直滾……直到……超出了霈林海的視線範圍……

「厲凡——！」

樓厲凡覺得自己好像沉浸在了某種柔軟的液體之中，飄飄蕩蕩的，沒有上下、沒有左右、沒有時間、沒有空間……

身邊好像有人吃吃的笑著，有人戳戳他的背、戳戳他的四肢，有人還戳戳他的腦袋。

「喂，死了嗎？」

「不會的不會的啦～」

「聽說他的靈力有 85hix 哦。」

「那有什麼關係！拜特讓我們好好玩嘛——」

「好久都沒有玩具了，今天要好好玩一玩！」

「看看，拜特給我們準備了什麼？」

「哇——好棒好棒！」

「哈哈哈哈哈～～」

——這是……怎麼回事……這是哪裡……誰……在身邊……

有幾雙小嫩手抓住他的衣服將他翻了過去。他渾身一點力氣都沒有，眼睛也無法睜開。

「哦哦～皮膚好棒！摸一摸——」

「啊！看我找到了什麼？居然還有這個耶！」

衣服窸窸窣窣的聲音……

「拜特真是個好人——」

「那就快點吧！等他醒了就不好玩了！呵呵呵呵——」

幾雙手開始合力脫他的上衣、解開他的皮帶、扯下他的褲子……

——你們在幹什麼！！

樓厲凡在心中大吼著，努力的想要睜開眼睛，可是卻失敗了，這種情況就好像人在做噩夢的時候被魘住的那種感覺。他想掙脫這個夢魘，但是一直有什麼東西在拉住他。他只能束手無策的躺在那裡，任由那幾雙手玩弄他……

又急又怒之下，他眼前金星一閃……昏過去了。

樓厲凡在滾下去的時候是毫無聲息的，霈林海在發現他滾出自己視線範圍、已經追不上之後，才後知後覺的發現這件事。

——到底是怎麼回事？如果是那個世界的「法則」被完全運用到這裡的話，那麼就不該發生這種情況！

他一邊在心中快速查找過去所見的文獻和其他靈異學校中對於這種事情的解釋，一邊繼續不懈的向樓下跑去，希望能追上樓厲凡。但令他失望的是，他非但找不到這方面的資料，連樓厲凡也完全失去了蹤影。

這真的是那個變態校長開出來的空間嗎？真的只是為了報復他們說他變態而把他們送到這裡來的嗎？這裡到底是什麼地方？不是「迷宮」的空間，那會是……

「你在……找什麼呢？」

他驟然停下了腳步，回頭看時，那個紅髮及腰，穿著中性的美少女站在高他十幾級的臺階上，歪著頭看他。

「妳是……」

這種地方，除了他跟樓厲凡之外，不應該有其他「人」的！他放出了自己的靈力，想要探測這個女孩身上的「屬性」，看看她的身分。然而他的探測落空了，他的靈力在女孩所站的地方空虛的飄過去，似乎什麼也不存在。

在過去教學的時候靈力學老師曾經說過，靈力極端容易受到其他方面的影響，而靈感力卻鮮少受到外力的干擾。因此現在世界公認的靈異探測方式就是靈感力，靈力一般不作為探測器使用。

可最為悲哀的是，霈林海什麼超能力都有，只有靈感力——缺失。

「我叫娑妮。」

女孩站在那裡，好像一動都不動。但是她的身體又似乎確實在動，因為她在說話間逐漸的接近他。這真是一種很奇怪的感覺，好像她乘著電扶梯，而他站在那個正在緩慢運動的電扶梯旁邊，看她慢慢的下來。

「你是誰呢？」她還在下降，美麗的眼睛直直盯著霈林海。

「霈林海，我叫霈林海。」

「你好，霈林海。」她站到了與他同階的地方，仰著頭看他，「你好高哦。」

「是嗎？」

他這麼說著的時候，內心突然湧起一種渴望，想要去觸摸她的頭髮，而他也的確這麼做了。女孩的臉上露出了迷醉的笑容，他的心立刻就醉了。

「呵呵呵呵呵……好了好了！」

「哇～好可愛好可愛！」

「好想抱著他睡哦～」

「啊——這種觸感真是太棒了……」

「摸呀摸呀摸呀……」

一雙雙魔爪在在自己身上上下其手，可是樓厲凡卻一點辦法也沒有！他拚命想要聚集自己的靈氣，但驚恐的發現靈氣似乎被完全鎖在了某個他找不到的地方！他無法擺脫這種禁制，甚至也無法探測身邊到底是些什麼「東西」，只有普通人的感覺還殘留著，這種陪伴了自己許多年的東西突然間丟失的陌生感受，讓他相當焦躁。

突然自虛空中伸出了一隻手，在他的前額輕輕的拍了一下，全身被束縛的感覺倏地消失了。他大吼一聲，一把揮開那幾雙上下摸索的「魔爪」，跳了起來，然後……愕然……

這裡沒有「人」。只是一個黑沉沉的，似乎伸出手去就能接觸到那種黑暗的空間。在虛空中飄浮著幾隻白皙嬌嫩的手，還有幾百隻一部分的鼻子、眼睛、耳朵、半個五官、部分殘破的身體或者內臟……好像正因為他的突然跳起而驚嚇得不知道該放哪裡才好。

這種鬼他見過，過去的教材上稱之為「分體鬼」，現在的修改版新教材上則稱之為「解鬼」（注：音同「謝」）。它們一般都是由於各種意外而導致軀體的分離，靈體也不能復合，因而缺失某些部分、或者只剩下某部分，成為低階靈體。它們的自保能力很弱，一點點風和光都會造成致命的傷害，因此也很少有解鬼作惡的事情發生。

「……夜晚班？」如果是這麼弱的鬼，是沒有辦法將他禁制起來的。這麼說，把他封在這裡的應該是另有其人。

一隻還算完整的嘴巴飛過來，似乎端詳了他半天，才回答：「唔嗯，我們是夜晚班的同學，這裡是解鬼班，你好！」

雖然見過很多鬼，但是對著這樣一個只剩下了嘴巴的東西，他還是有點不習慣。

「解鬼班？」他巡視周圍，只有黑沉沉的顏色，「那麼，這裡是什麼地方？」靈感力還是沒有恢復，剛才的禁制把他的靈感力壓得麻痺了。

那張嘴很不滿意的回答：「這裡是解鬼班嘛！我都說過了呀！」

「對呀對呀！」有半張臉很大聲的附和，「你難道是弱智嗎！這裡就是解鬼班嘛！」

「不，可是我想問的是這裡的空間屬性……」

不等他問完，那群手和殘破的身體部分也都開始聒噪起來。

「真是大笨蛋吶！都說了是夜晚班的解鬼班嘛！」

「據說還是高分考入這裡的喲～」

「啊！拜特的入學門檻真是越來越低了！這種笨蛋也能進來！」

「空長了一張漂亮的臉！大草包！」

「就是就是！」

「大蠢材！」

樓厲凡被罵得一句話也說不出來。他這時候才想起來，當初老師在講這種鬼的時候曾經講過一句話：「不要跟它們講道理，它們聽不懂。」

這不是蔑視，而是事實。靈體無法統合的時候會有相當大的副作用，雖然每一部分靈體都可以作為單獨的存在，但是統合思考過少會導致它們智商低下，跟它們講話根本就說不清楚的。

他決心自己去尋找出去的路，不要理會這些低能的鬼。然而，他剛走出一步就感覺腿上好像被什麼東西束縛住……他一低頭，險些慘叫出聲。

裙……裙裙裙裙子？！他百分之一千萬的確定，自己之前是絕對沒有穿裙子的！難道就是剛才這幾個解鬼替他穿上的嗎！

他的下身是一條長及腳踝的、有豐富蕾絲花邊的長裙，上身是一件包得緊緊的細肩帶背心和一件小夾克。如果是女孩子的話，穿上一定很可愛……可愛……可愛……

樓厲凡的臉上綴滿了黑色的線條，他的憤怒在高漲、高漲、高漲……

「到底是誰讓你們給我穿上這種變態的東西的——！」

體內麻痺的靈力之前一直處在被壓制得倦怠萬分的萎縮情況下，他這時候瞬間的憤怒像一條鞭子般抽在上面，萎縮的東西立刻活化了，開始順著他的發散範圍無限擴張。

樓厲凡這才發現這個空間其實不能算是空間，只是一個在迷宮中開出的小小的「袋」，這個「袋」中擁有與迷宮完全不同的「法則」，完全傾向於解鬼，因此屬性極其不穩定的解鬼們才能在這裡安然生存。

可以說，這是為了保護解鬼們不再受到其他外力導致傷害的一個「樂園」。

但是他發現得太晚了，等他想要收回靈力的時候，他的力量已經把這個空間戳破了一個大洞，外界的「法則」透進了這個「袋」中，其內的「法則」與外界完全不同的空間袋開始坍塌、崩碎，一片片黑色的空間的碎片四處飛舞，樓厲凡沒有感覺，但是解鬼們卻被割得到處逃竄哭喊，殘破的靈體鮮血淋漓。

雖然樓厲凡真的很想趁空間破裂的時候出去，但是又不能丟下這些解鬼不管，而且這種情況是他所造成的……

思想鬥爭了很久，他最終一咬牙，回身對那些逃散的解鬼叫道：「你們都快點過來！我可以用我的靈力做成封印結界暫時作為保護！然後想辦法帶你們到安全的地方去！」

儘管解鬼們智力不算高，但是這些話還是能聽懂，便不再毫無章法的奔逃，而是紛紛聚集到了他的身邊。

樓厲凡伸開雙臂，讓靈力從身體的各個部位勻速散出，在空中凝結，逐漸組合出一個三人多高的圓形靈力圈界，將那幾百隻解鬼全部包圍在裡面。那個結界看上去就好像一顆擁有流轉著琉璃芳華的球體，虛虛的浮在那裡，空間崩毀的碎片和「法則」在碰到那個球體周邊的時候被輕鬆的折射、回彈過去，無法進入球體之中。

解鬼們是安全了，可是他卻不安全了。空間崩毀的速度比他想像得要快，他剛剛做好靈力球體結界，他腳下的最後一片空間碎片也碎裂了。更糟糕的是，空間「外面」的那個空間並非他與霈林海一起迷失的那個空間，而是——一個陌生的鬼地方！

第3章

女裝的他好可愛

「我一直在等你、一直在等你……」

娑妮反覆說著，用那種迷醉的目光看著霈林海。

「終於見到你了，我好幸福，好幸福，好幸福……」

她伸出手，挽住他的脖子，紅唇逐漸的接近他……

霈林海覺得自己醉倒在了她美麗的容顏與魅惑的目光之中，完全不能抵抗這種誘惑。他低下頭去，想要接觸她的嘴唇……

「霈林海你這個蠢材——快點離開它！」

霈林海一驚，身形向後猛退，娑妮攀住他脖子的手驟然收緊，美目之中露出凶光。

「還從來沒有一個人有本事從我這裡逃走！」

她似乎在微笑著說這句話，當她的嘴張開的時候，他可以看得很清楚她口中那兩排尖利的小細牙，一股腐屍的臭味直沖鼻端。

是吸鬼！以吸人類生氣為生的鬼！

他一掌擊上了「她」的胸部。

「她」被那一拳擊得向後飛了出去，重重的撞在身後的扶手上，委頓在那裡。這一掌之中，霈林海用上了在瞬間可以積聚的全部最大靈能，那隻手發出青色的光芒，擊上「她」胸部的時候，焦臭的味道便嘶的一聲散發開來。

霈林海收掌，愣愣的看著自己的手，不相信那上面傳來的觸感——男……男的？！那麼漂亮的女孩是男的？！

可是命運不允許他發愣了，否則他恐怕還得在這裡「大驚」一會兒。

「蠢材——看你後面！快逃——」

來不及去找樓厲凡的聲音是從哪裡發出來的，霈林海一扭頭，發現螺旋樓梯上正在飛速的「滑」下幾十隻「娑妮」，它們每一隻的臉上都帶著那種魅惑到了恐怖地步的笑容。

霈林海大驚失色，轉身往下方瘋狂逃跑。

「霈林海……」

「霈林海……」

「霈林海……」

「霈林海……」

它們那樣叫著，輕鬆的下滑著追擊。

吸鬼的力量很強，吃過人的吸鬼比沒有吃過人的吸鬼力量要強七倍以上。他剛才打擊出去的那一拳，若是平常的鬼，應該在光芒中就煙消雲散了，可是它只是被燒傷衝撞而死的，身軀沒有受到太大的損害。

那恐怕是——吃過人的鬼！

沒過多久，一隻娑妮的手就接觸到了他的脖頸，他在心底暗暗喊糟，急急回轉身，雙掌一合一分，平平的推在那隻娑妮的頭上，娑妮的頭立時爆裂，眼球和腦漿一起迸發出來，身體也如前一隻娑妮一樣委頓在地上。

——奇怪……

他這種攻擊叫做「靈氣擊」，是聚集靈氣之後再爆發出去的方法，優點是力量強，缺點是範圍小，不能同時對付多個鬼！

這一擊使他頓了一下身形，其他的鬼便趁機追了上來，那隻娑妮剛剛倒下，他的身上已經同時被三隻娑妮一口咬住，生氣隨著傷口向它們的身上流去。他忍著痛，猛然從身上爆發出大面積的近似於藍色的青色光芒，那三隻娑妮在那樣的光中，頭部亦轟然爆裂。

——有什麼地方……不對勁……

其他的娑妮呈現包圍圈的架式包圍著霈林海，似乎在猶豫究竟要不要衝上去，然而看來是美食更加重要一點，沒過幾秒鐘，它們又一起飛身猛撲了上來。

霈林海雖然靈力很高，但是實戰經驗很差，尤其是這樣同時與多個鬼對戰，之前幾乎是從來沒有過的。

——真的有什麼地方……不對勁……

一腳踢開一隻，另一隻娑妮已經飛身衝到他的面前，他一拳擊中它的肚子，它向後飛了出去。接著又是幾隻娑妮衝上來，慌亂之中，他只聽身後樓厲凡的聲音炸響般傳入耳中——

「霈林海！後面！」

他的身體已經靠在了欄杆上，後面的話……後面的話……後面的話，是空的！

他翻身栽了下去。

「霈林海你這個大蠢材——！」

兩邊的樓梯和樓層不斷的迅速上移，這讓他明白自己的確是在往下掉的，可是他的身體卻完全沒有在下墜的感覺。

——這樣掉下去的話，會死掉嗎？

——應該不會！因為……

——這個空間的「法則」有問題！

——但是……是什麼問題呢？

有什麼東西從下而上衝了上來，撞到——或者說，接到他之後又緩緩的下落。

他看著那個救了自己的人，是一個少女，一頭漆黑亮麗的短髮，身上穿著綴有厚厚蕾絲花邊的衣裙，不過她的表情很冷淡，甚至可以說是凶悍。她橫抱著他，好像沒有抱東西一樣輕鬆。

他看了她一會兒，臉微微的紅了。畢竟嘛，一個健康正常的男孩子被抱在這麼漂亮的女孩懷裡，要是不臉紅才奇怪吶！

「嗯……謝……謝謝妳救了我！」他結結巴巴的說道，「請問妳是……哇呀——！」

看到霈林海臉紅的時候，少女的臉色變得很陰沉，再一聽他居然問自己的名字，「她」立刻毫不客氣的鬆了手，讓霈林海在空中變成無限制的自由落體，最後砰的一聲摔在一灘臭氣四溢的水裡。

「妳幹什麼！」他狼狽的爬起來，正打算對她如此凌虐自己而提出嚴正的抗議，卻在看到周圍情景的時候把後面的話嚥了回去。

這裡明明應該就是迷宮中教學樓的一樓，建築形式也都對！連門的方向、窗戶的特徵都一模一樣，門也是開的。若是按照教科書上所說，那麼不需要找到「眼」，只需要從門出去就可以了。但……是……

從二樓開始往下，樓層和樓梯都彷彿籠罩在一層黑色裡面，而往上看的時候，只能看見一個小小的口，大約能容納一個人的樣子，從那裡往上全部都是白晝一樣的亮，這樣反倒襯得下面更加黑暗，且樓梯在黑白交接的地方消失了，上面的那些樓梯就那麼懸空的存在於那裡，好像一碰就會掉下來……

從那個小口中可以看到他剛才跟娑妮打鬥的地方，但是現在，那裡一隻娑妮也沒有。教學樓的大門的確開著，但是那邊卻沒有任何光亮，而是一個黑沉沉的、看不見內裡是什麼的地方。而且從裡面無聲的流出黑色的腐臭的水，灌滿了一樓的地板，霈林海所站的地方，水已經漫到他的膝蓋了。

再看那少女的時候，「她」正站在一個半浮在空中、流轉著琉璃光華的球體上，雖然穿著又蓬又長的衣服，腰卻被一條寬寬的腰帶包裹、勾勒出來，看得出她有很美的小蠻腰。不知為何，這樣包得嚴嚴實實的少女卻給人一種性感的感覺，不知道下面……

「看夠了沒有！都這時候了你還有時間流鼻血！蠢材！」

這聲音好像一把大錘砸在正捂著源源不絕的鼻血的人頭上，他眼睛霎時縮成了黃豆大。

——這聲音……這聲音……

——好像……

啪的一聲，他的右頰好像被狠狠刮了一個巴掌！那名少女並沒有動，只是右手伸著，做出打人的姿勢，眼睛裡幾乎冒出火來。

那是以靈氣虛空凝結的「淩空打」。

「你要是再繼續流下去，我就敲下你所有的牙你信不信？！」

這次他確定了，那個「好像」是樓厲凡的聲音，男生的聲音，的的確確是從那個「少女」口中發出來的。再仔細看的話，雖然「她」臉上的妝畫得很濃，但是要看出「她」臉龐跟樓厲凡之間的相似之處還是不難的。

霈林海抖抖瑟瑟的指著「少女」，問：「……樓……樓厲凡？」阿拉啊！真主啊！保佑他千萬不是啊……

樓厲凡毫不留情的點點頭。

霈林海倒下。

——這世界上的神真是殘酷啊啊啊啊！！！

某人暗自飲泣中……

但是不管怎樣，剛才是樓厲凡救了他，怎麼樣也得向對方表示一點謝意。於是乎，霈林海用非常不情願的目光瞥了一眼樓厲凡，小小聲道：「剛才……謝謝你了……」

他不說還好，一說出口好像惹得樓厲凡更加惱火，那張平時毫無表情的臉上立刻爆出根根青筋。

「我……我問你……你剛才跳下來幹嘛？」

霈林海一臉茫然，「啊……不是你讓我跳的嗎？」

「我讓你注意後面！誰讓你去跳樓！我還指望著你拉我上去吶！」

儘管隔著很遙遠的距離，霈林海可憐的耳朵還是被震得嗡嗡作響。

「可……可是我後面明明只有欄杆……」

「難道吸鬼就是蠢材嗎！難道它們就不能從上面的樓層直接跳到你背上嗎！！你怎麼這麼蠢啊！！！」

「……」

※◆◇◆◇◆◇◆※

為解鬼們建立保護結界之後，最後的一片空間碎片也坍塌了，樓厲凡掉出那裡才發現，自己的這個空間，一切還是跟之前一樣黑糊糊的，但是又跟之前那黑沉沉的感覺不一樣，好像這種黑暗一沾到手上就會洗不掉一樣，只有遠處有一點亮光，看不清到底是什麼。他想往那裡走去，剛一抬腳，感覺到腳下踏的是某種黏乎乎、軟綿綿的東西……

他一低頭，驚駭的發現自己居然是站在一座龐大的「鬼屍」山之上！

如果鬼心甘情願的昇華為式神，那麼就是一般意義上的式神了。但如果鬼本身並不情願，那麼產生出來的就是「式鬼」。它們雖然也是式神的一種，卻沒有式神那麼高的能力，被人用壞之後只有扔掉，這種「壞掉」的式鬼就是所謂的「鬼屍」。

——到底是誰……這麼有病收集這種東西？！而且收集了這麼多！

站在鬼屍之中的感覺實在太噁心，樓厲凡受不了那種觸感，迅速召喚出封印，利用「不管在哪裡，封印都會遵守的拒絕一切侵入」法則，把它當作踏板跳上去，頭也不回的往可以勉強看到亮光的地方逃竄而去。

那點亮光所在的地方就是教學樓的門，樓厲凡衝出去之後發現自己到了那個黑沉沉的一樓，一抬頭，恰巧看見正想跟吸鬼接吻的霈林海……

他真不知道那個蠢材怎麼會笨到這個地步！連吸鬼和普通人都分不清楚嗎！這麼容易受誘惑！可他畢竟還需要那個笨蛋救自己上去，便出聲警告，總算讓霈林海免了早死的命運。

在霈林海的全部注意力都被吸引到面前和身側的吸鬼身上時，其中一個吸鬼悄悄的上了樓，從高他一層的樓梯上跳了下來，準備將他撞入吸鬼群中，這樣它們就能飽餐一頓了。但萬萬沒想到樓厲凡的聲音竟在那時候爆炸般的響起，可惜霈林海會錯了意，不然不僅吸鬼們吃不到他，他們現在也早就上去了！

樓厲凡一見連那個蠢材也跳了下來，情急之下用了消耗體力最大的靈氣馭空向著與他相反的方向衝去，以求減緩他的速度。可是令他吃驚的是，雖然那傢伙是「掉」下來的，但是卻沒有任何衝擊力，這使他很輕易的就接住霈林海，然後召喚保護解鬼的那個結界，以作腳踏之用。

這時，他的靈力其實已經因為靈氣馭空和結界消耗得很厲害，再說直接踩在那種「水」裡雖然很噁心，但也不是那麼不能接受，可他實在很有點別人無法理解的潔癖，因此就算用了自己的最後一分力氣，也絕對要站在結界上，堅決不下來。

「那……那麼……我們要怎麼上去？」

「我怎麼知道！」樓厲凡憤怒的低吼，「如果剛才你這個蠢材掉下來時我沒有去接，現在勉強也能跳上上面那個最低的樓梯吧！」

要不是這蠢蛋判斷錯誤……樓厲凡的牙齒咬得格格響，真恨不得把這傢伙咬成碎片！

霈林海知道千錯萬錯都是自己的錯，只有低頭做懺悔狀：「可是事情都已這樣了……」

——是啊是啊，已經這樣了，就算你現在把我咬死吃掉也是一樣的了！所以還是先想個辦法逃出去吧！

樓厲凡瞪了他一眼，又吼：「你到底是哪個學校畢業的！怎麼事事都要問我！自己不能用用腦子嗎！」

霈林海苦笑：「我……我大學之前都是在普通的學校上學，直到快要畢業的某一天，發現自己居然有這種超能力，然後就轉學到一所不是太出名的靈異學校。幾年之後，做全校普查的時候發現我居然有這麼高的超能力，老師就推薦我到這裡來……可以說，我基本上是沒有經驗的……」

──全校普查……大概就是他把人家所有的靈氣測量儀弄壞的那次吧。一個普通的靈氣測量儀現在價格約為兩千萬美元左右，不知道那個學校的倒楣校長會哭成什麼樣子。

──說不定就為了這個，那間學校才會把他推薦到變態學院來上學？有可能喲～這樣少了一個大麻煩，而且還可以讓他受幾年苦作為報復……

──那個校長不會曾經也是拜特的學生吧？

在心裡碎唸一番後，樓厲凡也不指望這傢伙能幫上什麼忙了，便不再理他，坐下來開始冥思苦想。

被丟在一邊的霈林海站在那黏乎乎的液體中，仰著頭，非常企盼的等待著樓厲凡能像某個聰明的小和尚一樣突然跳起來喊「知道了」！可是這世界上這類型的人不多，更何況小和尚根本不管這種事情……

結果，十分鐘過去了……二十分鐘過去了……一個小時過去了……

霈林海還站在那黏乎乎的液體裡，眼巴巴等著樓厲凡的好消息。

雖然有點不太情願，但他還是不得不承認，一身女裝的樓厲凡其實是很漂亮的……儘管感覺樓厲凡已經漂亮到讓他覺得恐怖的地步……

他只顧著看樓厲凡，所以完全沒有發現到自己腳下的液體已經開始發生了異變。

剛開始只是小小的漣漪，不仔細去看根本注意不到，到後來就漸漸變成了好像水在沸騰的那種樣子，小小的水泡不斷在水面上翻滾、破裂，小水泡漸漸變成大水泡，發出咕嘟咕嘟的聲音，烏黑的水也變得更加黏稠噁心，霈林海這才後知後覺的發現了異狀。

「厲……厲凡！這水……！」

樓厲凡跳起來，表情凝重的看著那池咕嘟咕嘟就差冒煙的黑水，臉色越來越難看。他突然向霈林海伸出了手，「快！快上來！有人在鬼屍裡搗鬼！」

「啊？」

「蠢材！我叫你上來就上來！」

光球下降一點，樓厲凡伸出的手勉強搆到了霈林海的手腕，然後用力向上拉。但是太晚了，水中的異變已經變得連他們也無法預測，那種令人噁心的黏稠度緊緊黏住霈林海的腳，就好像有千百隻手抓住了他一樣，使他動彈不得。

樓厲凡的力氣幾乎已經用盡，卻還是無法拉上霈林海，他急怒之下咆哮道：「你這個笨蛋！難道就不會自己用力嗎！靈氣馭空會不會！」

「我……我沒學過……」

樓厲凡險些罵出髒話來。

霈林海腳下的黏稠汙水持續翻滾著，已經不是沸騰，而是大的波濤了，大波大波的水紋嘩啦啦的席捲他的下半身，他逐漸向下沉去。

「厲凡！你放手吧！這樣連你也會掉下去的！」

「我才不要！」

樓厲凡的身體已經開始在球體上下滑，但卻還是強硬的抓住霈林海的手腕不鬆手。

「厲凡……」霈林海簡直感動得一把鼻涕一把眼淚了，得友如此，夫復何求啊……

「如果就讓你在我眼前這麼掉下去，你讓我以後面子往哪裡擺！」樓厲凡吼道。

霈林海倒地不起。

這時，水波在他身下翻滾的幅度逐漸在變小，霈林海心中一喜，以為浩劫即將過去，然而他錯了。他這邊的水波的確是變小了沒錯，但那是因為這個樓層的汙水水波全部都在往中央集中而去，一波一波的沖刷在一起，漸漸聚合而成一個奇怪的隆起物。

——那個……難道是……

「式神鬼王……」霈林海和樓厲凡不禁同時唸出了那個「東西」的名稱。

把大量的式鬼弄「死」以後，將鬼屍聚集在一起，讓鬼屍所擁有的、比鬼門還要深重的鬼氣、厲氣、殺氣和濁氣混合在一起，經過漫長時間的「發酵」，再經過相當程度的巫師和魔女的祝禱，再來一點恰當的引子，就可以凝結成「式神鬼王」！

式神鬼王擁有自己的思維，沒有「法則」的約束，不跟任何人締結盟約。它擁有最為沉厚的濁氣，一般的靈能師到了它的範圍之內就會出現靈感麻痺症狀，所以樓厲凡和霈林海在這種濁水中沒有注意到任何汙濁的「東西」，卻忘記了這才是最不正常的情況。

「快點上來！……哇啊！」

見霈林海開始發呆，樓厲凡簡直是氣急敗壞，他死命的想要拉霈林海上來，卻沒想到身體一滑，他自己從光球上掉了下去！霈林海慌忙伸手，恰巧將樓厲凡接住，才沒讓他掉入汙水之中。

水已經蔓延到了霈林海的腰部，他用力將樓厲凡抱得高一點，才讓他勉強不接觸到水。

「你沒事吧？」

他本來是好意，想問候一下樓厲凡，看看他有沒有傷到哪裡。可是他的話在樓厲凡的耳朵裡卻變成了——我也救了你，我們扯平了吧？

樓厲凡慢慢舉起手，毫不留情的左右開弓，劈里啪啦一陣脆響，摑了霈林海十幾個巴掌。

「你這個……掃帚星！」他咬了半天牙，擠出這麼一句話來。

霈林海居然不能反駁。

黑水凝集的速度加快了，一個隱隱約約的骷髏狀鬼頭正在成形中。

「怎……怎麼辦？厲凡……」

「我哪裡知道！煩死了！早知道我就自己逃跑了！」

「……」你還真直接……

「沒辦法，先從那裡跑吧！」樓厲凡手指向一樓教室的方向，道：「雖然不知道還會遇見什麼……但是畢竟比在這裡等著式神鬼王把我們吃掉的好！」

被吃掉沒關係，可是葬身的地方居然是那種噁心的東西的肚子裡，對樓厲凡這種潔癖來說是比殺了他還要難以接受的事情。

等了一會兒……

「你怎麼還不跑？！」

霈林海哭喪著臉說：「我……這黑水太黏稠……我動彈不得……」

樓厲凡額頭上再次爆出無數青筋，「氣死我了……你難道連最基本的靈氣護體都不會嗎！連這個都不會嗎！」

——要是你敢說不會，現在就砍死你……

「我會……」

——這還差不多……

「可是……這個有用嗎？」

樓厲凡幾乎昏倒。

「你快給我升起你的靈氣屏障！再囉嗦我真的一刀砍死你！」

霈林海老老實實的閉上眼睛，將體內的靈氣梳理引導至丹田之中，然後依照過去所學法訣，將之在體內輪轉，走到哪裡就分布到哪個部分的體表，他的身體周圍擴散開了一波青藍色的光氣，那層黑水就好像被什麼推開了一樣，只圍繞著那層光輪不斷轉圈，卻不能接觸到他的身體。

骷髏的鬼頭已經基本成形，驀地拔高了十幾公尺，淒厲的尖號起來。

「是震鳴動！快跑！」

霈林海拔足狂奔，那顆結界光球也跟在他們頭上滴溜溜的逃向他們預定的方向。

霈林海身上的靈氣護罩發出了劈里啪啦的電光，樓厲凡也驟然覺得周身好像被什麼東西纏住了一樣，緊窒得無法呼吸。但是他最後的力量已經全部用到了保護解鬼的結界上，如果此時使用靈氣屏障抵抗的話，那些解鬼就會失去保護，在鬼王的震鳴動之下，它們會爆裂得連渣都不剩。

「霈……林……海……」好痛苦……不如把解鬼的結界打開吧……可是那樣的話……霈林海身上的光忽然順著他們相接觸的地方開始上下蔓延，很快就將樓厲凡的全身都納入了他的靈氣屏障保護之下。跟霈林海一樣，樓厲凡身上也泛起了那種青藍色的光芒。

「霈……？」

「我會保護你的……」就像你剛才捨命救我一樣……

後面的話還沒說出來，樓厲凡又是十幾個巴掌搧了上去，「我用不著你保護！」

剛才被那「東西」黏住的時候，霈林海真的是完全動彈不得，可是現在一用靈氣護罩，那些黏稠的汙水就好像根本不存在一樣，一點阻力也沒有，現在的他簡直是在飛奔，根本感覺不到自己還抱著一個人。鬼王的吼叫所形成的震鳴動在他們身後緊追不捨，鬼王亦是同樣，拉著那股黏稠的液體刷刷的在後面追趕。

霈林海他們跑進相對較狹窄的教室樓道之中，後方鬼王的追趕攻勢絲毫沒有停下來的意思，那些低矮狹窄的建築對鬼王根本毫無作用——或者說，連這些建築都似乎是它的一部分！猛衝進入樓道時，鬼王只剩下一張令人毛骨悚然的長方形臉，還在猛追他們兩人。

如果不是情勢這麼危急的話，一直在注意後方情況的樓厲凡真想狂笑幾聲，畢竟長方形的鬼王臉，他還是第一次見到……

很快樓道就到了盡頭，鬼王的趕勢還是毫不停歇，狂奔的霈林海看見面前高聳的黑色牆壁時，真想大哭幾聲上帝你今天休假了嗎……

「到頭了！怎麼辦！厲凡？！」

「我怎麼知道！」

這可不是吵架的好時機……樓厲凡當然明白這一點，但是現在又有什麼辦法？他的力量幾乎用盡，即使收回保護解鬼的結界也起不了多大的作用，霈林海雖然擁有 150hix 以上的靈力，但卻基本上都不會用……

——啊！有了！

「快跑！到了牆邊的時候面對鬼王把我放下！」

「難道你想跟它單打獨鬥？！」

「我會幹那麼蠢的事情嗎！聽我的就好了！」

霈林海以最快的速度奔至牆邊，放下樓厲凡，回身面對鬼王。

樓厲凡站在霈林海身前，迅速抓起他的胳膊架在自己的肩膀上，大聲道：「右手啟掌，左手捏訣！快！」

所謂的掌就是指四指併攏，只大拇指彎曲，緊貼於掌側；而訣與掌相似，但無名指與小指彎曲，第一指節緊貼第二指節。這都是攻擊的姿態，但從來還沒有人同時使用。

霈林海依言而行。樓厲凡雙手覆在他的手背上，低聲頌唱某種霈林海聽不懂的咒語。他的聲音在頌唱的時候很柔很軟，但是霈林海沒有心思去欣賞這一點，因為式神鬼王已經衝到了他們的面前，再一次高高的拉起長長的脖頸，猛然俯衝下來！

「厲凡——」

一聲砰然巨響，鬼王好像撞到了什麼屏障，偌大的鬼頭被彈得跳了起來。它的喉中發出了一聲更加尖利的呼喊，似乎在為了這個極沒面子的失敗而憤慨。

霈林海這才發現自己和樓厲凡的身體周圍出現了一個約有兩公尺直徑的圈狀結界，發出蘋果綠的光芒，剛才鬼王就是撞在這上面而被彈開的。

鬼王再一次俯衝下來，自然再一次撞到結界，又再一次被彈開去。

它好像完全不能理解這種失敗，非常憤怒的又繼續一次一次俯衝擊打那蘋果綠的結界，然而那結界太堅固了，每一次迎接它的，就只有不能理解的失敗。

「嗯……比我想像的要堅固得多嘛。」樓厲凡的聲音似乎在笑。

霈林海不能肯定，因為他基本上——不，是根本沒有見過樓厲凡笑的，而且現在樓厲凡正背對著他，所以他只能從他的聲音中猜測他「似乎」在笑，心中卻充滿了不肯定。

「你這是……什麼方法？」雖然不能肯定樓厲凡是不是在笑，但是他對另一件事卻是非常肯定的——那就是他身上力量的流失。樓厲凡很明顯是在用他的力量做結界，但是這樣的事情，普通人能做得到嗎？

「魔女的詛咒。」

「啊？！」

「我媽媽是魔女，三十年前就考上魔女學院，拿到了大魔女的學位，所以我也會一點，不過畢竟魔女的東西是女人學的，有很多『術』我不能使用，否則現在我已經是大魔女級別了。『魔女的詛咒』是詛咒的一種方法……」

——這你不說我也明白啊！！

霈林海在心底悲憤的吼叫。

「就是要將對方的力量暫時轉嫁到自己身上來，以輕鬆的加害對方。不過這需要身體上的接觸，所以限制比較多，已經很少有人願意用了，你大概沒聽說過……」

「我又不是魔女系的！怎麼可能知道啊！」霈林海叫道。

「不知道最好，否則就不會讓我用了。這麼危急的關頭，用你一點力量又怎樣？要不要告訴老師我欺負你？」

霈林海垂淚不語。

過了一會兒，他又小聲問道：「那個……詛咒……不會有什麼副作用吧？」

「當然有啊，那畢竟是詛咒嘛！」樓厲凡理所當然的回答，「原來的副作用是下詛咒的魔女在使用完之後嚴重失眠，症狀大概會持續一個星期，現在經過包括我媽媽在內的幾十個大魔女的潛心研究，已經可以把這種痛苦轉嫁到受詛咒者身上……」

霈林海頭上掛下了無數條黑線。

不……不愧是魔女……居然連這麼損的招數也想得出來，而且是完全利己，絕不利人！

樓厲凡不知道，現在的他在霈林海的眼中已經變成和校長、帕烏麗娜副校長一樣的（變態）人種了。

鬼王還在徒勞無功的猛撞結界，那種砰砰砰的巨響讓聽的人都為它感覺到痛，但是它自己卻似乎毫無所覺。

它當然毫無所覺！

鬼屍是什麼東西？不過是沒有自己意識——當然也沒有任何智力——的式鬼「死去」之後的殘留物而已。這樣的東西難道還能生出聰明的產物來嗎？所以它們所製造的式神鬼王雖然力量很強，而且也有自己的意志，但是ＩＱ……

0＋0＋0＋0……＋0＝0

這種淺顯的道理誰都懂吧？

霈林海身上的靈氣級別極高，能量儲備自然也很高，這種程度的結界再堅持七、八個小時也沒問題。但是人總要休息，不管霈林海或者樓厲凡之中哪一個分神甚至睡著，那個鬼王就會一頭撞破結界衝進來……

兩個小時以後，樓厲凡看著還在不停撞結界的鬼王，不由得頭痛無比。

「真是吵死了……它什麼時候才會收手啊！」

「……我哪裡知道……」

霈林海靠在牆壁上，樓厲凡靠在他身上，兩個人都感覺到心力交瘁。

如果過去能重來一次的話，他們是死也不會到這所變態學院來的……那個陷害他們到這該死迷宮的變態校長，等他們出去以後一定要先狠狠揍他一頓……

「對了，厲凡，我總覺得這個空間的『法則』有點問……」

「哦——呵呵呵呵呵呵呵～～」

突然之間，一道很變態的、聽不出是男是女的、好像被捂在厚厚的東西底下的笑聲尖細的響起來，霈林海和樓厲凡兩個人驀地渾身僵直，身上起了一層雞皮疙瘩。

「厲……厲凡……好像是……那傢伙……」

樓厲凡無言的點頭。

在那雜訊般恐怖的笑聲裡，那個全身包裹著黑布的變態映射出現在他們的結界之中。

「哈囉～我親愛的學生們，你們是不是正在想念玉樹臨風、英俊瀟灑的校長我呢？哦呵呵呵呵呵呵──」

兩人的臉色開始發青。

又狂笑了好一會兒之後，那傢伙發現面前的兩人毫無反應，不由得「似乎」有點尷尬的乾咳了幾聲。

「咳咳……你們是不是正因為鬼王的關係，而焦頭爛額呢？沒關係！只要我校長出馬，不出三秒鐘就能擺平它！」

樓厲凡冷冷的說道：「那是當然，這隻鬼王是你養的，若不聽你的話才見鬼了……哦，不對，現在就已經見鬼了。」

隔著黑布，霈林海也可以感覺到那「隻」變態的臉色變了一下。

「咳……啊哈哈哈哈哈……那怎麼可能呢？我怎麼會養這種東西……哈哈哈哈哈……我真的是來為學生們排憂解難的！只要你們說一句我是世界上最優秀最睿智最有愛心的校長，我就馬上放了你們！」

霈林海：「……」

這不已經把馬腳露出來了？

「要讓你幫忙，我寧可變成式鬼，當這隻鬼王的肥料。」樓厲凡道。

那變態氣得手指著他們抖了半天，「你……你們……你們居然一點都不尊師重道！太傷我自尊心了！太過分了！你們再求我我也不要幫你們忙了！嗚嗚嗚嗚嗚……」

他一邊乾號著，轉身做出要走的姿勢，但任他姿勢定格了十分鐘，霈林海二人還是沒有半點反應。

他又幽怨的回過頭來，「……真的不用我幫忙？」

「不用。你快滾吧。」霈林海道。

校長閣下猛然後退了幾步，捧著一顆破碎的心，背著一脊背淒涼的斜陽……消失了。

「我不會原諒你們的！」

這是他留下的話，跟電視裡那些被消滅的反派差不多。

「還不如喊你會回來消滅我們比較有氣勢。」樓厲凡道。

※◆◇◆◇◆◇◆※

黑衣校長哭著出現在校長辦公室裡，他的辦公桌上，帕烏麗娜副校長正盤腿坐在那裡悠閒的喝茶。

「怎麼？又被拒絕了？」語氣就跟談天氣一樣輕鬆，明顯是已經習以為常了。

「嗚嗚嗚嗚……以往的學生多乖啊！這次這兩個居然沒有一個願意讓我伸手幫忙的……嗚嗚嗚嗚嗚……太傷我自尊心了！」

帕烏麗娜微微笑道：「你那可憐的小心肝已經被傷了太多次，也不多這一回嘛。來，喝口茶。」

那變態還是在哭著：「比較起來，妳的話更傷我自尊心一點……嗚嗚嗚……」

「反正學生這麼多，下次歷練別人不就行了？聽說那個問題四人組比較有趣……」

※◆◇◆◇◆◇◆※

那隻鬼王還在猛撞，樓厲凡無奈的嘆了口氣。

「這個……總要解決啊……」雖然那麼英雄的趕走了那個變態，但是他對於怎樣逃出去的方法仍是毫無概念，「對了，你剛才說什麼？這個空間的『法則』有問題？」

「沒錯。」霈林海道，「剛才你從樓梯上滾下去時我就注意到了，你往下滾的時候是完全沒有聲音的，這是鬼才有的屬性。而吸鬼還和原本的屬性一樣，有幾個被我打爆了頭。如果這裡是與外界相似的『法則』的話，那就不該出現這種情況。」

「那你的意思是說……」

「這裡的『法則』與外界的『法則』基本相同，只有我們的『屬性』是相反的。」

樓厲凡一拍掌，霍然笑道：「我明白了！」

這裡的其他法則是與外界相通的，可是只有他們的「屬性」是反的，這表示了什麼？鬼在這個世界之所以是鬼，是因為它們並不屬於這裡，這世界的法則與它的「屬性」相沖，就使它們成為了靈子波的存在形態。

在這裡，吸鬼們的屬性是「真」，法則亦應是「真」，但他們的「屬性」卻與在外界時相反，這便說明他們兩個根本就不「存在」於這裡，在這裡的只是他們的「靈體」而已。

「真是恥辱啊……」樓厲凡冷冰冰的說道，「我居然會被這種騙局蒙蔽住了……」

「你想到出去的辦法了嗎？」

「是啊……我想到了……」

霈林海欣喜若狂的問道：「那我們怎麼出去？！」

背對著霈林海，樓厲凡的脣角勾勒出了一個堪稱陰險的笑容，「不需要出去……因為我們根本就沒有『進來』，我們一直就在那裡站著而已！」

「已」字落地，面前黑色的景物，包括維護著解鬼的光球都刷的一聲開始變淡，那隻鬼王還是在撞擊結界，但是聲音已經沒有了。

這就是所有的「空間」都會遵守的「法則」，一個人或者一個靈體，一旦明白了自己是不屬於那個地方的，那麼「法則」立刻會將其彈出那個空間，回到他該去的地方。一般對亡魂做超度的原理，也不過是讓它明白自己最後應有的歸處罷了。

他們兩個人的身體變得又輕又飄，悠悠的往上浮去，到了某個高度，又好像突然有了地心引力一般，轟然下降。

「厲凡——」

「不要抱我抱得這麼緊！你是不是男人啊！」

「好恐怖呀——」

「去死吧！」

「哇啊啊啊啊啊啊啊啊——」

霈林海猛地睜開眼睛，發現自己已經回到了先前與樓厲凡所站的那間教室門口，御嘉和頻迦以及周圍打掃的同學們正一臉心臟病發作的表情盯著他。他以為是自己高分貝的慘叫引起了他們的注意，但是當他低頭時……

「呀啊啊啊啊啊啊啊啊啊啊啊啊啊啊啊啊啊——」

他慘叫得比剛才還要大聲。

因為他發現……自己的懷裡居然還緊緊的抱著樓厲凡，而更離譜的是，樓厲凡的身上還穿著那件在「那個」空間時的可愛女裝……

「霈林海……你還要抱多久——！」

他們在那個空間迷失的時間不長，只有五分鐘而已，而在這五分鐘當中卻發生了很多事情，很多……

一天以後，333 號房間「情侶之間」的美名傳得更遠，而他們兩人的情侶身分，也自然而然的確定下來了。

「我們是……清白的……」被揍得鼻青臉腫的霈林海如是言。

但是當然沒人聽他的。

而這位可憐人除了被免費暴揍一頓之外，由於「魔女的詛咒」副作用的威力，還整整一個星期沒能合上眼……

「哦——呵呵呵呵呵呵——」某變態一邊喝茶、一邊瘋狂的大笑，「這就是你們居然敢拒絕我這個又英俊又可愛又睿智又善良的校長的下場！」

同學們，請記住，寧可得罪君子，不要得罪小人……

第4章
老師的恐怖教學

對於拜特靈異學院的學生們來說，在這個學校的每一天都會擁有新的「驚喜」。

比如說，拜特是沒有早操和早課的，而學習靈異的學生們的習慣就是晚睡晚起——因為在所有的靈異學校裡，大家的實習和見習、練習一般是在晚上——基本上沒有吃早餐的習慣。因此每天早上上課的時候，很多人都起得比較晚，專門就等快要上課了再去。

可是很不幸的，專門就有人看不得窮人過好日子。

某一個痛苦的早上，指針剛剛指向六點，就有十幾道身影無聲而迅速的流竄到宿舍樓的樓頂，拿出強力隔音耳塞塞住耳朵，抓起鐘繩，開始瘋狂的猛力搖晃。

「噹——噹噹——噹噹——噹噹噹噹——噹噹——！」

每一座鐘是一個炸雷，十幾座合起來，就會合成了能把活人硬生生嚇死、死人硬生生嚇活的聲響洪流。

除了樓厲凡他們對面的313房間之外，所有的新生都在這恐怖的鐘聲裡像被踩了尾巴的貓一樣從床上跳下來，驚慌失措的衝出門口到處詢問：「怎麼？怎麼？出什麼事了？！鬼門異變嗎？妖怪入侵嗎？！」

霈林海和樓厲凡也迷迷糊糊的從床上跳起來，打開門和左鄰右舍交換情報。

「到底是什麼事？」

「不知道啊！」

「這麼大的鐘聲……」

「不會真的出什麼大事件了吧？」

嘈雜的樓道裡，除了在互相打聽的學生們之外，飄浮著一個個發著瑩綠色光芒的小光點，但是樓道裡的光線太亮了，不仔細看根本發覺不了那麼小的東西。

「哦——呵呵呵呵呵——」

這時，每個人的耳邊都響起了某變態的特徵性笑聲，大家的臉都黑了一下。

「各位同學！已經六點鐘了，請大家離開溫暖的被窩，本校長真是於心不忍吶……哦呵呵呵……不過早睡早起身體好啊，請大家和我一起做早操！左三拳右三拳，脖子扭扭屁股扭扭……」

樓道裡充滿了破口大罵的聲音。大家在明白其實並沒有發生什麼事，只是那個變態又想玩他們的事實之後，全都一邊罵罵咧咧、一邊退回房間，在房間周圍設立起幾十道對付術的結界，又蒙頭大睡去了。

樓厲凡回到房間，在所有的門牆窗戶上做上了徒手封印，狠狠的說道：「……又是那變態！可惡！下次不要讓我抓到你！否則……」

霈林海帶著一肚子氣躺回床上，「真想揍他一頓……」

「不可能的，他現在應該處於與我們有相當距離的地方。因為我感覺不到他的存在。」

「是使徒傳輸？」

「對。」

樓道裡飄浮的那些小光點就是「使徒」，將注滿靈力的傳音符咒燒化之後，用風術把它吹到想要的地方，它自然會變成瑩綠色的光點，像一個個小喇叭一樣傳播施術者的聲音，等任務完成就會化作灰燼消失。當然，偶爾也有人把它當作小範圍的擴音器來用，可是像這樣變成叫人起床的工具……還是第一次見到。

雖然房間裡下了封印，安靜得掉一根針都能聽得見，不過被那樣的噪音吵醒之後，還能若無其事睡著的才是白痴！

樓厲凡和霈林海當然不是白痴，所以他們也只有在安靜得簡直有點嚇人的房間裡瞪著眼睛觀察天花板，審查蜘蛛結網的速度。

「喂……你睡著沒有？」

「沒有……」

離上課還有兩個小時，洗漱什麼的只需要半個小時就好，那麼這一個半小時要幹什麼？自從沾上了靈異學校之後，他們作為普通人的習慣就發生了大大的改變，像這樣的時間，根本就不知道如何打發才好。

「對了，課程表在你手邊吧？」樓厲凡問道，「看看今天上什麼課？」

霈林海爬起來，在自己的床頭櫃上摸呀摸呀摸呀，摸出一摞厚厚的表格，「嗯，今天是……上午第一、二節是靈異統論，在五十七樓，由娑妮教授主講……娑妮？！」

「怎麼了？」

霈林海臉上露出奇怪的扭曲表情，「娑妮……那個在迷宮中的吸鬼，也自稱娑妮……」

樓厲凡興趣缺缺的說道：「說不定是同名同姓。」

霈林海大力搖頭，「不可能的吧！『娑』這個姓氏很少見，怎麼會這麼巧就有個老師也叫這名字？以這所學校的變態推論來講……」

樓厲凡慢慢坐起來，托著下頜，慢吞吞道：「說不定……有可能……」

就算那個老師真的是迷宮裡那群吸鬼，他們也不會感覺到奇怪，要讓鬼在白天出來的方法有很多，對於那個變態校長更不是什麼難事，所以他們決定在上這個老師的課程時一定要小心，千萬不要一不留神被抓到哪個角落裡吃掉了。

「我看那個吸鬼好像挺喜歡你的，居然用那種方法誘惑……」樓厲凡這麼說的時候，眼中盛滿了無情的嘲笑笑意，「要小心，說不定她第一個來找的就是你。」

霈林海慌慌張張的將課程表翻到最後一張，腦門上跳起了突突的青筋，「不、不對啊！那個吸鬼是男人！可表上說娑妮教授是女性！而且今年七十二歲！所以絕對不是同一人！」

樓厲凡微訝，「哦？男人？你怎麼知道？」

因為當胸的那一拳……純潔的霈林海臉紅了。

樓厲凡捂住臉，按捺下罵他蠢材的欲望，道：「即使這上面寫著她是女人，你也不能確定她就一定是；即使這上面寫著她七十二歲，你也不能確定她的臉就真的長成七十二歲的樣子！這裡是什麼地方？變態領導的靈異學院！鬼門所在的地方！讓一個七十二歲的陰陽吸鬼來為你講靈異統論也不是什麼奇怪的事情。給我把警覺性提高一點，不要哪一天我一回來發現跟回來的只有你的靈體，我肯定會發飆的！你記住！」

總之，還是那句話，讓自己的室友居然在自己的守備範圍之內被鬼吃掉，那將會是樓厲凡一生最大的恥辱，到時候霈林海的靈體絕對不會有好日子過，說不定還會被做成式鬼，用完後丟進下水道沖掉！

※◆◇◆◇◆◇◆※

樓厲凡的經驗果然不是霈林海能比擬的。

當到了上課時間，他們氣喘吁吁的爬上五十七樓、坐在教室裡的時候，抱著講義從外面進來的人果然就是——那個娑妮。還是那頭紅色的及腰長髮，好像漫畫人物一樣的大眼睛，嬌小的身材，中性的打扮，看起來純真無邪。

有了那次的教訓之後，霈林海再也不敢對任何外表純真的人或者其他的什麼「生物」產生一丁點的好感，所以在教室中的同學們為了這位七十二歲的美「少女」驚呼的時候，他正坐在一臉平板表情的樓厲凡身邊，目瞪口呆。

「厲凡……真的……真是她耶……」

「看到了，我視力5.0。」

「怎……怎麼辦？我至少殺了四個她……」

「如果她真想報復，你殺幾個她都是一樣的。況且那些肯定只是分身，沒關係。」

由於自身對食物的貪婪，吸鬼有很多的分身，霈林海碰到的，可能就是那樣的情形。但是還有另外一種可能，就是同一個家族的吸鬼。

吸鬼不是像其他的鬼一樣由人的靈體在各種情況下形成，它們本身就是存在於這世上的鬼，就像山精之類的東西，誰也說不清楚它們是從哪裡來的。它們擁有嚴密的家族制度和等級觀念，等級越高的吸鬼越漂亮，同一個家族之中同等級的吸鬼往往長得很像。可以說，它們是由力量決定外貌的。

不過，既然也是叫娑妮，又長得一樣，而同一個家族中的吸鬼不可能取同樣的名字，這就可以推論，那些娑妮和這個恐怕真的是一隻鬼的主體和分身……

娑妮帶著純真而甜美的微笑走上講臺，將手中的講義放在講桌上，「各位同學早！我叫娑妮，是你們靈異統論的教授。從今天開始我們將一起學習靈異學所有學科的基本知識。我的計畫課時是九十八個小時，沒有實習。那麼，請打開你們面前講義的第一頁……」

她在說話的時候，眼神一直巡視著整個教室，但是在經過霈林海的時候並沒有什麼特殊的停留和不正常的表現，就那麼輕輕的掃一眼就過去了。

「靈異統論的全稱是靈異學統合論述，也就是講解靈異學中將會出現的所有基本名詞和基本原理，大家在過去的學習中可能對這些已經有了比較系統的瞭解，但是並不全面，我要做的就是把大家所不明白的那一部分補完……」

霈林海悄悄的對樓厲凡道：「好像真的不是她，你看她的眼神……」

樓厲凡哼了一聲：「你只要保持你的警覺性就好。在這個學校裡不正常的人多得很，不要用你正常的那一半腦子去思考問題。」

意思就是說……要用不正常的那一半腦子去思考嗎？

霈林海認真的開始搜尋自己腦袋裡不正常的那一半，不過找了半天還是徒勞，看來他還沒有學會樓厲凡高超的「分腦神功」。

「坐在後面第三排的那位高個子同學，請問你能回答一下我剛才提的問題嗎？」帶著絲毫沒有破綻的微笑，娑妮無情的叫起了正在努力練習神功的霈林海。

霈林海茫然的站起來。天知道他剛才的精力都完全放在了關於此娑妮是不是彼娑妮的問題上，怎麼可能去聽她剛才提的問題？

樓厲凡很低聲很低聲的罵了一句蠢材，小聲道：「她剛才根本就……」

「那位同學！」娑妮提高了聲音，「我相信你不會告訴他答案的，對嗎？我知道我們大家必須建立起團結互助的友愛精神，不過在這時候，你還是不要幫忙比較好一點。」

樓厲凡嘆口氣，低下頭繼續做自己的筆記。

站在那裡的霈林海臉都紅了，這麼多年以來，一向學習都相當優秀的他被老師如此拉起來回答問題，這還是第一次。

見他這麼長時間都沒有回答上來，娑妮比了個請的手勢對他道：「那麼就請你出來一下，我有一個問題想問你。其他同學請等一會兒。」

樓厲凡的眉心皺了一下，頭也不抬的對霈林海道：「要記住我的話，別被吃掉了。」

「嗯……」霈林海忐忑不安的應了一聲，跟隨她走出門去。

教室裡所有的人都伸長了脖子，想要聽清楚她究竟跟霈林海說什麼。

率先走到教室外，娑妮站定了身體，轉過身來面對霈林海。

「請問，你為什麼不聽我的課呢？」她很溫柔的笑著，「是我講得不好嗎？」

「不……不是這樣的……」

「嗯？」她走近了他一些，昂起頭看他。

這本來是一個很平常的動作，但是卻讓霈林海忽然想起了那天在迷宮中，那隻可怕的娑妮純真的抬頭看他的樣子，一聲慘叫險些衝破喉嚨。不過他畢竟不是小孩子了，勉強捂住嘴，蹬蹬蹬倒退幾步。

「妳……妳……」

「你好像很怕我的樣子。」娑妮笑道，「我長得很恐怖嗎？」

他拚命搖頭。

在帕烏麗娜副校長唸入校須知的時候，其中的一條就是「無論任何時候一定要尊重老師，絕對不允許對老師的行為有任何異議，一旦老師因為學生而發生意外，該學生將被封入夜晚班一個月作為懲戒」……

他不怕跟面前的人對戰，一群娑妮他怕，只有一個他可不怕。但是有了那條莫名其妙的校規……他不想再進哪個奇怪的空間去受罪了！

「你呀……其實在怕我吧？」她笑了，笑得腰都彎了，「呵呵呵……真是個傻孩子呢！以為我真的會吃掉你嗎？」

霈林海睜大了眼睛，忽然發現周圍的景物都在扭曲、變化！他一陣眩暈，不由得閉上了眼睛，等再睜開的時候，驚恐的發現自己又回到了那道螺旋樓梯上，面前站的是那十幾個娑妮，其中一個癱軟在欄杆邊，還有幾個被爆了頭……

「我本來不想把你吃乾淨的……」那群娑妮一起說道，「不過你太令人失望了，你不該用這麼粗野的方式拒絕我……」

張開滿是小小細細尖牙的嘴笑了笑，它們猛地一起撲了上來！

霈林海大叫一聲，身形猛退，身後又靠到了那排欄杆，他眼角的餘光往下一掃，瞥到了那個黑沉沉的地方。

——難道真的要再跳一次？

來不及想那麼多，他迅速伸出雙手放在了衝到他面前最近距離的娑妮頭上，凝聚力量準備一擊而出。

然而，就在此時，異變陡現——一雙手從後面伸過來，在他的後腦上點出了一個卍字形封印，接著頸、背、腰上也被點上了同樣的封印。

「給我醒一下！笨蛋！」

他打了一個激靈，眼前的螺旋狀樓梯和那一群娑妮刷的一聲就消失了，他的一雙手正推在娑妮教授的額前，蓄勢待發。

他慌忙卸去全身的戰意靈力，收回雙手急道：「對……對不起！教授！我突然……」

「用不著跟她說對不起。」

冷冷的聲音傳來，是樓厲凡。剛才就是他在千鈞一髮的瞬間阻止了霈林海的攻擊，否則等會兒霈林海肯定要被丟進夜晚班去了。

「咦？」

「難道你還沒搞清楚嗎？」樓厲凡不耐煩的說道，「剛才是她讓你發生了幻覺，所以你才會攻擊她！」

「啊？為什麼？」

真是蠢材……樓厲凡已經懶得說，轉身就回教室了。

娑妮捂住嘴呵呵笑道：「真是的，居然被拆穿了呢！不過這可不是我的錯，校長說如果可以讓你或樓厲凡進夜晚班懲戒一個月，他這個月就發給我兩倍的獎金哦……呵呵呵……」

也就是說，他被愛記恨的變態校長用獎金給賣了……

完全沒有任何不好意思的娑妮也坦然的向教室走去，心中充滿了無限悲憤的霈林海叫住了她：「老師！這麼說，我在迷宮中看到的真的是您嗎？您不是認真的吧？」

她靜了一下，背對著他輕笑起來：「呵呵呵……你們是我們的學生嘛，我們當然不會是……」她慢慢的轉過頭來，口中的尖利小牙發出閃閃的寒光，「……認真的……」

接下來的整整一天，霈林海都一直恍恍惚惚。

在後面的咒縛課上，那個自認為很帥氣的老頭子替他們講解地縛法，在黑板上畫了一個符咒讓他們照葫蘆畫瓢，之前都說得很清楚了千萬不要把靈力注進去、千萬不要把靈力注進去，霈林海在無意中把靈力注進去了還不算，居然照著圖形也把東西畫錯。失之毫釐，差之千里——他畫成了火符咒，在教室裡引發了一場聲勢浩大的火災，把咒縛教授自以為美的鬍子燒成了狗啃的樣子，氣得老傢伙放聲大哭，聲稱要到校長那裡告狀。

在校長正喜氣洋洋準備發給老傢伙這個月的雙份獎金，並且馬上要把臉色慘白的霈林海丟入夜晚班的時候，帕烏麗娜副校長忽然又拿出了一摞厚厚的注意事項，指出其中一條——「但凡教學中出現的意外，一律算教學事故，老師應負主要責任，學生只負次要責任或不必負責任。」

死罪可免，活罪難逃。霈林海被免了下面的課程，被罰替那個老頭子打掃辦公室。

天知道那老傢伙的辦公室幾百年沒打掃了，他一走路地上就能帶起好像汽車飛馳而過的灰塵，手放到辦公桌上再拿起來的時候那上面留下了一個清晰的手掌印，不僅是平面的形狀，還有手掌厚度的……

一天下來，霈林海只覺得心力交瘁，回到房間往床上一躺，立刻就不省人事了。

※◆◇◆◇◆◇◆※

由於被一個過去就熟悉的同學叫住談了一會兒話，今天樓厲凡回來得比較晚，一開門，就見到霈林海不脫衣服也不脫鞋的躺在床上打呼嚕。他走到床邊推了他幾下，沒反應。

「真是的……」樓厲凡嘆了一聲，拉過被子蓋在他身上，「我記得晚上還有課吧，你這個樣子還能去嗎？」

他拉開自己的抽屜，從裡面拿出課程表，看了一會兒，有些惱怒的將之用力的丟到桌子上，罵道：「這什麼鬼課程表！」

課程表上，在所有晚上的課程部分都沒有寫究竟是上什麼課，只有寫「有課——XX教授指導」就完了。

這種課程表讓人怎麼安排？怎麼預習！一點準備也沒有！要是跟上一次一樣是與式神鬼王「聯歡」，等他活著回來一定要把那個變態校長揍一頓！反正校規裡只有關於學生對老師無禮的懲戒，可是卻沒有學生對校長無禮的懲戒……

「喀喀喀！」

有人敲門。樓厲凡走過去打開門，發現外面站的是樂遂。

「哈哈哈樓厲凡，你好……」樂遂極不自然的跟他打招呼，「有沒有打擾到你……」

樓厲凡皺眉，「沒有。」好奇怪好曖昧的語氣……

樂遂的視線在房間中掃了一圈，眼尖的透過樓厲凡肩膀上看見霈林海呼呼大睡的樣子，眼神更曖昧了。

樓厲凡發現了他的目光，臉上凝起了黑雲。

樂遂忙繼續打哈哈：「啊啊……哈哈哈……我只是問個小問題，馬上就走！我們只是想知道，今天晚上究竟上什麼課，你知道嗎？」

難道就是為了這種無聊的事？！樓厲凡有點生氣道：「這種事情到了晚上不就知道了？實在很好奇的話，就去問對面的天瑾，她肯定能給你滿意的答案！」

說完這句話樓厲凡就準備甩門了，樂遂忙用腳抵住門，「請等一下！你聽我說啊！」他的身材比樓厲凡矮得多，看來就好像樓厲凡在仗勢欺人一樣，於是樓厲凡只得放手。

「說什麼？」

「你也知道的，帕烏麗娜副校長在開學典禮上說了，晚上的實習『大多數』時候不會有什麼生命危險，但是『也說不定』，我們當然要搞清楚才好去對不對？要是跟開學打掃衛生那天一樣把我們都吸進鬼門裡去，又要耗費多大的精力逃出來啊！」

在霈林海和樓厲凡被扔進那個迷宮的同時，樂遂等四人也出了問題，蛇穴實在太不好打掃，以往打掃的人都接上自來水以後猛沖，雖然蛇會被趕跑大半，但是還算比較有效，反正過一段時間牠們又會回來的。

這次不知道撞了什麼邪，先是那條長兩公里的皮管四處漏水，用什麼辦法也修不好，等好不容易找到新的皮管換上之後，自來水管又突然壞掉了，羅天舞怒氣橫生的一腳踢上水龍頭，水龍頭很輕鬆就掉了下來，一股水柱直沖另一邊站著的無辜的樂遂。

公治大怒，認定羅天舞是在報前一天打麻將的仇，一時也忘記了自己身在何處，揮舞著符咒就衝上去……結果就跟過去的每一天一樣，四個人發生大混戰，鬼門被他們的氣息激動，淅瀝嘩啦就把他們吸了進去……

他們跟霈林海他們還不一樣，霈林海他們被關進去的只有靈體，所以可以在瞭解「法則」之後不費吹灰之力就回來，他們沒那兩人那麼好運，是整個人都被吸進裡面，受了不少苦後才由那個變態校長「大發慈悲」救了回來。

「我說了，真的很想知道的話，就去問對面的天瑾，我又不是遙感師！」

「可是……」

「可是？」

「我們害怕……」

「……你的意思是，我就不可怕嗎？」

「我以為是霈林海……」以為會是霈林海開門的嘛……樂遂低著頭，聲音小小的回答。住這裡這麼久，哪一次因為有事而來找他們都是霈林海開門，樓厲凡似乎根本就不關心這種事情，就算把門敲出洞來也跟他沒關係……所以他今天會出來開門，實在是大出他們意料之外。

樓厲凡以前不愛開門的原因就是不想跟其他人打交道。這個學院內的變態太多，一個校長就已經夠了，他不想再沾其他人。幸虧室友算是比較不那麼變態的，雖然有那麼點蠢、有那麼點沒常識，可總算能好一點。

「是霈林海又怎樣？他也不是遙感師吧？」

「是，可是他肯定願意幫我們找天瑾……」

「為什麼？」

「校長說的……」

樓厲凡的臉更黑了。

霈林海為人很好，所以在別人找他幫忙的時候，他根本不會拒絕。但是最近的情況太奇怪了，來找他的人越來越多，而且都是些比較難纏的事情，不管是別人要他幫忙找難搞的老師也好，求恐怖體驗的學生也罷，他是絕對不會拒絕，而且受了欺負也不會多說一句話的。如果不是樓厲凡跟他住同一間寢室，來找他幫忙的人恐怕會更加肆無忌憚。

樓厲凡伸出一根手指點在樂遂的腦門上，慢慢的說道：「我就奇怪怎麼剛開學找他的人那麼多，原來真是那個變態的傑作。告訴你……不，告訴你們！你們給我告訴所有你們熟悉的人！」他眼神瞟向隔壁房間，那裡有三個趴在牆根聽壁角的傢伙突然背脊涼了一下，「以後不許再找霈林海來幹這種沒營養的事情！如果再讓我發現，見一次打一次！明不明白！」

樂遂點頭如搗蒜，「明白明白！」

樓厲凡一收手，他哧溜就竄回去了。

「嗚嗚嗚……說什麼有事就找霈林海……他那邊還有個這麼恐怖的樓厲凡啊！嗚嗚嗚嗚……該死的校長！」

「哈哈哈……幸虧這次我猜拳沒猜輸！」

「要不要再猜一次？看看誰去直接找那個天瑾……」

「……」

還是不要了吧……

此時的天瑾，正在拉著窗簾、沒有開燈、只點了一盞陰森森的小油燈的房間裡，一手抱著磚頭一般的大部頭《易經》，另一手撥拉著算盤進行演算，嘴裡還喃喃的叨唸著：「預感告訴我今天晚上肯定不會有什麼好事……嗯，要好好算一下，究竟出了什麼問題……咦？！這難道是……」

樓厲凡剛剛坐下，門又被敲響了。他走到門邊，不耐煩的一把拉開門道：「我說了不要老找霈林海做那種沒營養的……嚇！」

門外站的不是樂遂，也不是那四人組之中的任何一個，而是陰森森、雖然大家很想請求她幫忙但誰也不敢去找她的天瑾。

「我告訴你一件事哦……」

那麼陰森森的聲音，讓樓厲凡也忍不住退了一步。

「妳……妳什麼事？」

不知道是不是他的錯覺，明明她身上沒有任何鬼靈之類的東西，偏偏就是讓人感覺到陰冷的恐怖，尤其她擺出神秘樣子的時候，他人甚至會有她的臉也開始發出慘綠色的感覺。

「霈林海在哪裡……」

「妳找他有事？」也是幫忙嗎？……不，看來一般都是她把別人嚇得不敢照面，應該還沒有人把她嚇得不敢去照面的事情。

「他在哪裡……」

樓厲凡實在不想跟她再繼續打招呼，但是也不能就這麼把人家轟出去，萬一她真的有事呢？他萬般無奈的移開身體，讓她看清楚霈林海躺在床上睡得鼾聲如雷的樣子。

天瑾還是那樣陰森森的臉，連變都沒變一下，表情平板的說道：「啊……完蛋了，我還是來晚了。」

「妳說什麼？」

天瑾不悅的扭頭看他一眼，「我說我來晚了。」

「不，我說妳說的是什麼意思。」

「我就是來晚了！你連普通話都聽不懂嗎！」

樓厲凡忽然有了自己在跟解鬼談話的感覺，周身的氣溫立刻下降了二十多度，「妳若只是很無聊的話，奉勸妳還是回去研究妳的東西，我很忙，沒時間跟妳抬槓！」

兩人對視，視線中劈里啪啦的冒出火花，室內溫度直接降到了絕對零度。

霈林海打了個噴嚏。

天瑾看看霈林海，又看看樓厲凡，冷冰冰的說：「如果你真的想讓這個外行就這麼死掉的話，說不定會被靈異協會判見死不救的罪哦。」

「妳說什麼？」

天瑾推開堵在門口的樓厲凡，「飄」到霈林海的床前道：「你都不覺得奇怪嗎？他在這時候會睡得這麼深、這麼熟？」

樓厲凡的手梳過頭髮，不耐煩的說：「那有什麼奇怪！他今天被操練得很慘，從早上開始精神就高度緊張；下午又引發了火災，被罰去替那個兩百年都不打掃一次衛生的咒縛老頭打掃辦公室，要是妳肯定會比他累得更癱！」

「那就奇怪了……你沒發覺？」天瑾問道，「他的靈力至少在 150hix 以上，有效靈力儲量一般都在百分之九十五左右，要讓他一個人把整個教學樓都打掃一遍也不過是時間問題，只是幹了這麼點事就昏睡成這樣，你覺得可能嗎？」

樓厲凡這才感覺奇怪。照理說霈林海是不應該發生這種情況的，畢竟一起爬那一百四十七樓的時候他也有見到，在爬到頂樓時自己幾乎都要軟倒在地上了，可霈林海卻只是稍微有點喘，甚至還有相當的餘力扶著他。像這樣的人，會有可能為這點小事而睡得人事不知嗎？

他大跨步走到霈林海床前，抓住他的雙肩猛力的搖，「喂霈林海！你醒醒！霈林海！」

霈林海毫無反應。

樓厲凡的心沉了一下，又用了更大的力氣晃他，「霈林海——快醒醒！霈林海！你怎麼了！霈林海！」

天瑾一隻手放在他的肩膀上，陰陰的說道：「別晃了，他聽不到的……」

「他這到底是怎麼回事！」樓厲凡轉頭怒視天瑾，「是不是妳……」

「如果我有這種超能力倒好了，不過我本身只有遙感和預知、測算的超能力，還沒學會這麼高深的法術。」

「妳是說……」

「他被『夢』抓住了。」

「夢」也是一種磁力波，不過一般都是在沒有意識控制的時候，才會讓潛意識的力場流竄出來，產生只屬於一個人的「夢」。但是有人天生「夢」的磁力波就比較強，在意識清醒的時候也可以自由的調動，將意志力薄弱的人吸進去。

天瑾所說的被「夢」抓住，就是身體裡被種下了專門招引那種磁場的「種子」，繼而被那種強大到了可怕地步的磁力場吸入，關進「虛幻的現實」之中的意思。在那種地方受傷的話，被傷害的將會是其靈體，在本體上也會出現相同的傷害；當然，靈體若是受到了致命的傷害，本體自然也會死亡。

「我的預感告訴我，今天晚上的實習絕對會出問題，所以我算了一下，結果是……」她的眼神瞟了門口一下，樓厲凡也跟著她的目光看去，臉色一沉。他手一揮，門磅噹一聲開了，門楣上不知什麼時候黏著的一張符咒飄然落了下來……

竊聽咒！

「你們四個！給我過來！」

悄無聲息……

「我知道你們聽得見！要是再不過來我就過去把你們這幾個犯賤的打殘信不信！」

過了好一會兒，就在樓厲凡幾乎失去耐心的時候，那幾人才磨磨嘰嘰的出現在門口。

「樓老大……我們錯了……」

天瑾露出一個笑容，在他人眼中看來，那真是連地獄最深處的惡鬼也比不上的容顏！

他們開始很沒用的發起抖來。

「我所測算出來的結果顯示，今晚的實習就是『入夢』。這間學院的所有房間恐怕都被做了手腳，我們的四個房間剛好形成等邊三角形，霈林海和樓厲凡床的位置基本上在這個三角形底的中央，正是『入夢』的最佳地點。樓厲凡因為實戰經驗較強，不容易上這種當，所以招引的『夢』就進入了霈林海的意識之中。我不知道他是什麼時候被下了『入夢』所需要的種子，不過看來，他真的已經被抓住了沒錯。」

羅天舞鼓起勇氣，小心翼翼的問道：「這麼說的話……妳的意思是？」

「這一組的實習組，就是我們七個。」

那四個人同聲發出了淒厲的慘叫。

好像在證實天瑾的話一樣，從開啟的窗戶又飛入了無數瑩綠色的光點，並且伴著那恐怖而變態的笑聲。

「哦呵呵呵呵——一天不見，各位同學有沒有想我呀？今天晚上有非常美好的實習喲～現在，每四個房間就有一位同學已經陷入美妙的睡眠了吧？請其他同學也做好準備，進入囚禁那位同學的夢境！我知道你們一定是很高興的！如果你對那位同學有非分之想的話，請趕快照我說的去做吧！等你把這位睡美人救出來的時候，他一定就會以身相許了哦！哦呵呵呵呵呵～～」

刷的一聲，那變態的笑聲被硬生生掐斷在中間，瑩綠色的光點變成了黑色的灰燼。樓厲凡舉著剛剛發完力的右手，臉色非常難看。

這「每四個房間」的一組，除了天瑾這個異數之外，其他組肯定都是同性別的吧……居然能想得出這麼噁心的作戰理由，那個該死的校長還真不是一般的變態啊！

樓厲凡看了看身邊臉色都非常非常不好的人，道——

「那麼，入夢吧！」

第5章

驚悚的入夢體驗

入夢這種事情，不是說入就入得了的，必須有「載體」幫忙才行。

人的夢境非常複雜，用迷宮來形容都有過之而無不及，甚至有時候一個人可以在同時間做兩、三個夢，這些夢境環環相套，又使得這個迷宮的複雜程度呈現幾何增長。如果沒有「載體」——就是一個精神力特強的人，這個人擔負著將所有人帶領到「夢」核心的地方——或者沒有做夢者本人的帶領，大部分人都會迷失其中，永遠也出不來。

樓厲凡看了公冶他們很久，然後再看看天瑾，想想自己，發現他們幾個人之中根本就沒人有資格去當載體。如果他們裡面有一個擁有具現化能力的人就好了……

他當然也想過利用蘇決銘的次元洞開個側門進去，但是根據他所知道的，這個人的次元洞永遠都開不到目的地，大部分時候連他本人都在裡面迷路……也就打消了這個念頭。

「我先說好——」樓厲凡慢慢的說：「我們之中沒有半個可以當作入夢『載體』的人，在這之中，天瑾的靈力應該是70hix左右，你們幾個的靈力只有50hix左右，我的靈力是85hix，而且我跟霈林海住得近，靈力共振的話，我也只會比你們與他稍微相近一點，所以就由我帶路進去。但我可不保證你們的人身安全，就算只是經過『夢』，也說不定會把你們帶到地獄裡去，所以你們要做好準備，想清楚，想死的就跟我來，不想死的就留下，我不會反對的。」

他當然不會反對，能少帶一個是一個，到時候逃跑也方便。

這個變態學院的規定是只要有一節課無故不上立刻當掉，而且當掉一節課就會被留級，這樣的話被當的那個人不是他，留級的那個人更不可能會是他。

天瑾沒有反應，只說了一聲「我去」。

那個問題四人組就比較磨蹭了，湊在一堆嘰嘰喳喳了老半天，終於在留級和入夢之間選擇了……入夢。

就算是有生命危險也好，要是多留在這所變態學院一年，說不定還會發生什麼恐怖的事情呢！那是精神折磨啊！

「我們……去！」

入夢之後留下的只有他們的軀體，這很危險，很有可能被某個孤魂野鬼占領，那樣的話要搶回來就難了。所以樓厲凡先指示樂遂在附近做一次水淨，盡量消除不乾淨的東西，然後由公治用符咒以他們為圓心做出一個中級結界，再由他自己使用靈力加持，將之提高到高級水準。這樣做雖然不是百分之百的保險，但只要不是那個該死的變態校長，一般就不會有問題了。

入夢的方法很簡單，即使是剛剛入了靈異學大門的人也能掌握，因此樓厲凡不再多說，做好準備之後，便一隻手搭在霈林海的額頭上，另一隻手向他們伸出去。

天瑾冰涼的手率先搭上他，然後是羅天舞、蘇決銘、樂遂、公治。

「集中你們的精神力，不要被我甩丟了！」

樓厲凡閉上眼睛，提升全身的靈力，小心翼翼的將靈體從體內剝離，讓壓縮之後的靈體走到指尖處。他感覺到那五個人也準備好了，便輕喝一聲：「去！」

五道顏色各異的靈光刷刷幾聲，順著樓厲凡的手整齊有序進入了霈林海的身體之內。

※◆◇◆◇◆◇◆※

樓厲凡不喜歡進入他人的夢境，因為每個人對自己的隱私都有很強的保護性，而夢恰恰又是一個人最沒有保護的地方，所以當一個人想要未經允許進入他人夢境的時候，都會受到非常強大的阻力。

本來普通人的夢境阻力就已經很高，再加上霈林海異常強大的靈能力，進入時所受到的那種痛苦更是常人難以想像的了。

剛剛進入之際是一個螺旋狀的入口，狂風呼嘯，即使樓厲凡對自己施加了封印，卻還是有點手忙腳亂，他盡力維持自身靈體的完整，以防被吹散。如果三魂七魄被吹走一、兩個，他也會變成解鬼的。

樓厲凡算是比較好的，其他幾個就比較倒楣了。先是天瑾被吹走了一魄，她迅速伸出手去抓，偏偏她伸出的那隻手是握著後面羅天舞的，她的那一魄是救回來了，羅天舞四人卻像一根繩子上的螞蚱一般，搖搖擺擺的和樓厲凡他們快速遠離。

羅天舞那幾個人的靈力過低，根本無法壓抑這種阻滯風暴，如果沒有帶領的載體，真不知道他們會飛到哪裡去！如果一不小心飛到了防禦力最強的靈力中樞，那他們就真的要魂飛魄散了！

見此狀況，樓厲凡大驚失色，忙出手發出靈力搜索的靈束捆住他們，用靈感力對他們遙遙大吼：「你們幾個誰都行！快發出靈力感應波！順著我的靈束引導到我這裡來！」

那四個蠢材對視一眼，刷的一聲發出了四條靈力引導束，樓厲凡一時之間手忙腳亂，不知道先抓哪條才好，不小心一鬆手掉了一條，不過幸好身邊的天瑾還在，她抓住了險些丟掉的那一條。

風暴的來臨似乎毫無軌跡可循，但樓厲凡知道，一般這些「風暴」都是由靈體核心發出來的，所以絕對都是呈現螺旋狀的風帶，他小心翼翼的在風中尋找風眼，那裡將是風暴最為微弱的地方。

樓厲凡小心的移動身體，感應到風暴減弱的地方之後，開始平穩的下降，「我們馬上就要透入中層，你們誰也別把感應波收回去，否則迷路之後死在哪裡可不關我的事！」

「……明……明白！」

四個人的靈體跟隨著靈力感應波，悠悠蕩蕩的跟在樓厲凡和天瑾的身後，好像四顆被放在天上的氫氣球。

飄移在風暴的「眼」中，天瑾穿著白色裙子的靈體微微飄了起來，作為實體時那副陰森森的面容現在被靈體的枯黃色靈體本光掩蓋得一點不剩，縹緲的她此時就如同一位仙女，純潔靈秀得讓人激賞，飄起的裙子也引人遐思，如果她現在不是挽著樓厲凡那個木頭的話……

羅天舞四人突然齊聲慘叫，樓厲凡不明所以的看向天瑾。知道了原來是她在遙感到那幾個傢伙之後，他毫不客氣的在他們的靈力感應波上狠狠擰了幾把。

如果是本體狀態下，這種情況根本沒什麼，可他們現在全部都是靈體，感應基本上完全裸露，就算是只有感應波被傷害，對他們來說也是非常痛苦的。

四人噤聲。

「如果再讓我發現你們亂想，看我不把你們的感應波統統割斷！」

樓厲凡暗自搖頭。

迴旋在「眼」中和他們身側的風暴逐漸減弱了，他們將降落至中層。所謂的「中層」，是風暴保護下的一層薄膜，要進入「夢」中之前，他們必須要先穿透這層薄膜才行。

樓厲凡雖然視野中只有雜亂螺旋的風暴空間，看不見那層薄膜，但是他能感覺得到。在他靈感力的觸角碰觸到了些微的阻礙時，他輕輕的落在了上面。天瑾緊跟在他後面，也落在那看不見的薄膜之上，由於目測不出位置，她趔趄了一下。

當氣球飄蕩的四個傢伙就沒那麼好運了，薄膜似乎還有山嶺丘壑，他們這四顆氣球剛好撞在一個看不見的山包上，發出很大的「噹！噹！噹！噹！」一串聲響。

「真是笨死了……」樓厲凡道。

天瑾同意。

他們所在的這層薄膜就沒有剛才的風暴那麼好對付了，雖然感覺非常薄，但是其實堅韌無比，普通人根本沒有能力衝破進去！而若是強行突破的話，做夢的人就會受到很大的傷害，說不定會永遠沉睡下去。

「這要怎麼進？」天瑾問。

她當然不是問那四個正在哼哼唧唧的蠢材，而是問樓厲凡。

樓厲凡想了很久，道：「記得過去老師在講課的時候說過，如果把我們的靈力震動波拉到和對方同一個層級的話，可以被這種中層的阻礙當成是自己人，很輕易就可以過去。但是霈林海的靈力太高了，震動層級自然也會比我高出三倍不止，我就算是用盡力氣也不可能拉到和他同一個層級上，你們更不可能了……」

「如果把層級降低呢？」已經不再呻吟的公治忽然道，「他的層級過高的話，如果用降低到幾乎為零的層級來進入，他基本上是感覺不到的，就好像我們是偶爾闖入的某種意識波一樣，這樣就不會被阻礙了吧？」

樓厲凡環視他們一圈，緩緩道：「這麼說的話……你們都可以降低到那個程度嗎？」

五人點頭。

「可是我不行。」

五人狂跌。

「為……為什麼？！你的靈力這麼高……」

「就是因為靈力高……」樓厲凡不耐煩的說道：「就像過一個很小的洞一樣，小個子的人稍微一低頭就可以過去，中等身高的人也沒問題，可是個子太高的話，就算再怎麼低頭也擠不進去啊！」

「……」

「那……怎麼辦？」

沉默了一會兒，樓厲凡忽然道：「你們先進去吧，我等會兒再進去。」

天瑾道：「你有什麼辦法嗎？」

「就是沒辦法才要想！」樓厲凡有點惱火，揚聲道：「你們幾個快點進去！我馬上就會跟上去的！」

羅天舞四人閃爍著星星眼睛，「可是樓老大……載體……」

「讓天瑾帶你們！」樓厲凡毫不留情道，「她應該不會有問題的！把你們的命放心的放到她手裡吧！」

四人臉色慘綠，連靈體本光也擋不住那種恐懼的顏色，「天、天……天天天瑾？！」

「你們不滿意嗎——」

「嗚哇呀！我們不敢了！真的！沒有不滿呀……」

天瑾的身上又散發出了她招牌的陰森感覺，那幾個人連滾帶爬的逃到了自認為安全範圍之外的地方。

「真的真的！我們很樂意……」

「欠揍……」樓厲凡說。

「那我們走了，你要快點追來。」天瑾回頭對樓厲凡道，「我可沒自信帶他們出去，帶他們去送死倒差不多。」

樓厲凡點頭。而那四個人臉黑了。

※◆◇◆◇◆◇◆※

緩緩降低了靈力震動的幾人身影在逐漸消失中，最後只留下幾個影子，樓厲凡需要努力的辨識才能看出他們的臉龐。

影子們似乎回頭看了他一眼，又說了什麼，但是以他的層級已經聽不見了，只能看著他們的光影一點一點消失在薄膜之下的地方。

「那麼，來想一想能用什麼方法進去吧……」樓厲凡自言自語。

前面說過，有資格做載體的除了精神力特強的人之外，就是做夢者本人了。如果他能透過這裡探到核心，與霈林海相互接觸的話，他相信自己能很快進入最深處，完成任務。

不過，這種事情需要絕對的集中精力，所以他才要讓天瑾他們先走，若是他們之中有人不小心打擾了他，他真的會發飆的，這對霈林海可沒什麼好處。

樓厲凡坐了下來，雙手輕撫那層看不見的薄膜，閉上眼睛，開始用靈感力探知那薄膜之下「核心」的所在位置。

——**霈林海……**

——**霈林海……**

——**你在哪裡……**

——**霈林海……**

——**我知道你一定有某個部分醒著……**

——**你一定沒有完全被夢抓住……**

——**讓我進去……**

——**霈林海……**

他發散出去的靈感力感覺到了微微的鼓動，那是霈林海靈體的第一層震動，這是「本能」的震動。如果能穿透這一層，就是「本識」的震動了。一旦跟「本識」聯繫上，他就一定能進得去，他有這個信心。

但奇怪的是，在第一層「本能」的震動之下就再也沒有其他的東西，無論他如何探索，還是只有那一層的震動。

發生這種情況，大概有三種可能。

第一種是霈林海的靈體睡得太熟，對他的靈感力探索沒有反應，連震動也消失了——不過這是將死之人才會有的情況，霈林海應該不是。

第二種是霈林海的靈體震動故意躲起來，這多見於嚴重自閉以及靈力互斥的情況——不過他跟霈林海之間應該不會到互斥的程度，而且霈林海那種人也不會自閉……看他那蠢樣就知道了。

再來是第三種——霈林海的靈體震動被什麼東西隔斷了！有人侵入了他最深的意識之中，切斷了他的靈體與外界的聯繫，所以導致他昏迷不醒。

看來應該就是第三種了。但是，有誰能有這麼大的力量，居然可以束縛住 150hix 以上的霈林海呢？在這所校園裡，除了校長之外，應該不會有人比霈林海的靈力更高了！

這麼說來，霈林海是被一個靈力不高，但是精神力特強的人引導得困住了？

——霈林海你這個大蠢材！

——居然這種陷阱你也能上當！

——我看你怎麼畢業！

——說不定還留在這所變態學院裡一輩子呢！

——你快給我出來！混蛋！

——霈林海！

——你要是不出來我怎麼回去！

——霈林海——！

『我在……這裡……』

很微弱的震動波，樓厲凡連忙凝神靜氣，捕捉那震動波來源的地方。

——你在哪裡？快引導我！我要進去！

『不……行……被困住……了……』

——是什麼東西？

『強力的精神……束……幫我……』

——你他媽的是不是男人？！有本事就自己衝出來！你這種人要150hix的靈力又有什麼用！

『不……行了……我只是勉強才……我要回去了……』

——可惡……給我引導！快！我救你出去！

『……』

樓厲凡的腳下忽然裂開了一條小小的縫，霈林海的鼓動在一瞬間變得很大，樓厲凡可以從那條縫隙中隱約看見他伸向自己的手。那就是「核心」！

『厲……凡……』

樓厲凡正欲從那裡跳下，裂縫卻嗤啦一聲合上。

這並不是霈林海做的！而是有外力干擾，將霈林海好不容易送出來的感應波束割斷拖回去了！

「誰？是誰！」樓厲凡憤怒的環視四周，「我知道你一直在看著！到底是誰！快點顯形出來！否則讓我抓住你，你不會有好下場的！」

一個扭曲、流轉著的影子出現在樓厲凡眼前，逐漸清晰，那是一個穿著吊帶褲的七、八歲小男孩幻影，他留著一頭比他自己的身體還要長的長髮，好像蜘蛛的爪一般在身體四周飄蕩著。

「真是沒有耐心啊，樓厲凡。」小男孩笑道。

樓厲凡不理他說的話，直視他道：「是你抓住他的嗎？」

靈體的外表最不可信，誰也不可能靠著靈體來確定那個人的真正面目是怎樣的，所以即便他面前是一個這麼小的孩子，他也不能掉以輕心。更何況這個孩子的靈體根本就不在這裡，現在出現的只是靈體遠距離送來的投影而已。

小男孩並不直接回答他的問題，只是笑道：「你好，我的名字是溏心，是你們今晚實習的指導老師。」

——指導老師……

樓厲凡問：「這麼說，就是你抓住他的？」

溏心還是笑道：「怎麼這麼急啊，以後你的工作可不都是能一下子就結束的，太著急會老得快哦～^^」

樓厲凡臉色陰沉，「我才不管那麼多！我已經非常確定了，就是你抓住他的對不對？讓我進去！」

「呵～不用你說，我也會讓你進去的。」溏心手一揮，無形的薄膜嘩啦一聲開了一條大縫，現出一個黑色的洞來。

樓厲凡不動。

「怎麼了？不高興嗎？」

「……剛才對我百般阻撓，為什麼現在又這麼輕鬆的讓我進去？」

「你還真是防備心強啊……我當然有我自己的想法。」溏心笑著用一根食指點著自己的腦袋，說道：「不過，我暫時不會老老實實告訴你的。你到底進是不進？優惠僅此一次，逾期不候哦～」

「這才對……」

樓厲凡看了他很久，慢慢的說：「我進……」

「不過我告訴你，你在別人身上耍花樣就罷了，如果敢在我身上耍的話，等我活著出去不會輕易放過你。」

說完，他毫不猶豫的跳了下去。裂縫在他的身後緩緩合上了。

「哎呀呀……真是……自私自利的人呢……」溏心呵呵的笑，「我可沒那麼無聊去算計你啊，這一切不過是我那個變態老爸求我，我才做的……至於為什麼放你進去？用用腦子就知道嘛！你們兩個人本身就容易產生共振，你要是再這麼繼續呼喚他，一不小心讓他醒過來把我彈出去，那可就丟人了……我啊，只是為了自己的面子哦……明白嗎？」

裂縫完全合上，薄膜完好如初。

「……不過，你聽不到了……要是讓你知道你們這麼容易產生共振的事情，以後我們有趣的教學還怎麼進行下去啊？哦呵呵呵呵呵～～」

※◆◇◆◇◆◇◆※

從裂縫之中跳下去的樓厲凡沒有感覺到任何阻力，一直飄飄逸逸的下落著，周圍的景物都是黑色，什麼也看不清楚。

在下降的過程中，他一直有聽到某種聲音，似乎是岩漿翻滾之類的。不過那種聲音實在太微弱了，他總以為是自己的幻覺。然而隨著他逐漸接近「底」，那聲音越發的清晰起來。這時候的他才發現腳下已經不是那種黑沉沉的顏色，而是某種黑紅色的東西，在他遙遠的降落點蠕動著。

自從進入了這個洞之後，他就像到了另外一個「夢」裡，再也感覺不到任何霈林海的那唯一一層震動。又盡力探查了一會兒，還是沒有霈林海的任何震動，他幾乎可以確定自己已經被那個死小孩騙到另外一個人的夢裡了！

不過，也不能這麼肯定，竟然能在夢裡困住霈林海的人不會是小角色，就算是那個溏心真的切斷了霈林海與他之間的所有牽繫，他也不需要奇怪——畢竟那個小男孩是赫赫有名的拜特學院「夢」的指導老師呢！

在更接近那大片蠕動的不明物體之時，樓厲凡終於看清楚了，那不是翻滾的岩漿，聲音自然也不是岩漿發出來的，而是……食腐鬼！

食腐鬼是遺留在人間的鬼之中最為低賤的鬼，它們幾乎沒有智力，留在人間的目的就是為了吃腐爛的東西，不管是腐爛的屍體也好，腐爛的靈體也好，腐爛的式神也好，腐爛的生魂（注：靈體脫離身體而軀體未死）也好……它們一概來者不拒！甚至在餓極了的時候，活人的生氣也是它們口中的美味！

這到底是怎麼回事？！是夢嗎？可誰的「夢」裡會養這種噁心的東西？就算是具現化能

力系的人也不可能！這又不是一、兩隻，而是海樣多的鬼啊！

樓厲凡可不想落進那些東西裡面，在看清楚自己的處境之後，他就開始尋找可以停留在半空的辦法，可是在茫茫的視野中，只能看見黑色的空曠和無邊無際的食腐鬼海洋，根本沒有可以讓他暫時停留的地方。他降落得越來越快，感覺到了活人生氣的食腐鬼的腦袋似乎約好了一般齊刷刷的轉向他，殘破腐爛得讓人噁心的臉上滿是興奮的神色。

食腐鬼都以吃腐爛的食物為生，因此身體也全都殘破不堪，但這一點和解鬼不一樣，解鬼們都是被強行拆散的靈體，而食腐鬼們缺失的那些部分卻都是長期的腐爛所致。解鬼們有可能復原，食腐鬼們卻永遠都不可能。

樓厲凡越來越近了，有些性急的食腐鬼已經踩著別的同類往上攀爬，希望能在第一時間抓住樓厲凡，美餐一頓。

「我又不是腐爛的屍體……你們不會感興趣的……」樓厲凡喃喃的說著。

他舉起一隻手，驀地向下打出了靈氣擊，虛空之中似乎有電火花閃過，宛如梯子一般爬成塔形的食腐鬼們吱吱尖叫著倒了回去，掉在底下的食腐鬼身上，咕咕呷呷亂成一片。由於這一擊，樓厲凡下落的身體暫時阻滯了一下，但是並沒有太大的效果，很快他就以更快的速度繼續下落。

他的腦子裡瞬間閃過了許多種念頭——難道要用靈氣馭空？！不行！那樣幾乎就把全身的靈力都用完了！若再有攻擊就只有等死！要麼用封印？也不行！這麼多鬼怎麼封？！再下去……咦？這麼多鬼……！

記得還在家裡的時候，身為魔女的媽媽曾經講過，在這個世界上能夠真正駕馭鬼的人不多，能夠同時控制一百隻鬼以上的人更是鳳毛麟角，如果是能囚禁和封印鬼的人，一次能封印兩百隻就已經很了不起了，上千的根本沒有。

那麼這裡的鬼是什麼？被人豢養駕馭的嗎？

他確信自己絕對是在夢裡——雖然究竟是誰的夢還不曉得——可是真的有人會把這麼多鬼封印在自己的夢裡嗎？萬一夢被這些鬼擠碎，那個做夢者不就活不成了嗎？難道說那個人真的變態到了讓人無法想像的地步……不對！

他在空中忽地一個大轉體，由頭上腳下的姿勢改為與食腐鬼們腹面相對，提升超能力，讓靈力從他的四肢同時散發出來，一片幕布般的藍光以他為圓心轟然散開，好像一個罩子般將他身下的食腐鬼統統罩住，並且繼續往廣闊的四野擴張而去。

擴張得差不多的時候，他沉喝一聲：「封！」那藍光的罩體啪的一聲開始收攏，並且與擴散時一樣的速度收了回來。

罩子中，那些食腐鬼尖叫的聲音宛若洪流，吵得他耳朵都快聾掉了。他有些心煩，不過在封印完全收攏、變成一顆碩大的封印球之後，那些聲音就啪的一聲消失了。

「真是的……做得還滿像真的！險些上當了！」他轉回頭上腳下的體位，緩緩降落在封印球上。

果然不出他所料，儘管他沒有確定食腐鬼的盡頭，但是這樣隨便張開、隨意就收回的封印網並沒有遺落下任何一隻食腐鬼，現在他和他的封印球正孤零零的站在一個彷彿是荒原的地方，周圍只有種著又乾又黑、已經死了多年的低矮樹木。

他又能感覺到霈林海的第一層微弱鼓動了，這裡的確是霈林海的夢沒錯，也就是說，剛才那個真的是在「別人」的夢裡，是那個「夢」把他跟霈林海的夢隔離開了。

他從腳底慢慢抽回封印球之中的靈力，封印球一點一點的縮小。在縮小到一人多高的時候，他從上面跳了下來。

「好吧，讓我看看你們究竟有幾個？居然讓我這麼手忙腳亂……」

他一隻手貼上封印，光球上的藍色開始消退，逐漸轉化成透明，讓封印之內的東西顯露了出來……他目瞪口呆。

「怎……怎麼會是你們？！」

高亢到幾乎失真的聲音。一棵可憐的小乾枯黑樹晃了幾晃，斷掉了。

「我們也不想啊……」

尷尬無奈的苦笑……出自蘇決銘他們。

沒錯，樓厲凡在這裡費了這麼大勁封印的東西，就是天瑾、羅天舞、蘇決銘、樂遂、公治！五個人狼狽的擠在一人多高的小封印球裡，看起來非常不好受。

「怎麼會這樣？！」樓厲凡不可思議道，「我明明封印的是食腐鬼……」

他本來以為那些食腐鬼是「真實的幻影」，就是有人放了幾隻真的食腐鬼在那裡，然後做出以假亂真的大量影像，就像在那裡放了成千上萬個萬花筒一樣。所以他用了搜索封印，相信那幾隻真的食腐鬼不會在太遠的地方，但是沒想到……居然是他們？！

「有精力思考那個，不如先快點把我們放出去！」

天瑾那種陰森森的感覺又出現了，在有靈體本光掩蓋的靈體上尚且如此，那在普通狀況下的身體的話……看來她是真的真的真的非常憤怒。

樓厲凡恍然，立刻收回封印。五個人一落地，同時脫力跪倒在地上。

這可不是他們想下跪的，而是封印鬼的封印本身就帶有吸附被封印之物能力的屬性，即使只有這麼一會兒，他們的力量就被吸走了不少。

「你……你是不是有病啊！」

羅天舞的超能力是詛咒，對吸附力量之類與詛咒有關的超能力很有些抵抗性，所以恢復得比較快，他率先從地上跳起來揪住樓厲凡的領子，怒道：「看見你掉下來的時候我們本來還很好心的想去接住你，可你呢？！看都不看我們一眼就先給了一招靈氣擊！這倒罷了！居然還撒那麼大的網封印我們！我們逃都沒地方逃！說！你什麼意思？！」

「……」樓厲凡看了他好一會兒，眉頭也不皺一下，「我搞錯了。」

羅天舞倒地。

「你……你這個人都不會道歉的嗎！」蘇決銘叫道。

樓厲凡順手揮開羅天舞的手，轉身向霈林海第一層鼓動傳來的地方走去。

「有時間在這裡磨蹭這種小事，還不如趕快把霈林海弄出來，我們出去。」他說。

羅天舞氣得跳腳，天瑾感覺好點了，也從地上站了起來，陰森森道：「他那種人，你要讓他道歉，除非太陽晚上出來。還是先辦完事出去再說吧。」

四個人雖然依舊氣憤難平，但也只有點頭——開玩笑，他可是他們的「載體」呢！

剛才天瑾把他們帶到這裡之後就不再繼續走，而是嘴裡唸唸有詞的計算究竟往哪邊走合適，可是她對自己的要求實在是太嚴格了，一定要確定行進的精確方向才行。樓厲凡掉下來的時候，她正在計算究竟是從左轉 25.64 度走好，還是右轉 73.15 度走好……要他們乖乖等她算完，恐怕就得到下個學期去了！所以他們是如此感激上天把樓厲凡這麼快送過來……

但、是！那個混蛋居然能幹出這麼烏龍的事情！這麼久了連靈體和鬼靈都分不清楚嗎！把他們又是打又是封，要在外邊的話，就一定要告他個亂用超能力罪！

……不過在這裡，他們還需要他的超能力，所以暫時只有敢怒不敢言。

樓厲凡跟隨著靈感搜索的方向行進，天瑾和四人組緊隨其後。

真不知道是誰製造的這個夢境，居然能有這麼廣闊的空間，他們走了不知多遠的距離，卻還是找不到「核心」可能應該在的地方。

難道是自己走錯了？樓厲凡不禁心中暗自嘀咕。不過他不會說出來的，否則羅天舞他們鬧騰起來會很煩人，而且就算是真的錯了，告訴他們也沒用，一點忙也幫不上。

六人繼續往前走著，腳下慢慢的出現了綠色，剛開始是綠色的青草嫩芽，薄薄的鋪在地上，非常稀疏，然後逐漸變成長得細細的小草，再之後是小小的樹、正在慢慢長高的樹、參天大樹……

在不知不覺中，他們身邊的荒野已經被林木所替代，周圍一片綠意盎然，有無名的鳥在林中婉轉嬌啼。

對於靈異經驗極為貧乏的羅天舞幾人目瞪口呆，樓厲凡和天瑾卻沉了臉，暗自戒備。

就算一個人可以同時做兩、三個夢，但在這「同時」的瞬間是不會有不同的磁波出現，因此做的夢都是大同小異，風格也基本上都相同。如果在這種時候出現了夢的風格突然改變的情況，那就要絕對小心了！這情況要麼是有人在搗亂，要麼是做夢者受到了什麼刺激，磁波突然改變，這種時候非常容易迷路。有史以來，凡是死在他人夢中的人，幾乎都是栽在這上面的。

「哦～呵呵呵呵呵呵呵～～～」

一陣極像那變態校長的笑聲突然響起，沒防備的幾個人險些背過氣去，慌忙做好迎戰準備，憤怒到有點發抖的想著那個變態校長會從哪裡來……

不過他們想錯了，發出那陣笑聲的人不是變態校長，而是其他人——

一個少年。

少年長得很漂亮，不看他身上衣服的時候，他們還會以為是少女。他們看到他時，他正非常優雅的坐在一根樹杈上，身後宛如蜘蛛之爪的黑色長髮撲散開來，襯托得那張漂亮的臉有種詭異的感覺。

「你們好，我是溏心，你們今晚的指導老師——^^需要幫什麼忙嗎？」

第6章

變態的兒子還是變態

樓厲凡對拜特學院老師們明知故問的官僚作風深惡痛絕，若是別人——比如羅天舞四人，必定會對這樣一張漂亮的臉給幾分面子。可惜，他不是他們。

他還是那麼毫無表情、冷冰冰的說道：「你又把我們引出霈林海的夢了對不對？霈林海在哪裡？我要帶他回去。」

溏心很詭異的笑道：「哦呵呵呵呵呵～你們真是感情好啊！看來情侶之間果然不是浪得虛名呢～」

樓厲凡還是那麼冷冷的說道：「你犯了三個錯誤。第一，我救他出去自然有我的道理，跟你想的東西無關；第二，我們感情好不好不關你的事；第三，你沒回答我的問題。」

「真是個沒趣的傢伙！」溏心很不滿，輕飄飄的從樹上跳下來。

其實說「跳」也不對，他其實是「滑」下來的，就好像那裡有一道滑梯，他就在滑梯上輕輕的溜了下來。不過他並沒有接觸到地面，還是雙腳離地飄浮在半空中，交叉著雙腿懸空坐著。

「好了，我知道你們來的目的是想帶回霈林海。」

——這是肯定的！真是廢話！

樓厲凡瞪了他一眼。

溏心不為所動，續道：「可是這畢竟是實習……我當然不會讓你們這麼簡單就出去！哦呵呵呵呵～尤其是在你們這麼冒犯我之後！」

羅天舞四人慌忙大叫：「美少女老師啊！冒犯您的是他啊！跟我們沒關係……嗚哇！」

聽到他們居然叫自己「美少女」老師，溏心的雙眼之中驀地射出兩道白光，那四個人本能的迅速後退，卻沒能躲過那竟會拐彎的死光，霎時間被電得煙霧繚繞、肉香撲鼻……

四人慘叫。

「你們說誰是美少女啊！雖然我叫溏心，但不表示我就是女的！雖然我長得這麼傾國傾城……也不許你們錯認！」

這麼自戀的人還是第一次見到，樓厲凡真是一句多餘的話也不想對他多說。

「我的目的就是要帶霈林海出去，告訴我你的條件。」

「我的條件很簡單……」

溏心對身後打了一個響指，種得密密麻麻的樹木倏地向兩邊散了開來。

在距離他們十公尺左右的地方被開出了一片空地，一個穿著長長紗裙的人浮躺在半空中，有聖光一般的白色光輪從天上降下照在那人身上，透出一種美麗的恬淡氣氛。所有人的目光都被吸引過去了，多麼美麗啊……

啊啊……他們的確想這麼形容的，但是……那是說，如果那個穿著又性感又暴露的紗裙的人不是霈林海的話……

羅天舞他們跑到一邊開始狂吐，天瑾的兩個眼珠子縮成了綠豆大，樓厲凡已經僵直的腦袋上飛過一隻烏鴉。

「那個……到底是？」

想想吧！讓一個身高接近一百九十公分的大男人穿著潔白的紗裙，性感的低胸處露出的是有力的胸肌，兩隻大腳丫子和兩隻多毛的腿在裙子外面晃蕩……

又呆呆的看了五秒鐘，天瑾也跑到一邊吐去了。

樓厲凡不愧是曾經被扮成過女人的，非常鎮定自若……沒有去吐，而是僵硬的回頭面對正在為自己的豐功偉績而得意狂笑的溏心，「你……不會跟那個變態校長有什麼關係吧？」不可能吧……

「哦呵呵呵～被你看出來了？那個變態是我老爸啦！呵呵呵～我們的審美觀念都是差不多的啊！哦呵呵呵呵～～」

連笑聲都差不多……

不過，現在不是管那種事的時候，反正只要是這所學校的老師都會有點問題，是不是那個變態校長的兒子也無所謂，只要能完成實習出去就好了。

「……你們父子這種讓人傾倒的審美觀念，我們已經有一個比較直觀的瞭解了。」樓厲凡很努力才沒讓自己跟那幾個人一樣吐出來，「告訴我，要怎麼做才能完成實習？」

「呵呵呵呵呵呵～～」溏心笑得很純潔，「進來之前校長不是應該已經說過了嗎？你們拯救的是『睡美人』啊～所以說——」

樓厲凡忽然有了某種非常不好的預感。

「只要你們之中的某個人吻他一下就好了！^^」

天瑾他們的腦子裡忽然浮現出了自己跟那種人妖一樣的東西接吻的畫面，又開始控制不住的狂吐；樓厲凡則僵在那裡，可以看得出他臉上的皮膚在微微抖動……

「那麼，為了完成本次實習，為了你們的夢境實習不被當掉……選擇代表吧！^^」

天瑾等五人的目光刷的一聲射向了臉色像中毒一般開始發黑的樓厲凡。

「不——要——想！」樓厲凡一字一句的說。

「樓大哥——」

「不要叫我！」

「可是……」

「誰想去誰去！反正我不去！」樓厲凡暴喝。

看來這件事對他來說壓力很大……沒壓力才見鬼了！

「說！你們誰願意去？！」

那幾個人——包括天瑾——一起退了一步。

「既然如此……天瑾！這裡面只有妳是女孩子，要不要吻他？」樓厲凡誘導著。

「我才不要。」天瑾臉色綠綠的回答，「女孩子的初吻可是很寶貴的，怎麼能浪費在這種人妖身上。」

「羅天舞？」

「我不要啊！我的初吻是要獻給漂亮美眉的！」

「蘇決銘？」

「我也是！不管是第幾次初吻也絕不交給人妖！」

眾人：小銘啊……第N次的那個不叫初吻啊……

「樂遂？」

「我……我……我死也不要！你殺了我吧！」

眾人：沒那個必要啊！

「你們都不要？那公……公治？公治！」

公治已經吐得昏過去了。

「那你們到底要怎樣！究竟誰上去！」樓厲凡吼道。

「你！」醒著的那四個人，有志一同的指著他。

「……」

沉默……沉默……沉默……

「我殺了你們啊——！」

「哇啊啊啊啊——」四散逃開。

※◆◇◆◇◆◇◆※

「喂……你們到底要打到什麼時候啊……」

那邊熱鬧滾滾、塵土飛揚，溏心被晾在原地，寂寞的飄浮著。

「要是所有的學生都像你們這樣，我的教學要到什麼時候才能完……」

他的身體忽然猛地抖動了一下，似乎有什麼東西想破開他出來一樣。他的臉色微微一變，但是很快又微笑了。

「你不要以為能鬥得過我……」他喃喃道，「150hix又怎樣？如果不會用，不過也就是破爛一堆！等著吧，等他們打完了，想起你來了，再說。」

樓厲凡把羅天舞他們每個都抓住打了一頓，不過因為天瑾是女孩子，他下不了手，便在另外那幾個人身上半點不少的討了回來，這才心情稍微舒暢一點，甩下滿地的屍體走到溏心身邊。

「除了這個，難道就沒有別的辦法了嗎？」

「當然有……」溏心還是那種寂寞的表情。這也難怪，這還是第一次有人這麼不顧他在身邊就自己去玩。他哀傷的說：「本來我是不會告訴你們的，不過要是再等你們打完，我肯定要寂寞死了……」

樓厲凡：果然跟他老爸一模一樣，見不得窮人過好日子。

「……不過，如果你們之中有誰吻他一下，全部的人都可以出去，可是換一種考驗方式的話，你們就得一個一個過了喲！真的不考慮第一種方法？」

其他幾人的眼中射出微弱的希望之火，但轉眼間就被樓厲凡冰冷的視線撲滅了。

「絕不考慮！」

「那好吧！」溏心大大的嘆了一口氣，用非常非常遺憾且沉痛的口氣道：「你們的第二項考驗就是……」

幾人睜大了眼睛。

「式神格鬥！」

「式神格鬥？！」

羅天舞他們開始悲憤的號叫，天瑾沒有表情，樓厲凡的表情稍微變了一下。

式神格鬥也是格鬥的一種，由於式神本身吸取的是主人的力量，所以主人的力量越大，式神就越強大，常常有人以式神進行互相打鬥，也有正式的格鬥比賽。

但一般人在夢中是不能呼喚出式神的，因為在夢中的人本身就是一個靈體，或者說，就是一個「本體式神」。一個式神無法控制另外一個式神，這是這個世界的「法則」，只有能力夠高的人才能在某個範圍之內修改「法則」，普通人根本想都不要想。

「不要搞錯了，不是讓你們的式神格鬥，我相信在這裡畢業之前不會有人能在夢中呼喚式神。我的意思是讓你們與我的式神格鬥，簡稱『式神格鬥』，明白了嗎？^^」

「什麼——！！」

如果他能在「夢」中呼喚式神，就表明他的能力已經達到了可以修改「法則」的地步，即使是從拜特畢業的學生也不一定能達到這種程度，更何況他們這些剛入校的菜鳥？！

「不同意我的提議就當掉你們！哼哼……」

成功的發現他們臉上不約而同都出現了青黑的顏色，溏心更得意了。

「要麼吻他，要麼格鬥，你們選一項吧！」

「……」

「……格鬥……」寧可格鬥，也絕不吻人妖！

「……」

在得到明確的答覆之後，地面上驀地出現了一道內徑約二十公尺左右的五芒星圖案，光芒乍起，晃得人睜不開眼睛。

那光芒將六人包圍在中間，在這之中很明顯可以感覺到「法則」的改變——這不是「夢」的法則，而是外面那個「真實的世界」的法則，他們幾個人的「屬性」也在這種法則中發生改變，逐漸開始實體化。

溏心的聲音悠悠的在周圍響起：「今天將採用輪流淘汰制。我本來打算用六個式神跟你們對打，不過看在你們還是新生的分上，我今天只用三個式神。誰輸了就失去資格，站到五芒星結界的邊緣去，讓下一個人來打，最後剩下的那一個就是贏家，中間可以調換次序，只要是有資格的人隨時可以交換上場，但是在中途可不允許退場喲～明白了嗎？」

「明白了。」

回答的人只有樓厲凡，其他幾個人都低著頭，默不作聲。

三個式神……三個啊……雖然減去了一半的數量，但還是太多了！羅天舞他們沒有式神格鬥的經驗，因為他們根本就沒有式神！對於式神的格鬥方式、格鬥習慣等等全不瞭解，此時他們正在後悔得心裡發毛……

天瑾在旁邊呆站了一會兒，蹲下來用手指在地上畫著一些別人看不懂的符號，似乎在計算什麼，嘴裡唸唸有詞。

溏心看見她畫的東西時，露出若有所思的表情，不過他很快笑了起來，微微點頭。

「既然如此……那麼，第一個式神，千嬌百媚！出來！」

除了依然毫無所動的蹲在地上計算的天瑾，其他人都做好了備戰的姿態嚴陣以待。

不過……千嬌百媚？好奇怪的名字！這第一個式神會是什麼樣子呢？是毒蜘蛛？還是八腳大章魚？抑或是……

結界之中騰地捲起了厚厚的煙塵，一片白霧瀰漫，伸手不見五指。站著的人都被嗆得噴嚏連天，涕淚齊流，只有蹲下的天瑾沒有被煙塵嗆到，依然在算她的題。

煙塵逐漸散去，結界的中心有某樣纖細的影子向他們走過來。那身影是如此的優雅，如此的妖嬈，一步一顫，一步一搖，無論怎麼看也不是會有八隻爪子的怪物影像……

走近了、走近了、再近一點……

「嗨～幾位帥哥，你們好啊～呵呵呵呵呵——」

除了勉強站住的樓厲凡，所有正在嚴肅備戰中的人全部摔倒在地。

那個根本不是什麼八爪章魚，更不是什麼怪物，而是一個有著一頭金色大波浪、胸部異常「雄偉」、腰肢纖細得可以讓所有的男人一手掌握、還穿著一身惹火的緊身皮衣的大——美女！

「小夥子們——今天要和我『對戰』的是哪一個呢？」

金髮的外國大美女眨了眨擁有長長睫毛的眼睛，拋出一個超級電眼，頓時有幾個人就開始昏昏然。在聽到她曖昧的說出「對戰」這兩個本來很正常的字的時候，已經有人鼻血都流出來了。

樓厲凡看了美女很久，回頭問在結界外笑得快抽筋的溏心：「這個，是什麼東西？」

溏心也仿照美女的電眼眨一眨，「呵呵呵呵……感覺不得到嗎？是式神嘛～」

「式神……」樓厲凡真想給他一拳，「哪有人用這種東西當式神！你不會就專門養這東西來耍別人玩的吧！」

「如果我說是呢？」溏心笑得非常純潔。

「……」樓厲凡轉過頭去，心道這臭小子果然是跟那個變態校長有血緣關係的……

美女的電眼果然厲害，還沒眨多少下就已經有人昏昏沉沉的往她那邊晃了過去。

那是六個人之中定力最差的公治，他的「符咒」本身就是不穩定的性質，因此他的性質也極其不穩定，非常容易被誘惑。他踩著虛浮的步子，口水都要流出來了，身體搖晃著走到美女的身邊，張開了雙臂。

「I'm coming, baby——」

美女也張開了雙臂，「I'm here, darling——」

兩人好像多年不見的情侶一樣擁抱在一起。

羅天舞他們都低下頭去，不敢看公冶淒慘的下場。

五分鐘過去了……十分鐘過去了……十五分鐘過去了……

咦？沒動靜？

再看時，他們兩個還抱在一起，一動沒動。

蘇決銘羨慕得嘖嘖有聲：「看看人家……嘖嘖……這麼快就……不過，怎麼這麼久了也不動呢？」

羅天舞忽然臉色大變，幾步上前猛地在後方將公冶的身體拉開，公冶和那個女人之間有數條長長的噁心觸角，觸角源頭在女人的身上，另一頭插在公冶身上，宛如蜈蚣一般，被拉開的時候有黏液滴滴答答的從公冶身上的傷口滴到地上。一離開公冶的身體，那些觸角就扭動著消失了。

再看那個式神的臉時，她已經不再是女性，金色波浪捲髮之下是一隻彷彿蛇頭般的黑色腦袋，但是那髮絲還是沒有變，從後面披散了下來。而公冶臉色青灰，早已昏了過去。

這種式神用蛇靈做成，雄性稱為蛇男，雌性稱為蛇女，生性兇殘，但非常善於誘惑和偽裝。一般人都不會用它，因為太危險了，一旦控制不好連施術者本身都有危險。

「你幹什麼！」羅天舞回頭對溏心怒吼道，「你真的想殺了他嗎！」

溏心微笑著，臉色不變道：「誰叫你們要選擇這條比較難走的路呢……」

被搶走「食物」的蛇女非常不高興，它露出口中尖長的毒牙和細長分岔的舌頭，嘶嘶叫道：「把他……給我……」

再也沒有珠圓玉潤的感覺，它的聲音已經變得非常嘶啞難聽，感覺非常噁心。

羅天舞抱起公治拋向蘇泱銘，「接住！他被毒素侵襲了！快讓樂遂做水淨！」

蘇泱銘伸出雙手，公治隨著拋物線恰恰落入他懷裡。蘇泱銘將他放在地上，樂遂伸出一指放在公治的額頭，指尖發出白色的光芒，小小的水柱自光芒之中環狀噴出，圍繞著公治被觸角穿入還在流著黏液的傷口，沖洗水淨。

「公治失去資格！」溏心很快樂般的喊道，「接下來是羅天舞！蛇女，吃了他！」

蛇女對溏心溫順的點了點頭，忽地對還沒做好準備的羅天舞張開了血盆大口。

那真的只能用血盆大口來形容，它的下頷已經貼到了胸前，而上頷與下頷形成了足足有一百八十度以上的角度，口中的尖牙長舌一覽無遺，似乎還能從那同時張大的喉管中看見裡面曾經被它吃掉的人的骸骨……

它向羅天舞一口咬下去，身形在攻擊之時以幾乎看不見的速度竄出。羅天舞正想左右閃開，忽然想起樂遂他們正在自己的身後為公治治療，如果他一退，完全沒有防備的那三人就會直接面對蛇女！

他的腦中瞬間轉過無數想法，最終身體一沉，紮出馬步，迎接蛇女的攻擊。

「天舞——！」

對準蛇女迅疾撲來的喉嚨，羅天舞體內的靈氣快速流轉，隨即聚集到手上，雙手砰然發出了直徑約為半公尺的紅光，「爆裂詛咒！」

紅光觸及之處發出了大量劈啪的電光，蛇女痛得尖叫一聲，攻勢一緩，身體昂然抬起三、四公尺高，身體四周劈啪閃出無數電光，剎時由頭至腳漸次剝離了人的外表，完全恢復了原貌，原來金髮美女的原身竟是一隻七、八公尺長的大蟒！

現出原形的它已經不會說話，只是凶殘的盯著那個讓自己如此痛苦的人，發出噁心的嘶嘶聲，口中流出黏稠的涎液。

羅天舞目瞪口呆。他的「爆裂詛咒」用在一般妖怪鬼物身上的時候，都會隨著劈啪的電光向其全身蔓延，最終全部爆裂！可是這蛇女不僅沒有全身爆裂，甚至連一點傷也沒有，只是被打回了原形。

他努力使出來的這一招只得到了一個結果——把它激怒了！

蛇女的頭再次高抬起來，再次張開大口向羅天舞猛撲，這次它是將彷彿磨盤般大小的腦袋的力量全部砸下來，無論羅天舞多麼有能力也擋不住這一擊！而當蛇女攻擊時，羅天舞的身體以最快的速度向左騰跳起來，蛇頭整個砸到地上，發出一聲轟然巨響，待它再抬頭時，地上出現了一個半人多高的坑。

羅天舞吞了口口水，慢慢的後退、後退、後退……身後好像碰到了什麼東西……他不敢回頭，伸手一摸，是結界罩！也就是說，他已經退到盡頭了！

蛇女橢圓形頭上的那兩顆讓人想起黏滑蝌蚪的眼睛惡狠狠地盯著他，龐大的身軀毫不猶豫的向他滑行過來。

「嘶——嘶——」

羅天舞再次吞口口水，低聲喃喃道：「我還年輕……我還有大好年華……我還沒談過戀愛……我不要死啊啊啊啊啊啊啊——！」

他沿著結界罩的邊緣狂奔起來，蛇女一見他逃走，自然也如離弦之箭般開始狂追。

只見他們是一個在前面跑，一個在後面滑行，後面的蛇女多少次都幾乎碰觸到他的衣服，卻被他拚死逃走。一人一蛇就這麼死命的逃、死命的追，繞著結界的邊罩不停轉圈，看得其他人頭都昏了。

由於對戰者是羅天舞，根據剛才溏心在這個空間所訂立的式神格鬥規則，一個式神或者本體式神尚未失敗，其他的式神和本體式神就不允許干涉，其他人也只有目瞪口呆的看著他們這場無聊的追逐戰，束手無策。

無聊的追逐大約進行了有半個小時左右，蛇女的速度漸漸慢了下來，還呼哧呼哧喘起了粗氣，又過了一會兒，連身形也似乎比剛才小了一圈。

溏心的臉色變了變。

樓厲凡從剛才就一直默無表情的看著他們，到了此時，他的臉上忽然露出似有若無的笑容。他看一眼溏心，好像用眼睛說了什麼，溏心憤怒的轉過頭去。

樓厲凡揚聲對還在疲於奔命、完全沒注意到身後追兵狀況的羅天舞道：「蛇女的持久力很差，更何況是這種龐大的蟒！現在是時候了！」

蛇女的持久力差，羅天舞的持久力當然也不會好到哪裡去，他比蛇女喘得還厲害，一聽樓厲凡說到時候了，他本能的回了一下頭，速度一慢，蛇女瞬間就竄到他身邊，長長的舌頭率先衝過來沾到他的臉……

「嗚哇呀！好噁心呀——反噬詛咒！」

「反噬詛咒」是詛咒中最為有力的一招，它可以將敵人的攻擊力全部反彈回敵人自己身上，並且由於詛咒鏡反衝的力量，可以將攻擊力再加大兩倍！

蛇女彷彿撞上了一堵無形的牆，身軀隨著巨響擠成了一團，長舌纏上了它自己的腦袋，捆得連眼睛都找不到了。它很快癱軟了下來，不再動彈。

羅天舞驚魂未定跌坐在地上，看著蛇女癱軟的身軀，張著嘴說不出話來。

「我們贏了。」樓厲凡啪啪的鼓了兩下掌，眼神瞟向溏心，「如何？很失望嗎？」

如果羅天舞當時是跟蛇女正面對戰的話，絕對不會這麼簡單就打敗她，他的幸運就在於那一逃，把蛇女的耐力消磨掉之後再使用「反噬詛咒」，就保證了它不會因為能力大大高於他們而對羅天舞本人進行反彈。

「還早還早！」溏心很憤怒的張牙舞爪，身後彷彿蜘蛛之爪的長髮也舞動起來，「這才第一個式神！哪裡有那麼簡單！」

他一指癱在那裡的蛇女，喝了一聲：「回去！叫你們老大來！」

蛇女的身軀無聲無息消失在那裡。

「還有……兩個式神。」樓厲凡說。

蘇泱銘跑到羅天舞身邊，發現他還呈呆滯狀態，便拖住他腋下將他拖回樂遂那裡。

樂遂把手放在羅天舞面前晃了晃，沒反應，問道：「他怎麼了？」

蘇泱銘苦笑：「受刺激太大……大概是沒想到那麼龐大的東西這麼簡單就被消滅吧。」

「……原來如此。」

解決了一個式神，這時候，五芒星的中央浮起了一個小小的光環，正在談論的樂遂他們住了嘴，緊張的看著它，暗自猜測這次會是什麼東西。

光環之下又浮起一個光環，然後是第三個、第四個……

第一個光環浮到了半人多高的地方便不再升高，第二個光環升到它的下方與之相拼接，第三個、第四個也相繼類推，終於合圍成一根光管，上面約五分之一的地方開始縮小，中間的部分開始分岔，下面分成了兩個部分，就好像一個人的身體正在這光管之中成形一般。

——這個……難道是……

樓厲凡的眉毛擰了起來，他看看溏心，後者正忙著梳理自己的頭髮，似乎連看都懶得看這邊一眼。

在形成了一個小孩的身體模型之後，那些光管啪的一聲由上至下開始輕輕炸開，一個小孩子的臉與身體逐漸隨著慢慢剝脫的光之碎片顯露在他們面前。

那是一個小男孩，非常瘦小，一看就是長期營養不良導致的，大大的腦袋架在細細的脖子上，看來隨時都會斷掉。他身上穿著骯髒破爛的衣服，光著兩隻腳丫，又黑又細的小手臂緊緊的抱著自己，一雙顯得非常大的眼睛驚惶看著面前的人。

天瑾停下了手中的計算，看看地上算出的結果，再看看那個孩子，她也皺緊了眉頭，走到樓厲凡身邊低聲道：「這個小孩……」

樓厲凡一揮手，阻止她繼續說下去，「沒關係，就看看他能玩出什麼花樣來。」

蘇決銘和樂遂愕然的看著那孩子，顯然過去他們沒見過這樣的式神，有點不知所措。
「喂……他不會是用餓鬼做的式神吧？」
「也難說噢……那種人什麼做不出來……」
「不過居然用這麼小的孩子……太過分了吧！」
「這已經不是變態，而是殘忍了啊！」
「這一個式神──」溏心道，「名字叫做小餓。你們誰願意上？」
樂遂和蘇決銘兩人竊竊私語：「喂，你上不上？」
「我才不要！虐待兒童的事情我做不來！」
「我也是……」
溏心忽然大喊：「好！蘇決銘、樂遂棄權！等同失敗！樓厲凡和天瑾，你們誰上？」
蘇決銘樂遂嚇了一跳，「什麼什麼？！誰說我們棄權的？我們沒有啊！」
「抗議無效，駁回。」溏心得意洋洋的對怒視他的樓厲凡笑著問道：「呵～如何？你上不上？」
蘇決銘他們冤枉的叫著：「老師啊！我們真的沒有……」
「閉嘴！」說話的不是溏心，而是天瑾，她冷淡的說道：「反正你們上去也只有輸的分，不要再爭了。」
「可是……」
「想不想知道你們未來十年的厄運？」
「……」

「……我們認輸……」

白痴才去專門知道那些厄運，不僅完全避免不了，甚至還可能加重倒楣的程度，這是每一個靈異學院的學生都瞭解的事實。

又被晾在一邊的溏心不甘極了，飄得離結界罩近一點，對那孩子叫道：「小餓！讓我看看你的表現吧！」

小孩還是那麼驚惶，小心翼翼的走向樓厲凡和天瑾。

「哥哥……姐姐……不是我要的……是他一定要我這麼幹的……」小孩一邊走，一邊用小小的聲音為自己辯解。

那麼小的聲音惹人心痛愛憐，若是個心腸軟的在這裡，必定馬上走過去抱起他好好安撫，但他現在面對的是樓厲凡和天瑾，他們兩個與心腸軟之類的詞是根本搭不上關係的。

他們兩個看似很平常的站在那裡，但只要是稍微有點資歷的靈能師就能看出來，他們身上的靈能已經達到了至高點，正嚴陣以待。

走到距離他們半步的距離時，小孩戰戰兢兢的站住了。

「這……真的不是我要做的……哥哥姐姐……你們能原諒我嗎？」

樓厲凡慢慢的說：「我們會原諒你……」

小孩的臉上露出欣喜的神色，然而樓厲凡接下來又說了三個字：「……才有鬼！」

他張開五指，蘊藏多時的靈氣擊向著小孩一掌揮出，攜帶著颶風般的呼嘯，在蘇決銘和樂遂的驚呼聲中，小孩的身體擦著地面被轟隆隆砸到了十公尺開外的地方，凡他所過之處，土層和地上的綠草統統翻了過來，最後他的小小身軀有一半都被埋在了地下，一動不動。

自始至終，小孩一點聲音也沒有發出來。

「樓厲凡！」蘇泱銘起身大跨步走到他身邊，揪住他的領子大吼：「你是不是人啊！這麼小的小孩你也下得了手！」

樓厲凡漠然的看著他，「你這個蠢材。」

「你說什麼！」眼見蘇泱銘一拳頭就要揮過去，樂遂慌忙撲上，抱住他的腰往後扯。「泱銘！現在不是打架的時候！樓厲凡會這麼做肯定有他的理由！」

「他能有什麼理由！」蘇泱銘憤然，「雖然是一個式神，但終究是一個小孩子做的！他居然能這麼冷血一巴掌把他打倒！」

樂遂死命抱著他的腰不鬆手，「不管他是不是冷血，你都不覺得奇怪嗎！」

蘇泱銘停下手，「奇怪什麼？」

樂遂張了張嘴，還沒來得及回答，被打到土裡的小孩此時蠕動了起來，口中發出了細小的哭聲：「媽媽……媽媽……嗚嗚嗚……媽媽……好痛哦……媽媽……」

哭聲雖然不大，但是卻讓人心酸不已，就連天瑾和樓厲凡的臉上也不由自主露出了些許不忍的神色。

小孩慢慢的從土中爬出來，黑瘦的小臉上滿是血汙，一隻小胳膊已經斷了，以奇怪的方式扭曲著，斷裂的骨頭有一部分都露在外面，只用另一隻小手和兩條腿艱難的爬著。

「嗚嗚嗚……媽媽……你在哪裡呀……嗚嗚嗚嗚……我好痛……媽媽……」

蘇泱銘的右手攥成了拳頭，「你看你……幹了什麼！」

他一拳揮向樓厲凡，樓厲凡居然也不躲，就那麼硬生生承受了下來，不過臉被打得側向了一邊，再轉過頭時，眼神冰冷。

蘇決銘掙脫樂遂，頭也不回的向那孩子跑去。

「哼，連這一點判斷力也沒有，居然還當靈能師？真不知道你過去的學校是怎麼讓你畢業的。」樓厲凡站在原地淡淡的說道：「如果真的想救那個式神就隨便你，反正你死了也與我無關。」

蘇決銘跑到孩子身邊，抱起他小小的身體在懷中輕聲安撫：「不要哭……大哥哥幫你治傷，帶你去找媽媽……」

小孩仰起滿是血汙的臉，天真的看著他說：「真的嗎？大哥哥？」

「真的！」蘇決銘心疼的撩起小孩散亂的頭髮，「當然是真……的……」

「決銘！」

蘇決銘愕然看著被他輕輕一觸就掉下來的小孩頭髮，原本有頭髮覆蓋的地方露出一片慘不忍睹的血肉模糊，他慢慢鬆開自己環抱著小孩身體的另一隻手，手指觸到了小孩裸露在破爛衣服之外的軀體，那上面也沾著潰爛的皮膚和血肉。

「這……」

他想移開視線，但是眼睛不聽使喚，眼睜睜看著小孩的臉在他面前開始慢慢腐爛，先是皮膚一塊一塊掉下來，然後是肉，接著雙眼凹陷了進去，緩緩化為膿汁從頰邊流下，口中的牙也變鬆、脫落，嘴的地方露出一個大大的空洞……

然而，他還是在用變得奇怪的聲音欣喜說道：「是真的哦……」

蘇決銘發出一聲慘叫，想要推開小孩退離那裡，然而在不知何時，小孩的下身已經劈成了好幾隻觸角一樣的東西，一部分扎入土中，一部分纏上了他的腰腿，讓他動彈不得。

「說……好了……帶我找媽媽……」

樓厲凡大吼：「蘇決銘！快扯斷它！不要讓它出來！」

「什麼……」

蘇決銘本能的想回頭，卻只聽噗的一聲，血花四濺，小孩的頭爆裂了開來，一個黑糊糊的東西帶著黏血正在往外爬。

那是……寄居鬼！

寄居鬼是寄居於活人身體之內的鬼，常是群居，專門從內部蠶食人的靈體和軀體，失去靈體的軀體過不了多久就會腐爛、死亡，可是寄居鬼不喜歡腐爛的軀殼，因此在軀體還未腐爛之前它們就會開始尋找新的受害者。

這樣看來，那個小孩的靈體早已經消失了，剛才與蘇決銘、樓厲凡說話的時候已經不是小孩本人，而是寄居在裡面的寄居鬼。

一旦沒有了可供寄居的身體，寄居鬼在二十分鐘內就會煙消雲散，所以在這期間，為了得到一個新軀體的它們是非常拚命的。因此，就算是高等的靈能師也不喜歡碰到這種鬼。

那個黑色的物體有一半脫離了出來，小孩的兩側腋下也噗噗兩聲鑽出了兩個血糊糊的黑色物體，頸部又鑽出一隻，下腹部破裂，再鑽出兩個。

蘇決銘大驚，因為他離寄居鬼最近，沒準兒這些東西下一刻就會鑽進他的身體裡，把他吃得乾乾淨淨！

他深吸一口氣，大喝一聲：「空間裂！」

只見他被小孩破碎的身體糾纏著的部分忽地塌陷了下去，變成黑洞，就好像他被小孩的身體切割成了許多碎塊，然而他整個身體的完整卻沒有改變。小孩的碎裂屍體做成的觸角纏了個空，蘇決銘立刻退了出來。

這種「空間裂」是高難的一種技術，是在施術者本人的身上開出隨意的異空間，被籠罩的那一部分就進入了異空間之中，其他部分還在原處。當然，也可以整個人進入異空間，但是那樣就不是蘇決銘的力量所能做得到的了。

脫出糾纏之後的蘇決銘拚命向後跑去，六隻寄居鬼此時已完全脫離出來，六個矮小得如同侏儒一般、分不清頭尾的四足怪物一字排開，低聲咆哮起來。

由於是靈體狀態，公治的傷基本上已治療好，但是注入體內的毒素還未完全清除乾淨，他臉色蒼白的從地上慢慢站起來，和終於從驚愕的大打擊中醒來的羅天舞一起看向那六隻奇怪的東西。

蘇決銘跑到羅天舞身邊，渾身都被冷汗濕透了，「那……那東西……那東西……」

「好了，我知道。」羅天舞在他的頭上按了一下，「不是你的錯，是它本來就到了該換軀殼的時候了。」

「總共六個。」樓厲凡低聲道，「正好一人一個，不過也有可能集體攻擊我們之中最弱的一個。」他說到這裡，只見公治的臉白了一下，「他們可以在靈體之中直接寄居，所以千萬不要讓它碰到你們的靈體，記住了嗎！」

「知道！」

六隻怪物低咆了一會兒，一隻似乎是頭領的怪物忽地一聲長嘯，六條黑影如箭一般衝了出去。然而，大出樓厲凡意料之外的是，它們並不是像過去他遇見的那些寄居鬼一樣分頭去尋找獵物，也不是同時攻擊最弱的那一個，它們衝過來的方向——根本就是他和天瑾！

「糟了！你們快閃開！」

在大喊的同時，樓厲凡周身升起了泛著黑色的光輪，羅天舞等四人紛紛向一邊閃去，天瑾閃得慢了些，被光輪猛然推到一邊撞在結界罩上，幾乎昏了過去。

六隻寄居鬼在光輪上一觸即被彈開，朝著六個方向摔了出去。但對於寄居鬼來說，是沒有撤退的概念的，剛一觸地，它們立刻調轉身體，以反彈的力量再次衝向光輪。第二次撞在光輪上的力量非常重，樓厲凡覺得自己幾乎聽見了光輪發出「匡！」的一聲。

被彈開的它們第三次衝向樓厲凡的光輪，樓厲凡也屏息靜氣的等著它們。然而，這一次它們的目標並不是他，而是靠在結界罩上休息的天瑾！

「天瑾！小心！」

天瑾猛抬頭，六隻黑影已經到了眼前。說實話，她並沒有戰鬥性的超能力，唯一的超能力就是預知和遙感。可是在此時，無論是怎樣預知和遙感也沒用了，難道她今天真的要死在這裡——

她身邊距離最近的公冶忽然沉聲喝道：「防禦盾！」

一隻手自斜刺裡伸來，發出刺目的白熾光，六隻寄居鬼碰碰碰碰幾聲響，全部都被彈了回去。

天瑾訝然的看向公冶，他笑笑：「嘿嘿……我總算不是那麼沒用啊……嘿嘿……」

一張符咒從他的手中落下，他一跤摔倒在地上。

樂遂大叫：「公治！」

剛才的毒素尚未完全清除，現在又動用了超能力，也難怪他支撐不住。

樂遂正欲扶起公治，樓厲凡忽道：「不要管他！樂遂，你的水淨現在是幾級？」

超能力也分級，不過大多數時候都與靈力持平，所以一般都不會有人這麼問。

樂遂一愣，回答：「69hix。」

「這麼說，是天生的超能力了？」

「是的。」

天生的超能力本身就具有優良的基礎，因此比靈力還要高並沒有什麼奇怪，就像那個奇怪的溏心雖然靈力比不上霈林海，但是他擁有強大的精神力以做具現化和入夢，一樣能囚禁霈林海。

在他們這幾句話之間，那些寄居鬼還是沒有放棄攻擊，拚命的向樓厲凡的光輪猛撞。雖然寄居鬼本身的攻勢已漸漸大不如前，但樓厲凡的光輪上也開始出現了裂痕，應該是支撐不了多久了。

「嘖……我不明白它們為什麼老是要攻擊我……」樓厲凡自言自語著，看了一眼在旁邊笑得很瘋狂、很得意的溏心，「但是看起來它們好像根本看不見你們……也許是你們能力太低的緣故……你從後面進我的結界中來，聚集你所有的力量，等一會兒在它們攻擊的同時我撤掉結界，你就在那個時候對它們用水淨！」

「什麼？！」

「你做不到？」

「我……我……我……」

「那就等死吧！等它們吃了我，再回頭吃你們。」

「……我做！」

光輪的背後出現了一個缺口，樂遂迅速閃身進入其中，站到樓厲凡身前。他比樓厲凡要矮一點，樓厲凡的手正好能從他的肩頭伸出。

「等會兒在我撤掉結界的時候，會在你身邊設立更強的增效結界為你加持功，但是我本身將沒有任何保護，你記得，我的命現在可是交到你手裡了。」

「我明……明白！」樂遂緊張得手都抖了。

六條黑影再次撲上來，樓厲凡身軀微低，雙手放在樂遂背後，等黑影到了身前之際，他暴然大喝：「就是現在！」

泛黑的光輪乍然消失，樂遂雙手皆做禪指，從樓厲凡接觸到他的部分開始，身上發出暗紫色的光芒。

「水淨！哈！」

一聲大喝，樂遂的身上瞬間綻發出無數水線，呈放射狀散開，接觸到水線的寄居鬼都尖叫起來，有一隻當即消失，剩下的尖嘯著從他們頭頂越過，撞到結界上之後又彈了回去，不再動彈。

羅天舞他們發出一聲歡呼，樓厲凡的身體也鬆弛了下來，摸了摸還在發呆中的樂遂腦袋，稱讚道：「幹得不錯！小子！」

「我……」樂遂看看那邊倒在地上的寄居鬼，不敢相信的說：「我我、我居然能把寄居鬼淨化……真不敢相信……」

「沒錯！幹得好！」羅天舞也走過來，狠狠的摸摸他的腦袋，「雖然有人幫你加持功，但是你竟然能完全淨化掉至少一隻寄居鬼，真是不簡單！」

嚴格來說，淨化比攻擊破壞的能力困難多了，更何況是整個淨化，一點痕跡也不留。

樂遂又愣了一會兒，「耶！」的大叫一聲跳到剛剛被蘇泱銘扶起來的公治身上，抱住他猛晃，「公治！我很厲害吧！公治！哈哈哈哈哈哈——」

承受不住他熱情的力量，公治再次昏倒在地。

「哇啊啊——公治！」

「真是的……」樓厲凡不滿的低聲道：「還有一個式神呢，這麼興奮幹嘛！等會兒再來一堆寄居鬼看你們怎麼辦！」

他一轉頭，發現天瑾正一臉凝重的站在旁邊，不知道在想什麼。

「天瑾？」

天瑾如夢初醒看著他，「啊……」

「怎麼了？」

天瑾歪了歪頭，「我總覺得……不太對勁……剛才做測算的時候，我算不出第三個式神的情況，但是驗算時卻表明的確有第三個式神的存在……」

他們一起看向旁邊安靜了很久的溏心，發現他正面無表情的飄浮在那裡，似乎早已神遊天外。

「溏心？」

溏心沒有反應。

「奇怪……」

就在這時候，每一個人的耳中都聽到了某種類似心臟鼓動的聲音。

「咚咚！咚咚！咚咚！」

天瑾和樓厲凡對視一眼，看向溏心，那聲音是從他身上發出來的。

「溏心？你怎麼了？溏心？溏心老師？」

「咚咚！咚咚！咚咚！咚咚！」

「咚咚！咚咚！咚咚！咚咚！」

聲音越來越大，好像要衝破什麼東西一樣，樓厲凡心裡隱隱想起了什麼。

「難道說……」

驀地有人大叫：「**厲凡！注意後面——！**」

樓厲凡本能的回頭，一個巨大的黑色影子挾帶著一股腥氣直撲他來，樓厲凡在瞬間已沒有能力再組織光輪護罩，只能眼睜睜看著那東西鑽入他的身體中。

天瑾他們大驚失色，這才發現剛才已被樂遂淨化掉的寄居鬼的身體全都不見了。

天瑾平時陰沉的臉上也顯露出了驚惶，顫抖道：「這……這就是第三個式神！死去的寄居鬼碎片合體！」

寄居鬼擁有很強的再生能力，甚至可以在靈體碎片的情況下進行合體，也就是集合成一個比先前還要強大的寄居鬼。

這，就是溏心派出來的第三個式神！

樓厲凡臉上露出痛苦的神色，剛開始似乎還能忍受，但是後來他就難以控制了，他倒在地上，拚命抓撓自己的胸膛。看來寄居鬼已經進入了他靈體的最深處，開始鯨吞蠶食！

「我幫他做水淨！」樂遂忙伸出手，想要碰觸樓厲凡的身體，卻被他一把揮開。

「你傻了嗎！」樓厲凡用盡力氣吼道，「我現在是什麼狀態！是靈體！它也不是在我靈體的外部！你是要把我也淨化到極樂世界去嗎！」

樂遂愣住，「這……」

他求助的看著羅天舞他們，他們也搖頭。公治在救天瑾的時候就已經用盡能力，他的符咒不能再用了，其他人則根本沒辦法……

「如果霈林海在這裡就好了……」不知道是誰說了一句。

天瑾猛地抬頭，「對了！剛才提醒樓厲凡注意的那個人是誰？」

溏心胸中的鼓動變得更加劇烈了，他的臉上突然露出了痛苦的表情，用力按住胸口，低聲罵道：「混蛋！你居然想出來！我怎麼可能這麼輕鬆就讓你如意！」

『厲凡有危險了，你關不住我的。』

「混蛋！我不會放你出來的！這事關乎我面子問題！」

『對我來說，還是他的命比較重要……』

「我說了我不會……啊！」溏心忽然發出了一聲撕裂般的尖叫，隨即他的胸口出現了一道黑色的裂紋，他猛然雙手扣訣，在胸口處用力拍下，硬是把那裂紋拍得消失了。

天瑾愣了，「……咦？」

——剛才那個東西突襲樓厲凡的時候，有一道聲音在提醒他，雖然晚了，但是……

「那是誰？羅天舞？蘇決銘？公治？樂遂？」天瑾問。

四個人依次搖頭。

「當然也不是我！」天瑾道，「那個聲音分明就是……」

『天瑾！』

天瑾驀地左右看看，卻沒發現有誰在剛才開口叫她。她疑惑道：「你們叫我？」

所有人整齊的搖頭。

「這麼說……」

『天瑾！』

「霈林海！」天瑾猛然站了起來，向周圍四處搜尋發聲者的下落，「你在哪裡？！」

『我被關住了，在溏心的身體裡。至於那個女裝的變態不是我！是假的！』

天津看了一眼那個假軀殼，很快把眼光移開，問：「那現在怎麼辦？」

樂遂他們一看她的樣子就知道她正在用她的遙感和霈林海聯繫，因此全都盯著她，希望能透過她找出霈林海的下落。

『現在厲凡被那個寄居鬼侵入了吧？請快一點，幫忙傳話給蘇決銘，在厲凡的體內開一個空間洞，與我所在的這個空間連接！』

「你是想……」

『請快一點！沒時間了！』

天瑾當機立斷，一把扯過毫無防備的蘇決銘按到樓厲凡身邊，「快！在他的體內開一個空間！和霈林海所在的空間相連接！」

蘇決銘腦袋上的汗都下來了，「那個……我的確是會開空間的，但是……我不知道霈林海在哪裡啊！怎麼連接？！」

樓厲凡痛苦得身體都蜷縮成一團，聽到這句話，他勉力抬頭道：「沒關係，我現在能感覺到他的位置……你在我體內開洞的時候，我會替你指引的！來吧！」

蘇決銘不再猶豫，單膝跪在了樓厲凡身邊，一手放在他的腹部。

樓厲凡的手則放在蘇決銘的手之上，道：「感覺到了嗎？就是那裡！」

隨著樓厲凡的感覺，蘇決銘也感受到了一點點微弱的鼓動。他不再猶豫，手用力往下一按，空間袋破開！

樓厲凡忽地一聲長長的厲叫，一道清藍色的影子糾纏著一道黑色的影子從他的口中呼啦一聲衝了出來，落到旁邊一片狼籍的草地上，分成了兩個。

黑色的影子掙扎了幾下之後不再動彈，那個清藍色的影子化成人形跪坐起來。

「霈林海！」

那是霈林海！

從地上跪坐起來的霈林海笑得很疲憊，「厲凡啊，你終究也有疏忽的時候呢……不能老罵我是蠢材了吧？」

樓厲凡趴伏在草地上大口喘息很久，看著霈林海，邊喘氣邊說道：「你、你終於……出來了啊蠢材……」

霈林海正想抗議一句什麼，卻聽一道清亮的聲音驀地響起，打斷了樓厲凡的聲音。

「拜特靈異學院入學三次考核──霈林海、樓厲凡、天瑾、羅天舞、蘇決銘、樂遂、公治，全部及格！」

「什麼？！」七個人同時訝然反問。

五芒星的結界刷的一聲退去，周圍綠色的景物以及還躺在那裡穿著紗裙的「霈林海」都消失了。溏心飄浮到他們身邊，微笑的看著他們驚奇得千姿百態的臉。

「拜特學院的入學方式全部都是推薦入學，很多人都以為是沒有考試的，只需要靈力達到標準就可以，但其實不然。」溏心悠悠的轉了一圈，「入學考試並不一定要像其他學校一樣告訴你是在什麼時間、什麼地點、用什麼方法考，這就是我們的特色。」

「凡是能踏入校門口結界者，即通過第一級考試。凡能在第一天打掃衛生時完成教師的隨機題目者，即通過第二級考試；霈林海、樓厲凡，你們被丟進異空間的時候本身也是在考試，羅天舞你們被扔進鬼門也是一樣，天瑾的預感能力強，躲過三次隨機考試，也算妳過。而第三級考試就是這次，凡是能夠完成教師在這個夢中所下發題目者，即算通過。」

「不過霈林海，你居然能想出讓天瑾傳話給蘇決銘開空間袋出來，同時救出樓厲凡的辦法，真是不簡單。我還以為你只會硬來呢。」

霈林海哼的笑了一聲：「沒想到的應該是我才對，我以為厲凡他們能很簡單的就打倒你的式神，我便可以輕鬆出來，想不到你居然用這麼損的招數……真的不怕那隻寄居鬼把厲凡吃掉嗎？」

「我才不怕！」溏心笑得眼睛都瞇了起來，「因為有你在……哦呵呵呵呵……」

樓厲凡臉色青灰，當他發現霈林海正一臉「快誇獎我吧！我進步了哦！」的表情看著他時，立時氣不打一處來，一拳揮上他的腦袋，怒道：「都是你！蠢材！要不是為了救你我哪裡會受這麼大苦！居然還厚顏無恥的說什麼等我們簡單的打倒他的式神！你真的是活得不耐煩了是不是！我要是死在這裡，等到了靈界一定要揍扁你！」

——他說的是真的……

霈林海臉色發青的退後一步，「是……對不起……請原諒我！」

——如果有下次……絕對殺掉你！

樓厲凡惡狠狠的想。

第7章

驅鬼請勿帶蠢材

「我說了不對不對不對！要我說幾遍你才明白！蠢材！！」

伴隨著沖天的怒吼，男生宿舍 333 號——有名的情侶之間，傳出壓抑著的悲慘啜泣聲。

「我……我就是不明白嘛……」

「所以我說你笨到家了啊！」

正在做潑婦罵街樣扠著腰的青年名叫樓厲凡，拜特學院一年級新生，今年二十歲，靈力 85hix，靈能力經驗十九年以上；超能力是式神、無媒介接觸靈體、徒手封印和靈力搜索。

那個被罵得就差跪在地上哭的高大青年名叫霈林海，也是拜特學院一年級新生，今年二十五歲，靈力 150hix 以上，靈能力經驗……三年以下；超能力除靈感力之外全能。

他們兩個從一個月前開始，一起住在這個被下了詛咒的情侶之間，據說只要住在這裡的人就會成為情侶……為了抗爭這悲哀的命運，他們努力的進行抵制，但是好象並沒有什麼效果，現在除了他們自己之外，全學院的人都認為他們是情侶。

自從他們住在一起之後，由於變態校長、變態教師和變態的學院制度，他們多次幾乎喪命，不過在踏入陷阱的這麼多次中，由於樓厲凡而導致的危險——一次也沒有！也就是說，他完全是被霈林海拖累的。現在樓厲凡只要聽到「上課」就頭大，因為他不知道霈林海是不是又會不小心找點麻煩給他，再這樣下去，他年紀輕輕就會早生華髮了。如果不是靈異協會會追查，他真想暗地裡把這個傢伙殺掉算了。

啊！忘記說了，樓厲凡的媽媽是魔女，級別是高級大魔女，他的壞脾氣完全承傳自她。

為了不要再被幾乎毫無經驗的霈林海拖累，樓厲凡不得不在每天課程結束之後為他進行特訓，順便把對他的極度不滿「稍微」的進行一點抒發。

可是霈林海的經驗實在太少了，有些對於樓厲凡來說簡直輕而易舉的東西，他也完全不明白！結果樓厲凡每天都被這個遲鈍的傢伙氣得青筋爆出加腦溢血，要是跟這個人再多待一段時間的話，他根本不需要引魂渡（注：魂魄接引者）來接他，自己就要去鬼門報到了！

「還是不對！你要我說幾遍！靈感力不是靈力！把你的靈力收回去！用靈感力探測我的存在！」

「可是……我還是不明白……我感覺不到靈感力……」

樓厲凡已經快腦溢血了，「你根本不需要去感覺你的靈感力！我說了把你的靈力收回去！然後在沒有靈力干擾的情況下用本能去感覺！」

「我的超能力裡面沒有靈感力……」

「那是因為你的靈力太高了！你太過於依賴靈力的探測才會導致這種結果！只要擁有靈力的人都有靈感力，只不過並非天生靈感師的人，靈感力會比較弱！這是常識！你不要告訴我你不知道！」

「可是……」

「你不要再給我可是！」樓厲凡吼得自己頭都暈了，一把抓起圓桌上的水果刀比在霈林海的喉嚨上，「你今天一定要把靈感力給我用出來！否則明天你就用你的靈體狀態去靈異協會哭吧！明不明白！」

「明……明白……」對著那把寒光閃閃的水果刀，他就算不明白也要說明白。樓厲凡是說到做到的，這一點他非常明白。T_T

他們這邊每天都很熱鬧，從早上起床就開始進行的特訓，讓他們的房間時時刻刻都雞飛狗跳。相對於他們，以前很熱鬧的332和334號房卻很安靜，絲毫也不敢打擾到他們。因為羅天舞等四人已經完完全全瞭解到了樓厲凡的本性有多麼凶殘，如果他們膽敢讓他不高興，他絕對也會拿把水果刀比到他們的喉嚨上。

當兩個小時的特訓結束之後，樓厲凡一邊喝著熱茶，一邊用腳踢踢還在那裡扮作悲情女主角啜泣的傢伙，「喂！哭夠了沒有！快給我起來！我有話要跟你說！」

霈林海磨磨蹭蹭從地上爬起來，「厲凡，我們能不能打個商量，不要再用這麼暴力的方式教學了好不好？」

「暴力？」樓厲凡冷笑一下。

霈林海發現他腦袋上暴起的青筋，立刻在心中開始大叫不好。

「你知道什麼叫做暴力？我對你夠不錯的了。要是讓我家那三個魔頭來教你，保證你明天就哭著捲鋪蓋逃走了。」

一般情況下，樓厲凡口中的「三個魔頭」是指他的三個姐姐，由於母親是高級大魔女的關係，她們的超能力也是屬於魔女系的，現在的級別都是中級大魔女。

霈林海對於這三個魔女的豐功偉績已經從樓厲凡口中聽過了不少，只是他無法想像，連樓厲凡都這麼恐怖了，不知道比他還恐怖的人會是什麼樣子？他的腦中描繪出了三個穿著黑袍的老太婆騎著掃帚飛的場景……

如果樓厲凡知道他在想什麼，一定會再送他一個爆栗：那是女巫！不是魔女啦！蠢材！

「總而言之，我已經教你不少常識性的東西。」樓厲凡放下茶杯說，「剩下的就要憑你的領悟力了。今天晚上沒有實習，我要帶你去一個地方，記得去跟宿舍管理員說一聲，我們晚上不回來睡。」

宿舍管理員名叫拜特，與學院同名，是個外貌相當幼稚的小女孩。不過，在拜特學院裡是不能透過一個人的外貌去推測某個人怎麼怎麼樣的，因為這裡是「變態」的靈異學院，變態群居的地方，什麼事情都有可能發生。

「我們要去哪裡？」霈林海問。

「墳場，驅鬼。」樓厲凡說了這一句之後，便頭也不回的走進了浴室。

霈林海一個人站在房間中央，很久之後，忽然鬼哭狼嚎起來：「墳場！為什麼要去墳場？還驅鬼！我又不是和尚也不是陰陽師！我是靈異師啊——」

樓厲凡在浴室裡一臉不耐煩的捂住耳朵，自言自語道：「真是蠢材！你以為靈異師是幹嘛的！幹的不也就是和尚和陰陽師的工作嗎！」

不管哭多大聲，樓厲凡的命令霈林海還是不敢違背，只能一邊心驚膽戰的收拾要用的東西，一邊哀嘆自己悲慘的命運。

在他向拜特管理員請假的時候，那個奇怪的拜特發出了呵呵呵的詭異笑聲：「墳場？不是HOTEL嗎？哦呵呵呵～情侶之間果然不是浪得虛名！你們兩個真的……」

「沒有這回事啊！」霈林海臉色發青。如果可以，他實在不想和這所學院的人以及工作人員接近，畢竟學生們只是小變態而已，但這些工作人員卻都是已經成精了的大變態……

「好啦，我准你們的假就是了，不過要記得活著回來喲，不然會被處分的～^^」

霈林海一點也不想提醒她，如果他們沒有「活著」回來，再被處分一萬次也無所謂了。

驅鬼要帶的東西很多，比如符咒、符咒、符咒、符咒……霈林海在裝滿了一個超大旅行袋之後，非常疑惑不解的問樓厲凡：「厲凡啊，我們為什麼要帶這麼多符咒呢？」

「當然是有用的……嚇！」樓厲凡一轉身，看見霈林海腳邊那個大得恐怖的旅行袋，大驚道：「你要這麼多符咒幹嘛！」

「不是你讓我帶的嗎？」

「我什麼時候讓你帶這麼多啊！這量在那種小墳場裡足足可以用半年！」

「是你說用具的話越多越好……」

「我說的是用具！用具！」樓厲凡氣得用手指猛戳他的腦袋，「驅鬼要用什麼東西你知不知道！水！淨劍！驅魔棍！聖經！十字架！大蒜……不對！那是驅吸血鬼的！我都被你氣糊塗了！」

他狠狠的一腳踹翻了那個巨大的旅行袋，符咒灑了一地。

「還有桃木劍！護身符！狗血！去準備！」

「可是……」霈林海眨眨眼睛，比剛才還要困惑不解，「為什麼要帶這些東西呢？老師上課的時候明明說過的，要用西方的方法就專用西方的，要用東方的方法就專用東方的，否則有可能產生斥力……」

樓厲凡抽出水果刀在霈林海面前晃了一下，霈林海身子一縮，「我、我馬上去辦……」

「真是欠扁！」樓厲凡唾棄。

※◆◇◆◇◆◇◆※

山林間陰森崎嶇的小道上，樓厲凡輕鬆的在前面走，不時跳躍幾下，避開各種坑洞。霈林海氣喘如牛跟在他的身後，雙腿就好像被什麼拉住了一般，步伐奇慢無比。

「厲……厲凡……可不可以稍微……慢一點……呼……呼……」聲音聽上去很疲憊，如果有人說他已經快死了，大概也不會有人反對。

「那不可能，我已經是最慢的速度了。」樓厲凡斬釘截鐵的說，「你還是修行不夠，所以這次出來我一定要好好操練操練你！」

「可……可是……」霈林海呼哧呼哧大喘著粗氣，委屈的說：「我們的東西全都揹在我的背上啊！」

沒錯，樓厲凡除了自己，什麼也沒帶，而霈林海背上卻揹著一個足足有五十公斤以上的大背包。

「我可不可以把它放到異次元洞去……」

「不可以！我是讓你出來鍛鍊的，不是讓你出來享受的！」

樓厲凡的話，霈林海不敢反駁，但是其實他很想問，他們本來是出來鍛鍊靈力的，為什麼最後卻變成了鍛鍊體力……

到了距離墳場還有近一公里的地方，霈林海明顯感覺到一種陰冷的壓迫——這是鬼氣！

他在心中開始默算靈數學中的感應大略演算法，根據公式推算出來的鬼氣數量絕對不小於十隻，其中百年以上的老鬼應該也不少於五隻。

「感應到了吧？」樓厲凡的表情看上去好像在高興的笑，但更多的卻像是陰笑，「來，告訴我，你感應到了多少鬼？」

霈林海最害怕他這樣的笑容，一見他又這麼笑起來，腿肚子不由自主開始抽筋。

「那個……我剛才用大略演算法算了一下，大概有十隻左右。」

「十隻？十隻啊？」樓厲凡的笑容更陰森了。

十月份的天氣只是稍微有一點冷，但霈林海這時卻分明感覺到了可怕的寒氣。霈林海終於發現到，原來這個世界上最恐怖的不是妖怪，也不是殭屍，更不是鬼魂，而是樓厲凡……

「我……我錯了嗎？」

「沒錯，當然沒錯。」樓厲凡陰森的笑容在擴大，霈林海的恐懼也在擴大，「反正對於你這種『靈感力完全是零』的白痴來說，能算出這種結果已經很不錯了。」

樓厲凡轉身大步繼續走去，一邊走，一邊「似乎」在自言自語：「反正，就算死掉也和我沒有關係。」

霈林海臉上掛下了滿滿的黑線。

墳場，除非特別需要，普通人是不會喜歡到這種地方來的，尤其是這種已經廢棄了百年以上無人修繕的墳場。

一般來說，墳場裡會有不同程度的怨氣，因為幾乎每個人死的時候都並非心甘情願，而若是長時間沒有修繕的墳場，這種情況會更加嚴重。由於各種原因而滯留在人間的鬼魂們看著自己的墳墓一天一天荒蕪，屍骨被野狗扒出，皮肉被啃光，剩下的部分慢慢腐爛，裸露在外面的骨頭遭受風吹雨淋……這些都讓它們心中的怨憤逐漸積累，加深到可怕的程度。

偶爾在這些鬼魂中也會產生近似妖怪的變化，也就是一般人所說的「成精了」。有人會認為《西遊記》中出現過的那位白骨夫人就是這樣。不過，雖然都是「成精」，但白骨夫人成精的是她的白骨，而不是鬼魂。

這個墳場的模樣和大多數被廢棄的墳場一樣，到處是一片荒蕪的景象，一些散亂的骨頭被丟得到處都是；很多墓碑已經風化了，只剩下一半還屹立在那裡；磷火好像有生命的東西一般四處飄浮，一會兒落到墳包上，一會兒高高飛起轉圈，一陣風吹來，它便搖搖晃晃的不知道飄去哪裡了。

恐……恐怖片中的經典場景啊！霈林海一邊拚命嚥著乾澀的口水，一邊拚命抑制自己發抖的欲望。他見過不少鬼，也知道那是什麼東西，見到上次那隻名叫娑妮的吸鬼時他也只是緊張而沒有恐懼。

然而所謂的「鬼魂」，在他曾是普通人生活的十幾年中，都是作為最可怕的東西存在，這已經變成了條件反射，就好像一個愛吃甜食的人聽見蛋糕就會流口水一樣的道理。

儘管他明白憑自己的能力就算沒有什麼經驗也絕對對付得了，可是人的恐懼有時根本不受意志和理智的左右，即使他明白道理，該害怕的時候還是害怕得要死。

「厲……厲凡……我們回去好不好……」

聽到他說的話，樓厲凡心中一陣怒火便開始往上竄：你這個沒用的東西！白有了那麼一身無底洞一樣的能力！真想殺了你把你的靈力全部搶走……

可是他沒有發火，只是好像想到了什麼好主意，忽然對霈林海露出一個很詭異的表情。

霈林海本能的退了一步。

當樓厲凡露出那個表情的同時，四周的氣流剎那間發生了微妙的變化，那些散亂飛舞的磷火好像聽到了什麼命令，開始發瘋似的原地旋轉起來，逐漸形成了一條長長的隊伍迅疾向他們飛撲過來。

一見到那些磷火的動向，霈林海什麼理智、什麼常識全忘記了，發出一聲淒厲的嚎叫甩下背包猛抱住了樓厲凡，險些把他撞倒。

「哇呀呀呀呀！它們發動總攻了！它們發動總攻了！救命啊！鬼啊！殺人吶——」

嚎叫忽然停住，然後拔高了十八度又拉長了音尖叫起來。這次不是因為見鬼，而是樓厲凡踩住了他的腳趾頭然後死力輾轉。

「痛痛痛痛痛痛痛！殘廢了殘廢了！我要殘廢了呀呀呀！厲凡！」

樓厲凡直到踩得滿意——洩憤完畢——了，這才放開霈林海可憐的腳。

「霈、林、海——」他陰冷的指著霈林海的鼻子，狠狠道：「你給我說一下這些磷火的成因！說對了白天就准許你回去，說不對你就永遠待在這裡吧！」

磷火看似凶猛的俯衝過來，到了他們的身邊之後卻沒有任何行動，只是在原地旋轉著，繞著他們飛行。

「那個……」霈林海不敢看那些可怕的所謂的鬼火，僵直的眼神只看著樓厲凡，可是看著樓厲凡卻讓他更緊張了。他直了直脖子，嚥口唾沫，「磷火……磷火……我記得的……我記得的……呃，那是因為人骨頭裡的磷出來了，然後……然後在空氣中燃燒……」

「那它跟鬼有沒有關係？」

「……」

「有沒有關係！」一聲暴喝。

霈林海驚跳起來，「沒沒沒沒沒沒有！沒有！絕對沒有！」

「知道沒有你還害怕個鬼啊！」樓厲凡一拳頭砸上他的腦門，氣得青筋爆出，「正主還沒出來就嚇成這個樣子，要是出來了你還不哭爹喊娘磕頭投降！」

「我我我我不會……不會的！」

這個世界很邪，尤其是在墳場裡。

樓厲凡剛說完，霈林海立刻感覺到脖子後面一片濕冷，身後有一道陰森的聲音輕飄飄的說：「真的不會嗎……」

「我的媽呀！」霈林海一聲慘叫，頭也不敢回，又撲上去抱住了樓厲凡，「救命啊！不要殺我！不要吃我！我投降——」

果然是不會的，因為他除了哭爹喊娘和求饒之外，沒有磕頭。

「……樓厲凡，你帶來的這個助手也未免太肉腳了。」那聲音繼續陰慘慘的說著。

樓厲凡一膝蓋猛頂到霈林海的腹部，然後劈頭蓋臉一頓暴打。

「我讓你給我裝狗熊！讓你給我丟人現眼！讓你這麼沒用！去死！去死去死去死！」

十分鐘後，霈林海捧著被打成豬頭的腦袋啜泣：「我只是稍微有點怕……」

「我讓你『稍微』有點怕——」樓厲凡抬起大腳，打算在他的臉上蓋個印章，卻被身後的什麼東西拉住了。

「那個……樓老大，我們知道你很強，不需要助手，但……你要是把他打死在這裡，他萬一和我們搶地盤怎麼辦？」樓厲凡身上多了幾條發著綠光的手臂，幾個慘綠慘綠歪鼻斜眼的鬼從他身後拚命抱著他，不讓他再下毒手，「若你真的想殺，等出了我們的地界再……」

那鬼的話還沒說完，根本沒聽到他們說的話、只看見樓厲凡被鬼抱住的霈林海手上忽地亮起了一圈光輪，「啊！惡鬼！放開厲凡！」

光輪刷的拉出一條細細的尾巴迅疾的向那些鬼衝去，那速度太快了，鬼先生們完全沒反應過來，就那麼張大著嘴，看著光輪朝自己衝來，眼看就要被打中而魂飛魄散了！

樓厲凡一伸左手，沉喝一聲：「封印！」手指在空中劃了一個手掌般大的圈，光輪撞擊到上面，發出沉悶的砰一聲。

「你有毛病是不是！」樓厲凡收起封印，對霈林海怒吼，「什麼都沒搞清楚就在這裡亂發招！你再這個樣子我就封了你的能力讓學校把你退回去！別再在這裡拖累我！」

霈林海委屈得要命：「我是害怕它們害你……」

「就它們這點本事還想害我？你未免把我看得太低了吧！」

那些鬼還張著嘴，目瞪口呆的掛在樓厲凡身上，樓厲凡一低頭，發現那些依然纏繞著的綠色手臂，煩躁的一一拍開，「都滾都滾！別碰我！真以為我會殺了那個蠢材嗎！我還不想被靈異協會指控呢！」

那些鬼乖乖飄到一邊去待著，似乎被剛才霈林海那一手震到了，身上的綠光暗淡不少。

霈林海張口結舌道：「那個……那個，厲凡，我們不是來驅鬼的嗎？為什麼……」

樓厲凡冷著臉道：「誰告訴你驅鬼就要把這個地方所有的鬼都驅除掉？」

「……？」

樓厲凡道：「這個墳場其實不算大……」

「這還不算大？」占地至少有一百五十坪吧……

「你住口！」樓厲凡暴喝。

霈林海老老實實閉嘴。

「不過，這裡的……咳，年代比較久遠了。」

他那聲咳嗽聽起來很不自然，霈林海非常疑惑。他知道樓厲凡之前想說的必定不是這個，而是其他更重要的事情，但是他不敢問，否則鐵定還要挨罵。

「正因為如此，這裡產生了不少……咳，一些比較怪異的鬼，比如說這幾個螢光鬼。」樓厲凡指了指旁邊發綠光的那幾隻鬼。

由人的鬼魂而化的鬼，本身其實是不發光的，它們是一種類似電磁波的存在，靈感力高的人能夠看見的其實是「電磁波」的一種感應。和光在視網膜上所產生的影像原理相同，這種「資訊」也會在視網膜上成像，因此一般情況下它們身上不會有發光源，最多只是白濛濛的一個影子，只有成精的鬼才能擁有實體化的身軀，如同娑妮。而要發光的話，只可能——

一、此鬼「本質」很純淨，沒有被惡氣、怨念等負面靈動汙染過。

二、有人拿綠光照它。

霈林海看著那幾隻歪鼻斜眼的鬼，有些啞口無言：「所謂的……純淨的鬼？」就是長這樣的？

「所以我不是告訴你它們是怪異的嗎！」

「對不起……我錯了……」可是他們到這裡來幹什麼呢？不會是來上靈異常識課的吧？

樓厲凡知道他在想什麼，接下去說：「如果只是產生這種的也就算了，可是這裡還產生一些別的東西，比如……」

地面忽然微細的震動起來，好像是誰在顫抖一樣，振幅不大，但是頻率很快。

霈林海只覺周身似乎被什麼黏黏的東西沾到了一樣，捆得他渾身沉重，無法動彈。他向遠處看去，發現地平面開始扭曲，地面好像海浪一樣波濤起伏，天空也開始扭動，空間錯位的感覺讓人頭昏目眩。按理說波動這麼嚴重，他們應該連站也站不住了才對，可是他們的腳下除了那種細微的震動之外，仍然什麼也沒有。

「厲凡！這……」

「好好看著！」

儘管這種空間的扭曲讓人看著眼暈噁心，但霈林海不敢違抗樓厲凡的命令，強忍著難受定睛去看。

此時，地面上隱約發出了啪滋啪滋的聲音，然後鼓起了無數的包，鼓包一個一個砰然破裂，一些黑黑的東西從地面下爬了出來。那些東西大概有鍋子大小，生著長長的偽足，好像章魚一樣在地面爬行，頭部看不清楚，只能確定是烏七抹黑的一團，沒有眼睛。

「……這是什麼？」在靈異課上好像沒學過這麼奇怪的東西？

樓厲凡不說話，也不動，只是用奇怪的表情盯著霈林海，好像有什麼話想說又懶得說。

「厲凡？你怎麼了？厲凡？」霈林海伸出手在他的眼前揮動，樓厲凡露出了一個凶神惡煞的表情，霈林海慌忙收手，「哎，你沒事就不要這樣嘛！害我還以為你出什麼事了！」

樓厲凡的表情是──就算出什麼事也是你出！不是我！

「那你為什麼不說話？說話呀？厲凡？你到底怎麼了？厲凡？！厲……」腳下的周圍傳來好像什麼東西在喘息的呼哧聲，霈林海低頭，大驚失色。

從地下爬出來的那些東西都圍繞到了他們的腳邊，卻並不接近樓厲凡，都圍在霈林海的腳邊，有幾個已經爬上了他的腳踝。霈林海大叫一聲，拚命想甩掉這些噁心的東西，但身體依然被那種黏黏的感覺束縛著，動作遲滯了許多，再加上那些東西黏附得很緊，死死扣在他的腳上，怎麼也甩不掉。

有更多黑黑的東西聚集過來，往霈林海的身上爬去。

霈林海狼狽不堪，又叫又跳又跺腳，怎奈黏上的就下不去，新的又不停的往上黏，而且不斷上移，不一會兒他的雙腿就被那些東西完全纏繞住了。渾身的那種黏膩感都跑到了腿上，雙腿沉重得無法抬起，他有預感，他今天說不定就要死在這裡了……

「厲凡！救命啊——」樓厲凡再不救他，他就真的死定了！

樓厲凡還是不說話，只是眼睛斜向下方，看著霈林海的旅行袋。

霈林海順著他的目光看去，驀然會意。他死命拖著那些黑色的東西踏出一步，扯著旅行袋的背帶將之拖到自己身邊，卻發現上面竟然也趴著幾隻那種黑黑的東西，他慌忙的一陣砰砰磅磅亂打亂扯，好不容易才將那些黑色東西全部甩掉，從旅行袋裡掏出一把放在最上面的聖器——桃木劍。

桃木劍的用法和驅魔棍差不多，都是將靈力灌注進去，讓它成為靈力增幅器和集中器，讓靈力可以集中發出。這樣靈力的使用可以比赤手空拳時節約百分之四十左右，而力量卻能增加約百分之二十。

霈林海舉起桃木劍，按照樓厲凡之前跟他說過的方法，將靈氣按照固定的頻率波動輸入進去。他以前試過隨便輸入波動，結果只有一個——桃木劍自動炸裂……

「天地入我靈極！汙穢速遁！喝！」

桃木劍身上發出了寶藍的色彩，光暈圍繞著劍身轉動，好像雷電一樣劈啪作響。霈林海將劍身在半空中揮出一個咒符，那寶藍的色彩在半空中形成了一道符型，他反手畫出一個橢圓的圈，將咒符圍繞在圈內，當他封合了那個圈的最後一絲裂口時，空中的那個符咒驀地炸裂出強光。

「劍淨！」

那些黑色的東西一被強光照到便吱吱慘叫起來，一個個冒出一股濃煙融化在空氣裡，一點殘渣也沒留下。

終於擺脫那些東西了！霈林海很高興，卻累得呼呼直喘。靈力高是一回事，但身體的承受能力比普通人大不了多少，要是靈力消耗過多而方法不對的話，很有可能就那麼死掉的。

「厲……厲凡，嘿嘿……我幹得不錯吧？嘿嘿嘿嘿……」

「蠢材！」樓厲凡終於開口了，一句話就把霈林海的得意堵了回去。

「那個……怎麼？」

樓厲凡拿過他的劍，道：「第一，如果是我來對付剛才那些東西的話，假如你用了七分的力，那麼我只需要用兩分力就可以了。」

地面上鼓起更多的鼓包，爬出了更多的那種黑色物體，向兩個人扭動過來。霈林海臉色發白，樓厲凡發現他的情況，狠狠瞪他一眼，他臉色更白了。

「天天之水淨淨吾此身清，金華無道，葮俞凱秩，魄瞵亞空哄……」唸出一段長長的咒語，樓厲凡和霈林海同樣高高的舉起木劍，踢了霈林海一腳，「礦泉水！」

「啥？」

「我要礦泉水！你帶的礦泉水！」

霈林海慌忙的往旅行袋裡掏，幾個黑色的東西又爬上了他的腳，他一邊拚命跳、一邊找東西，最後把旅行袋整個翻了過來，裡面的東西全都倒出之後才找到一瓶，往樓厲凡的方向一丟，「給！」

「氤氳無窮！水劍淨！」

樓厲凡大喝一聲，桃木劍斬下，將礦泉水的瓶身劈成了兩半，水在沾到劍身的同時化作霧氣，卻不散去，扭曲蜿蜒成一個怪異的符號，然後砰然炸開。霧氣霎時瀰漫整個墳場，霈林海只覺得喉中癢癢的，好像是空氣太過潮濕而想咳嗽一樣。

那些黑色東西的吱吱尖叫之聲不絕於耳，霈林海透過霧氣勉強去看，只能看見它們在接觸到霧氣時尖叫一聲裂開然後消失的模糊情景。

「如果只用一件媒介器具的話，靈力的散發就很有限。」樓厲凡說道，「最好是在自己的能力範圍之內多用幾件。假如我是老師而你是普通的學生，那麼我會告訴你最好用一種。但你不是，你擁有足夠的靈力來控制聖器，所以我推薦你最好多用。當然，也不是用得越多越好，最低的要求應該是這兩種東西能互相增幅而不是互相削弱。」

水霧散去，一點痕跡也沒有留下。

「呃……可是，剛才那是什麼東西？我們好像沒學過……」

「你真是個死讀書的書呆子！」樓厲凡繃著臉，「難道教科書上沒寫的就不存在？告訴你，這世界上每天都有一些物種消失了，也有一些物種在產生，鬼也是一樣。你昨天學過的說不定今天它們就絕種了，而你今天遇見的說不定二十年後才會出現在你的教科書上！」

「但是……」

「第二！」樓厲凡狠狠瞪他，「你剛才為什麼要動！」

「啥？」

「你這個白痴加三級蠢材！沒發現它們是跟蹤會動的東西嗎！只要你不動，它們根本不可能發現你的位置！都是你又叫又跳！幸虧那些東西還沒能力威脅到我們，否則我們不就死定了！」

「原來是這樣……」霈林海乾笑，「可是你怎麼知道的？」

剛才不知躲到哪裡去的那幾隻發綠光的鬼飄飄晃晃的竄出來說：「那是因為我們……」

樓厲凡暴喝：「滾！敢胡說八道我昇華了你們！」

霈林海不知道發生了什麼事，茫然看著那幾隻鬼慌慌張張跑路的樣子，便問：「厲凡，我們不是來驅鬼的嗎？它們……為什麼好像跟你很熟的樣子？」

「我會和這些白痴鬼很熟嗎？」樓厲凡僵硬的表情上寫了四個字——我在生氣。

「只不過這次的雇主是它們而已。」

「什麼！它們僱用你？你什麼時候成了職業靈能師？！」

只有職業靈能師才有資格受聘驅鬼，尤其是受鬼魂的聘。

「我什麼時候告訴你它們僱用我了？！」樓厲凡吼，「我說它們是雇主！它們僱用的是我二姐！是二姐把這個該死的差事攬到我頭上來的！」

「……啊？」

樓厲凡的二姐是職業感應師，前段時間由於他人的僱請而到某座深山老林裡去查探案件，不小心帶了個黏她黏得死死的鬼魂回來。這隻鬼似乎是愛上她了，靈識中所帶的執念極強，連樓家父母也對它束手無策，只能求助於另一位高段靈異師，那靈異師同意了他們的要求，但是有一個條件，那就是讓他家二姐接受螢光鬼的僱用，幫忙驅除在這個墳場的異鬼。

「可是，既然那個靈異師那麼厲害，為什麼不自己來？」

樓厲凡扭頭看他，「你以為這裡是什麼地方？」

「……？」

「這裡是變態學院的後山！變態校長的地盤！除了我們這種被蒙蔽的蠢材，誰會願意到這裡來！」

換言之，也就是那位可憐的「高段靈能師」害怕這個地方，自己死都不願意來，才會提出這個要求。

「……說不定他也是這所學校畢業的……」

「八成是。」樓厲凡道，「可是我二姐很喜歡這裡……」

「你二姐喜歡這裡？！」

「正確來說應該是三個姐姐都喜歡。她們大概是這世界上唯『三』和這所學校的校長惺惺相惜的學生了。」

「也就是說……」

「如果說校長是千年難遇的大變態，那她們就是百年難遇的中變態。」樓厲凡斬釘截鐵的說道，「所以她們喜歡這裡也是很正常的事情。不過，她雖然喜歡這裡，但這裡離我家實在是有點遠，她懶得出門，就把這件苦差事強塞給我！說要是我不答應的話，就親自來學校看望我……」

「啊？」那位姐姐大人這麼恐怖嗎？

「所以我不得不答應她……該死的……」

「那麼……這次所謂的地獄特訓……」

「既然要工作，不如把你一起拉過來幹活，不然怎麼對得起整天訓練你的辛苦！」

「如果不訓練也沒關係……」

「住口！」樓厲凡伸手掐住他的脖子，眼神凶暴而凌厲，「我可不想再因為你的拖累而遇上危險！聽見沒有！蠢材！」

「對……對不起！」

在兩人閒話的時候，周圍扭曲的空間恢復了原狀，但是感覺上卻更加陰森。天上原本有半個不太明亮的月亮以及數顆小小的星星，這時也完全不見了。

周圍的空氣溫度似乎突然下降不少，霈林海覺得周身有些冷，身上的寒毛都豎了起來。

這不是真的寒冷，而是一種預感。他的全能超能力不是所有的都好用，比如說預感。他只擁有某種程度以下的預感，在有異常危險的時候才能感覺得到，以這點來說比天瑾差了不少，不過比起毫無預感的人就好太多了。

「好像……有什麼東西……」

「嗯？」樓厲凡皺眉。他沒有感覺到，什麼也沒有。他的靈感力在這時候好像忽然麻痺了，完全沒有一點反應。剛才那幾隻鬼也沒了蹤跡，就好像知道有什麼危險的東西要出來了一樣，逃得無影無蹤。

「厲……厲凡，至少告訴我，這次是怎麼回事吧……」自從到這裡以後他都處於一片混亂中，什麼都還沒搞清楚咧！到底他們要驅的是什麼鬼？為什麼要驅鬼？那鬼做了什麼？有什麼能力？有多少隻？是什麼性質的？

「不知道。」言簡意賅。

「啥！」

「二姐只說這裡有鬼橫行霸道，占了別的鬼的地盤，別的鬼就用自己百年的道行為交換求助於靈能師，希望能把這些傢伙趕走，還它們一個清靜。」

「就這樣？」

「就這樣。」

霈林海沒辦法接下一句了。這種事他還是第一次聽說，原來鬼的世界裡也有這樣的——流氓搶地盤……

「不用覺得不可思議，鬼也是人死後的靈體變化而成的，當然有人的特性。」樓厲凡說著，又用腳踢了他一下，「把驅魔棍給我。」

霈林海從剛才情急之中全部翻出來的用具裡倒騰了幾下，找出一根好像某種用具的手柄一樣的東西，通體漆黑，拿在他手裡的時候發著暗暗的藍光，一放到樓厲凡的手中，它又發出了幽幽的綠光。

樓厲凡閉上眼睛，讓自己的心情沉靜下來。他手中的驅魔棍忽然啪的一聲發出了好像白熾燈一樣的光芒，從手柄的部分向兩邊迅疾延伸，變成了一根長約兩公尺的光束棍。

光束棍一沾染到周圍的空氣便開始發出了驚人的鳴叫，那是一種好像鬼魂在撕心裂肺慘叫的聲音，在這種聲音的激蕩下，墳場周圍的樹林中也發出了回音般的震鳴。

「我還沒告訴過你，不過你說不定已經知道這是用來做什麼的了。」

「我……不知道……」聲音小小。

樓厲凡腦袋上暴起數根青筋，「說你菜鳥你還真是菜鳥！連這個也不知道！」

「我只知道驅魔棍用來驅鬼……」

樓厲凡的手開始發抖，但是他努力遏制自己一棍子打死他的念頭，不停告誡自己現在不是殺人的時候，千萬不要動手、千萬不要動手、千萬不要動手……

「這個，被稱之為『靈代感應』。」儘管很惱火，但還是要好好告訴對方，這是他作為靈能師的職業道德，「當靈感力發生麻痺的時候，可以用其他的東西代替感應周圍狀況。不一定非要驅魔棍，也可以是其他的東西，只要是聖器（注：被洗禮過的驅魔用具）就可以。」

「桃木劍也可以？」

「對。」

霈林海這才發現，剛才一直在樓厲凡手中的桃木劍不見了。

「哎？厲凡？那把桃木劍呢？你扔到哪裡去了？」

「壞了。」

「……？！」

樓厲凡平靜以對：「我好像忘了告訴你，我的靈力性質中帶有部分破壞能力，所以只要是經過我靈力貫穿的聖器全都會壞，剛才那把桃木劍也變成木頭渣子了。」

「……」對聖器有破壞作用，那對人……也差不多吧……

「我剛才發出的振動和聲波相似，只要一發出就不會回來，除非有反射。而且，只有擁有靈動波的東西才能反射它，所以我可以遮罩其他一切的干擾因素，只得到有靈動波的東西的回應。」

簡單的說，也就是一個靈感雷達器。

「我發出振動探測，回音過來的振動強度就是『那些東西』的數量。」

霈林海向周圍望去，剛才還一片漆黑的樹林中亮起了燈火一般的東西，一盞、兩盞、三盞……烏七抹黑的林中逐漸變得燈火通明，不過要是誰會在這種時候以為那是真正的燈火的話，就是蠢材了。

震鳴音逐漸消失，剛才振回波動的地方隱隱約約發出一波一波陰沉的咋叫聲音。霈林海不由自主的向樓厲凡的方向靠近了一點。

樓厲凡收回超能力，果然與他所說的一樣，那根驅魔棍變成了粉末，撲拉拉落到地上。霈林海這才明白樓厲凡讓他準備那麼多用具是為了什麼，原來任何東西對他來說都是一次性的，沒有後備物品就死定了……

樹林裡飄飄移移出現了無數模模糊糊的影子，陰沉的咋叫聲就是從它們的口中發出的。

「鬼啊……」霈林海的聲音又開始顫抖了。

「……」樓厲凡無言。

看見怪物不怕，看見吸鬼不怕，看見式神鬼王不怕……就是看見魔怪鬼神之中最弱的陰魂害怕……真是讓人沒話講了！

不過這個問題樓厲凡決定回去以後再慢慢調教，現在他沒有時間，也沒那個精力。本以為這次會比較輕鬆所以才帶霈林海來，想不到……樓厲凡現在沒別的請求，只希望霈林海不要再拖自己後腿！他需要全神貫注親自解決現在擺在面前的問題！

「狗血拿出來！」

霈林海從那堆東西中撿出了一個……保溫瓶。

「……那個好像是我的保溫瓶。」

「可是我找不到別的了……」

「……」等回去，你死定了……「把它灑在我們周圍，形成一個圈。」

打開瓶蓋，一股腥臭的味道撲面而來。以他們站的地方為圓心，霈林海弓著身體用血在四周畫了一個半徑約兩公尺的圈。

狗血是「不淨之物」，作為本質相對魔物來說比較「純淨」且脆弱的陰魂具有非常的殺傷力。他們現在做的就是一個最簡單的結界，只要在這個圈內，除非是千年怨靈，否則是絕對攻不進來的。

那些模糊幽暗的影子哞叫著，沉重的向他們走來。走得近了，他們才看得分明，那些燈火一般的東西原來竟是那些陰魂的眼睛。

看見霈林海煞白的臉色，樓厲凡已經不想再多說什麼，也懶得再叫他，自己去到那堆物品裡翻翻，找出了一本聖經，從自己褲子口袋裡掏出一個手電筒，盤腿坐在地上，翻開了第一頁。

「The book of the generation of Jesus Christ, the son of David, the son of Abraham. Abraham begat Isaac; and Isaac begat Jacob; and Jacob begat Judas and his brethren. And Judas begat Phares and Zara of Thamar; and Phares begat Esrom; and Esrom begat Aram……」（注：亞伯拉罕的後裔，大衛的子孫，耶穌基督的家譜。亞伯拉罕生以撒，以撒生雅各，雅各生猶大和他的弟兄。猶大從他瑪氏生法勒斯和謝拉，法勒斯生希斯崙，希斯崙生亞蘭……）

「……這是什麼東西？」霈林海茫然的問道。

「《新約》，馬太福音（Matthew）。別告訴我你連這個都不知道，否則聖約課的老太婆肯定會哭給你看！」

陰魂們走得更近了，哰叫聲中混雜著嘶嘶的聲響，一排排閃亮的牙齒在黑暗中反光。

「不，我是說……」霈林海吞了一口口水，「你……你現在唸這個有什麼用？」什麼這個生那個，那個又生那個……又不是驅魔咒……

樓厲凡深吸一口氣，今晚第一百次告誡自己現在不是發怒的時候，然後慢慢的說：「聖約課上老師應該講過了，聖經有和聖器相同的效力，可以等同於高段咒語……你明白沒？」

「……聖約課上老師沒講過……」

「蠢材！」樓厲凡氣得半死，然而想了一下，終於平靜了下來，「對了，這是在中學時候的聖約老師講的。」

霈林海無言。

「聖經的咒語效力很不錯，範圍很廣，適合這種時候用，不過……」樓厲凡皺眉，嘆了口氣，「由於它太囉嗦，每次至少要唸完一篇才行，所以往往還沒來得及打倒對方，自己就先被打倒了。」

不過，現在有狗血作為屏障，他有足夠的時間慢慢唸完。中西結合就是有這種好處，雙方互不干涉，各顯各的威力，毫不牴觸。

「你唸的這篇有幾章？」

「二十八章。」

「……」等唸完就死了啊！

「沒有辦法，誰讓我英文不過關，只有馬太福音還能湊合唸下來。」

「……」原來你也有不拿手的東西……「可是為什麼一定要用英文唸……」

「英文的流傳時間極長，時間太久的東西總是有靈魂的，語言、宗教等等都是如此……行了！你滾一邊去！我要開始唸了！」

霈林海委屈的躲到了一邊。

「And Aram begat Aminadab; and Aminadab begat Naasson; and Naasson begat Salmon. And Salmon begat Booz of Rachab; and Booz begat Obed of Ruth; and Obed begat Jesse. And Jesse begat David the king; and David the king begat Solomon of her that had been the wife of Urias. And Solomon begat Roboam; and Roboam begat Abia; and Abia begat Asa……」

樓厲凡也不著急，慢慢的唸。

霈林海百無聊賴的蹲在他旁邊畫圈圈，心想：不是說要讓我特訓嗎？為什麼會變成這樣？真無聊……真無聊……

「And teach all nations, baptizing them in the name of the Father, and of the Son, and of the Holy Ghost: Teaching them to observe all things whatsoever I have commanded you: and, lo, I am with you alway, even unto the end of the world. Amen!」

唸完最後一句，樓厲凡合上手中的書，閉上眼睛，讓聲音從胸口內的最深處發出——

「I am with you alway, even unto the end of the world. Amen!」

一道震波從他的身體呈波浪狀散發出去，捲起地上的塵囂，以及空氣裡可怕的風動。霈林海的衣角被風吹得撲啦作響，被那道震波震到的陰魂們都發出了尖利的呼叫，一隻一隻摔倒在地上，不動了。

樓厲凡丟下書，冷笑：「太簡單了！真不知道是哪個蠢材，居然弄出這麼笨的辦法。」

霈林海沒有附和樓厲凡，因為他身上從剛才就豎起的寒毛還沒有退下，反而更加嚴重了。那不是普通的恐怖預感，而是……

樓厲凡站起來向圈外走去，霈林海大叫一聲：「厲凡！小心！」

樓厲凡回頭，然而他的一隻腳已經踏出了圈外，另一隻還在圈內。

離他最近的陰魂發出了嘻嘻的笑聲，猛然伸出一隻鬼骨嶙峋的爪子抓住他跨出圈外的那隻腳，用力將他拖了出去。周圍剛才被經文「打倒」的陰魂們迅速爬起來向猝不及防的樓厲凡撲了過去，轉眼間將他埋在了陰魂堆裡。

「嘻嘻嘻嘻……嘿嘿嘿嘿……」

「呵呵呵呵……哈哈哈哈……」

陰魂們集體發出了令人毛骨悚然的陰笑，包圍住樓厲凡的陰魂堆繼續加高中。它們一邊加重對樓厲凡的束縛，一邊用暗黑的身軀上亮得恐怖的眼睛盯著霈林海。

霈林海知道，那笑聲是對自己發出來的，可是他幾乎無法反應了，呆愣愣看著那不斷加高的陰魂堆，不知該如何對策才好。

——到底出了什麼事？為什麼會變成這樣？

——厲凡……厲凡他被壓進去了，難道會死？

——不！那是不可能的！

「你們這群混蛋！把他還給我——」

霈林海的身上突然有墨藍色的光芒一閃而過，雙手聚集起了兩個幾近黑色的光輪。隨著他的聲音，光輪脫手飛出，向陰魂們形成的那個魂堆砸去！

可惜他忘記自己還站在那個狗血製造的結界圈裡。當光輪飛至血圈邊緣時，發出嗤啦一聲大響，好像被牆擋了一下一樣，威力大大減弱，等光輪砸到魂堆中，只響起了很小範圍的幾聲慘呼，沒有造成本質上的傷害。

剛才樓厲凡的攻擊方式是西式的，所以不受狗血的影響，但霈林海現在情急之下使出的超能力卻是中式的，自然會受到狗血結界的極大影響。

霈林海急怒攻心，也不再待在圈中停留，兩步跨了出去。他剛一踏出結界範圍，立刻有鋪天蓋地的陰魂向他猛撲過來。他伸出雙手，那種幾近黑色的光輪再次在他的手上出現，但與之前不同的是，光輪不再局限於手部，而是帶著劈啪的電光從手至肘至整個身體，全部包裹了起來。

收不住攻勢的陰魂們一接觸到那種光輪，只來得及哀號一聲便立刻被吸了進去。

「空間裂！」

「是空間裂！」

陰魂們一聽見這個詞，如燈火般明亮的鬼眼都開始閃爍不定，也不敢接近，只能小心翼翼躲在較遠的地方觀察情況。

霈林海此時所用的空間裂比當時蘇決銘的差了一些，他是完全空間裂，而蘇決銘是分段空間裂，也就是同時在數個不同的地方打開次元洞，這是比較高段的技術，而且能力消耗比較少。而霈林海這一招是在自己全身罩上了一層空間裂，所消耗的能力比分段空間裂高出十倍不止，但技巧上就差了很多。

如果這次是蘇決銘使出來的話，絕對馬上脫力倒地，可霈林海畢竟是霈林海，「靈力未測」的原因果然是因為能力深厚，放出完全空間裂之後，連喘息也沒有，面色如常的繼續盯著那些陰魂。

陰魂們似乎有著相當厲害的組織者，驚慌只有那麼一下，很快便控制了局勢，異常有默契的形成了幾層圓形的包圍圈，內圈逆時針，外圈順時針，開始飄移旋轉。壓縛住樓厲凡的陰魂們不知用了什麼方法，忽地在地上平行移動，錯出了圓圈的範圍，只剩下了霈林海獨自一人陷入包圍之中。

它們擺出的這個陣勢有些奇怪，霈林海不敢大意，隨即發出靈力波動，以靈力探測這個陣勢的強度，但他的波動好像探入了一個一無所有的地方，沒有任何反彈。

這種情況的發生，正像之前介紹過的那樣，可能屬於靈力場的扭曲。探測波動本身是磁力的一種，由於某種力場的原因而造成它被轉移到了其他的地方，所以才會沒有任何反彈。

「該死！」

一旦沒有了靈力探測，毫無靈感力的霈林海自然變成睜眼瞎子，搞不清楚對方幽魂的數量，也弄不清楚它們的實力。

「嗚嗚——啊——」

「嗚——嗚嗚嗚嗚——啊——嗚——」

陰魂們旋轉的速度越來越快，陣勢之中出現了讓人頭皮發麻的鬼哭之聲，就算是霈林海，在這種聲音的直接衝擊下依然有些無法忍受，就好像聽見了指甲劃玻璃一樣，周身起了一層雞皮疙瘩，渾身的勁力也似乎被什麼扎了一個孔，開始往外洩漏。

圓圈慢慢縮小，鬼哭聲變得愈加撕心裂肺，霈林海只覺得周身的力量被抽走的頻度在以驚人的速度增加。他忽然想到前幾天樓厲凡才講過的某種能力，恍然大悟！

「既然你們想吸，那就到我這裡來啊！」

在講解那種能力的同時，樓厲凡還教了他一個非常卑鄙但是非常好用的辦法，現在正好用上。

「來吧！」

幾隻陰魂挾帶著尖利的呼嘯聲從圓形陣勢中向他疾衝而來，霈林海伸出一根手指，順著最先衝上來的那隻的力道，透出微小的力道將它吸附住，以一隻腳為圓心，悠悠一轉身，帶著它瘋狂的旋轉起來。

後來衝上來的那幾隻無辜的陰魂連反抗都沒來得及，就被作為旋轉壁障的同伴彈出去，撞擊到身後旋轉的陣勢上，陣勢頓時破開了一個洞。

霈林海等的就是這個機會！他一鬆手，那隻倒楣的陰魂和它的同伴得到了相同的下場。然後他將手掌對準那個破開的洞口，砰的一聲，發出一個扁平的東西。一切只是一瞬間，在他將那個東西脫手飛出之後，那個缺口立刻被堵住了。

發出那個東西之後，霈林海明顯後力不繼，身體也被衝擊得向後倒去，陰魂們發現了這一點，包圍圈刹那間縮小，將他裹在了裡面。

偌大的墳場安靜了下來，靜得和它的本質一樣，沒有任何活的氣息。只有兩堆黑色的高高的東西，還在不停蠕動著。

剛才霈林海最後打出的那個扁平的東西快速向天空飛去，到了約一百公尺高度的時候停了下來。這時可以看出那個「東西」其實是一個用靈力實體化所做出的圓形扁平符咒，邊緣上畫著數個吸收符號，中間是一個螺旋，在微微轉動著。

這種實體化的能力被稱之為「具象現」，以前就說過了，這是很少見的超能力，而且消耗比較大。霈林海對它的控制還不太足，才導致後力不繼，被陰魂們有機可趁。

※◆◇◆◇◆◇◆※

與此同時，變態學院中——

332 號房——

蘇決銘在房間裡看書。

羅天舞正在浴室裡洗澡，蓮蓬頭裡的水嘩啦啦流出來，流過他的身體，流到排水口中，呈螺旋狀流走。

334 號房——

樂遂已經睡了。

公治泡了一杯咖啡，用勺子慢慢攪。溶液在銀勺的攪動下，形成了黑色的螺旋狀漩渦。

313 號房——

天瑾總覺得有些心慌，很想看一眼水晶球，但是她的預感告訴她千萬不要。

但是她真的很想知道。

——千萬不要！

——真的想知道……

於是她掀開了水晶球上的布幕，一個螺旋的形狀出現在水晶球裡……

羅天舞忽然大叫一聲，磅噹摔倒在浴室裡，腦袋撞到了洗手臺，鼓起了一個很大很大的大血包。聽到他慘叫聲的蘇決銘丟下書火速衝到浴室。這時，下水道的螺旋水流正巧被羅天舞的腳丫子堵住了，蘇決銘沒有任何感覺，只知道羅天舞倒楣摔倒，急忙扯著他的胳膊將他拖了出去。

樂遂在睡夢中聽到什麼東西碎掉的「乓啷」一聲，他一睜眼，發現公治昏倒在地，旁邊還有一個碎裂的咖啡杯。

同一時間，天瑾的房間傳出了不遜於鬼哭的尖叫，然後安靜。

那天晚上，變態學院的許多宿舍房間都出現了這種異常的情況，凡是接觸到了螺旋形狀的人忽然全部失去了力氣，全身的靈力被大量吸走，一時無法復原。

ＰＳ：在那個時候，變態校長正準備洗澡，剛在浴缸中加入一朵玫瑰，水面出現了近似螺旋的小小漩渦，變態校長一陣頭暈，一聲不吭的扎進了水裡……

※◆◇◆◇◆◇◆※

天空中，那個扁平的圓盤發出了炫目的光彩，共振之聲鳴動。被壓在陰魂堆中動彈不得的霈林海聽到了這個聲音，不禁在心中嘿嘿笑起來。

這就是那個圓盤的真正面目——吸力盤！它能在一定範圍內將身上擁有某種約定圖形的人，其所擁有的靈力、妖力或魔力，全部吸附到自己身上。霈林海這次所用的這個「約定」的圖形，就是螺旋形。

扁平的圓盤持續鳴動，鳴動的聲音越來越大，陰魂們開始煩躁不安。

忽聽啪啪幾聲，吸收的力量大過了圓盤本身的承受能力，使得圓盤身上出現了數道裂痕，在無法反應的短短時間中，轟然炸開。

無數道五彩的洪流像火山噴發一樣向這邊壓住霈林海的陰魂堆襲來，那些東西好像真正的岩漿般，一落到陰魂們身上便把它們燙得吱哇亂叫，跳起來四散奔逃。

趁著身上的壓制變輕，霈林海死命掙出了自己一隻手，伸向天空洪流襲來的方向。他的手中出現了和那個圓盤邊緣同樣的符號，洪流中的五彩光芒化作一束，衝進他的手心中。

「極度空間漩渦！」

隨著那一聲喊，他周身出現了斑斕混合的巨大靈氣漩渦，躲逃不及的陰魂們被漩渦掃中，全都無法控制的被捲了進去。

漩渦還在繼續擴大，原本壓制著樓厲凡的陰魂們也動搖了，剛開始只是最周邊逃跑了幾個，等到它們發現那漩渦毫無減弱的跡象，更多的陰魂慘號著被吸入進去後，全都慌了神。不知誰打了什麼暗號，全部陰魂以壯觀的姿態同時跳起來，只見鋪天蓋地的影子嗖嗖嗖逃竄而去。

「想跑？！沒那麼容易！」

漩渦驟然加大了數倍，方圓三百公尺以內的所有物事都被籠罩在裡面，除了陰魂之外，還捲起了地上的屍骨、墓碑以及其他的東西。

「啊！」

一聲慘叫。

不是霈林海發出來的，也不是陰魂發出來的。

霈林海想了想，開始發抖。巨大的漩渦在他猶豫的剎那消失，以和它出現時同樣不可思議的速度，消失得無影無蹤。

一片狼籍的墳場裡，散亂的屍骨、墓碑、斷裂的樹木和腐爛的棺材丟得到處都是。在那堆狼籍中，樓厲凡面色發青的坐在那裡，左腿上壓著一根明顯是剛被拔出來的碩大樹樁。

「呀——厲凡……你怎麼了……」

喊出這句話的時候霈林海的聲音底氣很虛。根本不用問，絕對是因為他的旋風所造成的結果……

「你個蠢材！還敢問！要不是因為你亂用超能力，我——！！」

霈林海硬著頭皮上前，費力的搬開樹椿，毫不意外的發現樓厲凡的左腿已經斷了，小腿正以奇怪的角度扭曲著。

「對……對不起……」霈林海內疚得腦袋都快埋到土裡去了。

樓厲凡瞪了瞪眼睛，想發火卻沒有發出來，最終道：「……雖然很想罵你混蛋，不過看在你救我出來的分上，不跟你計較。」

他自己握住扭曲的腿骨，只聽喀嚓一聲，頭上冷汗涔涔而下。霈林海心中一驚，再去看時，他的腿骨已經恢復了原狀。

「你……」居然自己……看他剛才的動作，霈林海覺得自己的腿似乎也痛了起來。

「這種事情很常見，我從十歲開始就經常被姐姐們以訓練為名打得全身是傷，剛開始我還找醫生幫忙，後來懶得找了，就自己做。」

「你的姐姐們……真是惡魔……」

「不是惡魔，是魔女。」樓厲凡伸手向他，「扶我起來。」

「你的腳會錯位。」

「沒事，你扶我起來！」

「真的會錯位。」霈林海難得的固執。

樓厲凡腦袋上又爆起了青筋，「是不是因為你砸斷了我的腿我沒怪你，你就覺得我軟弱可欺了？」

霈林海知道自己就算說再多也是白搭，這個人的固執從來是不講道理的。於是，他保持沉默，也不去扶樓厲凡。

樓厲凡真的惱怒了，也不指望他扶，掙扎著用「三肢」和那條斷掉的腿自己爬起來。霈林海無奈，伸出手臂讓他扶著。樓厲凡看一眼他的手臂，發出了不屑的「哼」聲，準備繼續靠自己的力量站起來。

霈林海也有些火了，吼道：「你到底扶不扶？！」

「用不著你扶！」樓厲凡吼回去。

霈林海快氣死了，一手不由分說的勾住樓厲凡的腰，將他扛在了肩上，「今晚不驅鬼了！回去！」

樓厲凡的腰掛在他的肩上，頭朝下，血液一下子都沖到了頭頂，他再管不了那麼多，也不顧面子，拳打腳踢起來，「霈林海！你有毛病嗎！現在回去就前功盡棄了！這些陰魂後面的控制者還沒出現……混蛋！你敢不聽我說！霈林海！」

「那種事情不重要！首先要治你的腿！」霈林海甩開大步走去。

「我的腿已經治好了！」

「胡說八道！」

樓厲凡不知道原來老實人固執起來可以這麼恐怖，「……你要回自己回！放下我！」

「不放！」

「你放不放？」

「不放！」

樓厲凡手上聚集起一圈綠色的光芒，「真不放？」

「真不放！」

樓厲凡一拳砸下，正中霈林海的腰椎，霈林海只覺下身忽然沒了感覺，腿一軟，跪倒在地。他的手一鬆，落到地上的樓厲凡向後蹬蹬蹬單腳跳退了幾步。

「我警告過你了，不要怪我！」

樓厲凡說了這麼一句，正單腳跳著去追那些四處逃竄的陰魂，忽然發現遠處出現了幾束亮光，正以迅雷之速向動彈不得的霈林海衝去。來不及解開在霈林海腰上下的封印了，樓厲凡忘了自己那條腿的傷情，猛地跨出一大步，在聽到自己的腿骨再次發出「喀嚓」一聲的同時，將霈林海推開！

霈林海一頭撞到了一棵樹上，痛極，轉頭對他叫：「你幹什——」

話未喊完，因為他正巧看到兩道亮光咻一下衝過來，穿透了樓厲凡的身體！

霈林海呆愣愣看著他身體上那兩個被穿透的洞。

樓厲凡看著目瞪口呆的他，只用不屑的聲音說了一句：「蠢材，告訴你要小心的……」身體便軟倒在地。

「厲凡！」施術者昏倒，霈林海腰部的封印自然解開。他撲向樓厲凡，急道：「厲凡！你怎麼樣？厲凡！」

一道光穿過了腹部，另一道光穿過了左胸部——也就是心臟的位置。沒有血，但那是因為光束的高熱燒灼了傷口，使破裂的血管即時封閉的緣故。

——樓厲凡，死定了。

霈林海低低的啊了一聲，眼神呆愣愣看著樓厲凡變得蒼白的臉。

——樓厲凡，真的死定了……

——為了我，被殺死了……

霈林海仰起頭，對著黑色的天空大叫一聲，全身的靈氣開始紊亂。

——樓厲凡，真的死定了！

——因為我的錯誤，因為我的愚蠢，樓厲凡被殺死了！

「啊……啊啊啊啊——」

他和樓厲凡的周圍出現了比剛才那巨大的五彩漩渦還要更大兩、三倍的旋風，剛才墓碑和樹樁只是被吹得到處滾動，此時它們卻是跟著旋風一起被吹捲到了高高的天空上去。

「啊啊啊啊啊——混蛋——」

不計其數的陰魂從樹林中、地底下被拖出來，尖叫著被旋風烈烈席捲。一隻體型異常龐大的鬼也被拖了出來，在風中被撕裂成了數個殘塊。

※◆◇◆◇◆◇◆※

旋風從墳場部分開始，一直席捲了約三、四平方公里的地界，變態學院的學生們聽到了淒厲的鬼哭聲，已經睡下的也都爬了起來，從屋頂上觀察那可怕旋風的情景。

「哦哦，好壯觀，好熱鬧。」

「是鬼門嗎？鬼門嗎？」

「不可能啦！鬼門不是那個方向！」

「哇～～～難得一見的情景啊！」

「原來是他……」變態校長蒙著他的招牌黑布站在百層教學樓的頂端遠遠看著那裡，嘴裡喃喃道。

帕烏麗娜副校長打著呵欠拉起窗簾，遮擋住外面旋風引起的光影變化，「真煩……覺也不讓人好睡……」

娑妮站在窗前，看著這一切，唇邊露出純之又純的微笑。

遙遠的、幾千公里以外的某個地方——

一個女人抱著一顆黑色水晶球，發出可怖的笑聲：「呵呵呵呵呵……厲凡！你也會踢到鐵板啊？」

她身邊的另外兩個女人興奮的揪她的袖子，「二姐（妹子）！怎麼樣！怎麼樣？！」

「有趣啊——真是太有趣了！」那女人奸笑，問道：「大姐、老三，妳們想知道確切的情況嗎？」

三個女人根本不需要多說，立刻心有靈犀，另外兩個也奸笑起來：「嘿嘿嘿嘿……」

「就讓我們實地考察吧！」

「耶！」

※◆◇◆◇◆◇◆※

「你……果然是蠢材……嗎……」

一隻手無力的抓住了霈林海的腳踝，霈林海一低頭，大驚。

樓厲凡竟睜開了眼睛，用微弱的氣息與他講話。他的意識與理智登時回復，可是已經走亂的氣機不可能像走偏的時候一樣那麼簡單的回來，他努力的壓了幾次卻毫不奏效，旋風的威力沒有一絲減少。

霈林海立時慌了手腳，結結巴巴的對樓厲凡道：「這……這怎麼辦！收不回來了！死了！死定了！」

樓厲凡真不想管他，可也不能把他丟在這裡，否則不是他先脫力而死，就是自己被捲進漩渦死掉。他軟綿綿的伸出那隻無力的手，「抓住……我的手……」

霈林海單膝跪在他身邊，一手抓住他的手。

「你……跟著我走……」

一股細細的、清涼的靈力從相握的手傳入霈林海的體內，按照奇異的方向順次引導。霈林海努力壓制體內躁狂的靈氣，跟隨著他的那股靈氣潛行。幾分鐘之後，他身體裡亂竄的氣息都慢慢的回歸了正道，那可怕的旋風便漸漸弱了下來，那些陰魂一見風勢減弱，都異常默契的拚命掙扎，好不容易脫離了風圈，再次逃走。

等最後一絲風平息下來，樓厲凡放開了手。

「你瘋了……嗎……居然讓超能力暴衝……」

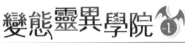

所謂的暴衝，就是指由於某種誘發因素而使某人自身的能力處於失控狀態，此時可以發揮出驚人的能力，但是也容易因此脫力死掉，所以除了真的走頭無路，一般人都不會用。

雖然不能完全斷定，但是看樓厲凡的樣子，霈林海知道他基本上不會有生命危險了，心情一好，笑了起來：「我以為你死掉了啊……心裡一生氣，忽然就……」

「……」

「……可是你居然沒死……」

「因為我是右位心。」

「對嘛，所以我說……你說啥？」

「右位心。」樓厲凡又說了一次，「我全部的臟器都是反向生長的，心在右邊，肝臟在左邊，脾在右邊。」

「也就是說……」

「沒有傷到心臟，只是把肺戳穿了……不過因為瞬間高溫的關係，傷口也暫時封閉，不會有問題……」

說完這些話，樓厲凡喘了口氣，臉色比剛才難看了許多。

霈林海知道不能再讓樓厲凡繼續說下去，否則樓厲凡很可能就這麼死掉。

「別再說了，我們快點回去吧！」

他伸手抱起了樓厲凡的身體，樓厲凡很煩他這樣，努力掙扎，他空出一隻手捏了一下樓厲凡那條斷掉的腿骨，樓厲凡立刻安靜了下來。

兩人一起向拜特學院走去。

走著走著……

霈林海皺眉問：「厲凡……我們是不是忘了什麼東西？」

樓厲凡想一想：「好像真的……對了，應該是那個旅行袋吧？不要就算了，裡面的東西扔了就扔了吧。」

「哦，好。」

可是他們忘記了，他們帶旅行袋來的目的——驅鬼。

至於他們要驅的那隻罪魁禍首呢？其實就是那個不小心被風分裂成了幾部分的倒楣鬼。它本身沒什麼厲害的地方，只是能控制別的鬼為它做事。可是現在它被分裂成這個樣子——也就是變成解鬼，以後恐怕什麼也做不了了。

結論一：驅鬼成功。

結論二：特訓……失敗。因為霈林海還是沒有學會使用靈感力。

第8章 怕殭屍的趕屍者

「厲凡，上次的陰魂好像有好幾百的樣子……」
「是啊。」
「你為什麼不一開始告訴我……」
「你自己統計的時候不是說了只有十幾隻嗎？我就順著你的話說了。」
「萬一因為我估計錯誤，死掉怎麼辦？」
「既然是自作自受，應該不會變成冤魂到靈異協會去投訴吧？」
「……」
「所以我告訴你了，一定要學靈感力。」
「……我真的沒有靈感力……」
「你去死吧。」
樓厲凡和霈林海回到學校已經一個星期了，但是因為樓厲凡的傷情，還暫時不能上課，所以只能在房間裡休養，校醫會按時去宿舍為他做治療。
校醫是一個也叫做拜特的少年，長得和宿舍管理員拜特有些相似。一般的醫生都會穿白色的外衣，可是他穿的卻是黑色的外衣，據說因為那樣比較帥，不過霈林海和樓厲凡不這麼認為——再怎麼說，那個十五歲模樣的少年的長相也只有「可愛」可以形容，跟「帥」是完全搭不上邊的。
「哦，真是可惜啊，這麼修長漂亮的腿，卻腫得好像豬腿……」
那天早上，霈林海把樓厲凡帶回去向他求治的時候，他搖著頭大加嘆息，就好像在可惜自己的腿一樣。

樓厲凡很不喜歡他的形容詞，面無表情的向他比了一下中指。

校醫倒也沒生氣，只是用了比較快但是最痛的治療方法——放血。這不是普通的放血，而是將他錯位的腿再扳回去之後，用布條分五段將腫脹的軟組織用力綁緊，綁緊的部分會凹陷下去，沒有被綁緊的地方會凸出來，最後在凸出來的地方放數隻低能的袖珍吸鬼，用毒牙將血吸出……

只要經歷過一次的人必定會承認，那種痛簡直不是人受的！且不說那綁布帶時的痛楚，只說那種吸鬼的毒牙……那可是有毒的東西！一旦被咬上，簡直奇痛無比！所以儘管這種方法很有效，吸鬼的牙齒也有相當的治療作用，但是只要知道那是怎麼回事的人，寧可全身的骨頭都斷掉也死都不會用那種方法！

樓厲凡非常英雄，即便被五隻袖珍毒牙吸鬼同時咬住，他也一聲沒吭。因為他的嘴也很忙，一口牙死死咬著霈林海的胳膊，作為報復和發洩。

所以那天做治療的時候，真正受傷的樓厲凡沒有半聲慘叫，只有霈林海，淒厲的叫聲穿透了屋頂和每一個倒楣鬼的耳朵，直沖雲霄。

經過這種治療，樓厲凡的傷只需要臥床兩個星期就可以活動如常。但是在這兩個星期之中，他的那條傷腿絕對不能用力，更不能下地走路。剛開始他還能耐著性子忍受，但是時間一長他就有點受不了了。

「我要出去。」

霈林海剛剛回房間放下手中的講義，就聽樓厲凡這麼說。

「你不能出去。」霈林海把今天剛寫的筆記交給他，「你也知道的，這段時間你的腳絕對不能用力。」

樓厲凡雙手抱在胸前，聲音冷冷道：「不能用力不代表不能出去。」

「呃……」

「不管你想什麼辦法，總之一定要讓我出去。」誰叫我的腿是被你弄斷的！

「……對不起……」

霈林海用的方法很簡單，就和他們見面的第一天他所用的那個超能力一樣——空氣墊，將一定範圍內的空氣密度隨心所欲的改變，直到能夠承受一個人的重量。

樓厲凡在前面坐著空氣墊飄浮，霈林海跟在後面推，剛走到332號房，就見樂遂從裡面走了出來，一看他們兩個，微微驚訝了一下。

「嗨！又跑來打麻將嗎？」霈林海笑著跟他打招呼。

樂遂苦笑：「不是……是因為天舞，一個星期前他和公治忽然暈倒了，後來他們醒來的時候只說渾身沒勁，好像渾身的力氣都被什麼抽走了一樣，直到現在還沒恢復。」

「被什麼抽走了？」樓厲凡重複了這麼一句，斜睨了霈林海一眼，「真是奇怪啊，不會是遇見吸鬼了吧？」

霈林海被他看得脖子後面涼颼颼的，寒毛直豎。

「應該不是吧？」樂遂笑，「他們身上也沒有傷痕，奇怪得很。」

霈林海乾笑：「哈……哈哈哈哈……大概是感冒了吧……」

「他們也沒有感冒的症狀，而且是突然發生的……咦？你們這是要去哪裡啊？」他這才發現樓厲凡飄浮的樣子，「你的腿不是斷了嗎？還亂走？」

「只是出去轉轉，再悶下去我身上會長蘑菇。」樓厲凡答。

「那就不打擾你們了，再見。」

「好，替我們向他們兩個問好。」

「一定。」

出了宿舍樓，樓厲凡仰頭看著從鬱鬱蔥蔥的榕樹樹葉中露出來的天空，嘴角扭出了一個奇怪的形狀。

「你……還真的用了啊，霈林海……」

「……」霈林海渾身不自在的摸了摸脖子，好像那裡有根刺在扎他。

「哈哈……哈哈哈哈……哈哈哈哈哈哈哈哈哈哈哈哈哈哈哈哈哈哈哈！」

剛開始還比較含蓄，沒有放聲笑出來，到後面就不受控制了，那種洪亮的大笑把一個牽著黑狗式神、正準備進樓的倒楣學生嚇得連退三步，帶著和他同樣驚惶失措的狗轉身逃走。

「幹嘛笑得那麼誇張……」霈林海沮喪的說，「我知道那種方法很卑鄙，但是當時也沒有辦法，當時只想到那種方法，可以從周圍破壞……」

樓厲凡笑得喘不上氣來，半晌之後才緩過勁，擦著眼角對霈林海道：「你以為我在笑什麼？我在笑你真的很厲害，從那麼遠的地方竟然也能吸到學院裡來，而且神不知鬼不覺，被害者連自己怎麼死的都不知道！哈哈……哈哈哈哈哈哈哈哈哈哈哈哈……」

霈林海抱著腦袋呻吟：「你就別再說了。我以後死也不會再用了！萬一被他們知道凶手是我……我……我……」

「你一定會死得很慘。」

「……不用你說我也知道。」

霈林海推著樓厲凡到了學校的中心花園，他本想將他放到枇杷樹下，但是樓厲凡堅決不肯，霈林海拗不過，只能將他放到榕樹下的長椅上。

他之所以要把樓厲凡放到枇杷樹下，是因為枇杷有驅邪的作用，對身體也很有好處，而榕樹正相反，它會聚集從它生長起來開始就一直收集的陰氣，對普通人很有害。

「你不懂，我的身體裡有四分之一陰氣的組成部分。」樓厲凡舒展了一下身體，「我外婆不是人，而是一個有千年道行的鬼，要是把我放到枇杷樹下，我肯定會對它起反應，雖然不嚴重，但是會很難受……」

「……四分之一的鬼族血統？」霈林海非常訝異，「太厲害了！千年女鬼！怎麼你從來沒說過？」

「我又不是有毛病，和誰都講這種無聊的事情！」樓厲凡瞪他道。

「也是……」霈林海撓了撓後腦，「啊，對了，你要不要喝點什麼？我去幫你買。」

「啊，我要綠茶。」

「好。」

看著霈林海跑遠的背影，樓厲凡長長的舒了一口氣，張開雙臂，打算大大的伸個懶腰，誰知手剛伸出去就觸到了一個溫熱的什麼東西，他嚇了一跳，轉頭去看，這才發現自己身邊不知何時竟坐了一個人。

「……你什麼時候坐在這裡的？！」他被稍微嚇到了。他還從來沒見過這麼沒有存在感的人，如果他沒有碰巧碰到他的話，恐怕根本沒辦法發現他的存在！

那是個二十多歲的青年，眉目精細好看，整個人的氣質很是沉鬱，靜靜的坐在那裡時，根本讓人感覺不到他的存在。

樓厲凡的問話他似乎沒有聽到，因為他正沉浸在自己的世界中，眼睛望著某一個方向，雙手交握，口中唸唸有詞。樓厲凡本以為他在執行什麼法術，但等他聽明白那人口中到底在唸什麼的時候，他險些從椅子上滑了下去。

「要回去……不可以回去……必須回去……回去會死……不回不行……但是殭屍很恐怖……但是一定要回……不想回……要回……不回……」

「抱歉、抱歉，打斷一下。」樓厲凡拍拍他的肩膀，那人轉過頭來，「雖然感覺很多管閒事，不過你在這裡叨唸真的很煩。能告訴我你遇到了什麼難題嗎？」

「關你什麼事？」青年很倨傲的回答。

樓厲凡努力抑制自己想一腳踢上去的念頭，告誡自己還是傷患，斷腿還沒好，千萬不能為了這麼個混蛋而前功盡棄……

「不過你想知道的話，我可以告訴你。」

聲音還是很倨傲，就好像和樓厲凡說話是一件多麼給他面子的事情。

「我不想聽。」樓厲凡的拳頭開始蠢蠢欲動，他真的……真的很想一拳頭吻上這個傢伙的鼻子，讓他再這麼招人嫌！

那人好像沒聽到，很驕傲的繼續說：「其實是這樣的……」

「厲凡！你要的綠茶！」霈林海遠遠的跑過來，將簡易包裝的綠茶遞給樓厲凡，「沒有你平時喜歡的那個牌子了，只有這種的，可以吧？」

樓厲凡很高興他在這時候出現，接過綠茶道：「無所謂，反正都是一樣的味道。對了，我們換個地方，這裡不清靜。」

霈林海不明白他的意思，「啊？不清靜？」

青年聽到了他的話，很憤怒的叫：「不清靜！你在說什麼！不是你追著我要問我的事情嗎！為什麼現在又出爾反爾！」

他的聲音讓霈林海嚇了一跳：「嚇！這個人是什麼時候在這裡的？我都沒發現！」

樓厲凡面露不豫，「你沒發現……我還沒發現呢！等發現的時候他已經在這裡了。」

那青年忿忿的插話：「我一直都在這裡！你們從剛才到這裡的時候，就連一眼也沒往我這裡看！」

霈林海和樓厲凡沉默。因為他們是真的真的真的沒發現這裡居然還有別人……

「我就是不明白……」青年絮絮叨叨的說道，「我明明就在這裡，為什麼每次都沒人發現我！為什麼都要到我說話了才發現！不要以為裝出一副剛剛發現的樣子我就會上當！都是虛偽的傢伙！真誠的人一個都沒有！」

如果他沒有惹毛樓厲凡的話，樓厲凡大概會很有耐心的問問他，然後解釋一下到底怎麼回事，不過很不幸他把樓厲凡惹毛了，樓厲凡根本不想理會他那麼多。

「霈林海，我們走。」

霈林海剛剛做出氣墊，青年卻猛地抱住了正欲飄浮起來的樓厲凡腰部，「喂！不可以走啊！我的話還沒說完！已經很長時間沒人發現我的存在了！那個傢伙又一點也不照顧我的心情！養那些什麼東西！我要神經衰弱了！我要死了！我不想活了！我真的不想活了！你不要攔我！我不活了！我去死……」

青年的力氣大得驚人，樓厲凡被他勒得險些背過氣去。他用力的敲那傢伙，恨不能在他遲鈍的腦袋上下個封印。他吼道：「混蛋！你去死和我有什麼關係！要死就去死！沒人攔你！快放開！再不放開我殺了你！霈林海！你還不快來幫忙！我連你一塊兒殺！」

霈林海愣了一下，隨即蹲在一邊笑得喘不過氣。

「霈林海！」

「沒……沒關係！他就是這個樣子，哈哈哈哈……」霈林海繼續笑，「我想起來了，他是易經專科二年級的東明饕餮。你剛才被他得罪了對不對？其實他人很好，就是有時候不太注意別人的心情而已。」

「而已！」樓厲凡快氣暈過去，「你少給我在那裡說風涼話！快把他從我身上弄走！」

「我？沒用的，他很固執，只有一個人治得了他……」

「饕餮？原來你在這裡啊！」

一道很柔和的男人聲音，但在聽到那聲音的時候，東明饕餮的身體立刻僵硬。他慢慢的回頭，看見身後出現的人，以及那個人身後的人，手一鬆——昏倒在地。

在這裡要聲明一下，身後出現的那個人沒什麼可怕的地方，只是人高大了一點，長相稍微普通了點，基本還算不難看——以樓厲凡的眼光來看——可惜他身後站著幾個面色青青的殭屍，直直瞪著前方的那種樣子連樓厲凡也不由自主的有些發涼。

「饕餮給各位添麻煩了嗎？真抱歉！」那人有禮的拱手致意，「我是東崇，你們好。」

「我是樓厲凡。」
「我是霈林海。」
樓厲凡微微點了一下頭，霈林海學著東崇的樣子也拱了一下手。
「他倒沒有給我們添『太大』的麻煩。」樓厲凡看了一眼昏死在地上的人，「不過，你是否可以告訴我，他剛才在唸的話到底是什麼意思？」
東崇不明所以的問：「他唸的話的意思？什麼話？」
「殭屍很恐怖，不能回去，必須回去什麼的。」
「啊，是那個啊……」東崇溫和的笑起來，「是因為他很怕殭屍啊。」
「？！」頭一回聽說在靈異學校上學的人也會怕殭屍！
東崇把東明饕餮安置在長椅上，說道：「其實他是趕屍家族的人，不過因為出了一些事情，使他從此怕殭屍怕得要死。我是他的室友，可超能力卻是驅使殭屍。他經常一不小心就會被我的殭屍嚇到，然後就會馬上出走，他這個樣子讓我很頭疼。」
樓厲凡看看那些殭屍的額頭，發現上面沒有封印，也沒有被封印過的跡象，便問道：「你難道從來都不封印它們嗎？」
東崇很奇怪的反問：「為什麼要封印？」
「……你不是說經常會嚇到他？」
「可若是封印的話，殭屍們會不舒服。」
「……」沒話講了。
「而且房間裡只要放殭屍，他就會害怕，上次在下把殭屍放到浴室裡都把他嚇到了。」

一般人的話，是絕對不會把殭屍放到浴室裡去的吧……

「今天將它們藏到壁櫥裡，想不到還是把他嚇得離家出走。」

可以想像，一個超怕殭屍的人打開壁櫥卻發現裡面有好幾隻殭屍，任誰都會崩潰的。

「平時他甚少與人說話，可是今日卻與二位相談甚歡，在下很高興……」

「聲明一下！」樓厲凡不高興的插嘴道，「我可沒有和他相談甚歡，只是他硬拖住我，要我聽他的痛苦，害得我想走也走不了。」

「這也是很少見的情況。」東崇微笑道，「由於體質的關係，他很容易被人忽略，他自己也很容易忽略別人，所以很少與人交往，大多數時候都是一個人躲在角落裡唸唸有詞，連在下也搞不清楚他在想什麼。像你說的追著某人要表白這種事，幾乎是從來沒有過的。」

「第一，那不是表白。」樓厲凡道，「第二，我絕對不會因為這種事情而感到高興。霈林海，走了。」

霈林海伸手欲做氣墊，東崇攔住他說：「對不起，能再等一下嗎？」

霈林海收手，樓厲凡不耐煩，卻不得不耐著性子問：「你還有什麼事？」

「你們兩個，是今年有名的情侶之間的住客吧？」

樓厲凡的臉色由白轉青，轉頭對霈林海道：「你有飛刀沒有？」

霈林海陪笑：「厲凡，不行……」

東崇毫不在意的笑道：「我沒有惡意的，只是要確認兩位的身分。如果你們真的是那兩位住客的話，那就好辦了。兩位，能幫我個忙嗎？」

樓厲凡根本不想理他，霈林海不忍心看那人尷尬，應道：「好。」

東崇道：「樓厲凡，出生於靈異世家，靈異經驗極高；霈林海，出生於普通人家，靈異經驗不高，然靈力值深不可測。」

雖然都是實話，但是聽起來就是有種很舒服的感覺，樓厲凡的臉色不那麼難看了。

「如果可以的話，希望二位可以幫忙解決一下饕餮的問題，讓他別再害怕殭屍。」

「……他家人都沒辦法，我們能有什麼辦法？」

「不。」東崇道，「他家人不是沒有辦法，而是想了很多辦法，都不奏效。」

那不是跟沒辦法一樣嗎？

「而且他家人在古代的時候以趕屍為主，到了現代幾乎已無用武之地，正逐漸沒落中，所以辦法肯定也有局限。若是靈異世家的樓厲凡出馬，定然不是普通人能比的，對不對？」

這一番話把樓厲凡吹得有些頭暈，心中無比受用，毫不考慮便說道：「沒錯！就是這樣！那些人當然不能……咳！當然比我家差了不少，就算我不行，還有我家的三個魔女，肯定可以。」

「那就先謝過二位了！」

東崇又拱了拱手，霈林海習慣性的學著他的樣子還禮。

東崇彎身撈起東明饕餮的胳膊，將他拖起來扛到肩上，對樓厲凡他們說道：「等他醒來之後，在下會讓他登門拜訪的。」

「不用客氣。」霈林海應道。

等他帶著一人幾殭屍走遠之後，樓厲凡問霈林海：「你覺不覺得他的氣息有點奇怪？」

「哪裡奇怪？」

樓厲凡狠狠瞪了他一眼，「你這個人都不長眼睛的嗎！那麼明顯的事情都看不出來！」

霈林海委屈至極，「我……我就是沒有發現……也不是什麼罪大惡極的事情吧！」

樓厲凡氣得真不想再說什麼，但那件事卻又不得不說，只得按下一肚子火，對他道：「雖然他已經極力掩藏了，但還是可以明顯感覺到和普通人不太一樣……」

「咦？不是很平常的氣息嗎？」霈林海還是不明白。

樓厲凡那隻健康的腳發揮了無與倫比的作用，一擊之下，轟然作響。霈林海抱著腿跳了好一會兒。

樓厲凡繼續說：「為了確認這一點，我有意發出靈感力探查，返回來的結果很奇怪。他的質性和普通人不同，雖然乍看上去差不多，但要是比較起來的話，他不是很像『人』，最多一半是『類似』人的東西，而另外一半就搞不清楚了。真要說起來，其實他和我的外婆有點像……」

霈林海脫口而出：「那個千年女鬼？！」

「再胡說我把你的腿也打斷。」樓厲凡冷冷的說。

霈林海萎靡了，「對不起……」

「反正這所學校裡什麼東西都可能出現，雖然他不一定會對我們不利，但防人之心不可無，你自己小心一點吧。」

「知道了。」

※◆◇◆◇◆◇◆※

那場糟糕的見面之後，平平穩穩過去了一個多星期的時間。樓厲凡的腿已經好了，完全看不出曾經受過傷的樣子。那天的事情只能算是個小得不能再小的插曲，到了第二天他和霈林海兩個人就把這件事情忘了個一乾二淨。

可是他們忘了，不代表別人也忘了。

終於在太平日子過到了異常輕閒的地步時，事情來了。

那天晚上霈林海和樓厲凡剛從夜晚班實習完回來，抽指導老師時，他們兩個很不幸的湊巧抽到了那個變態校長。想當然耳，兩人整整一個晚上都被操練得夠嗆，一回到房間裡就累得躺在床上一動都不想動。

可是上天終究不喜歡看他們清閒的樣子，當他們剛掙扎著洗完澡，打算好好睡一覺的時候，門忽然被人砸響了，而且是那種震天的響——

「砰砰砰砰砰！砰砰砰砰砰！砰砰砰砰砰！砰砰砰砰砰！」

「樓厲凡！霈林海！救命啊！救我啊！幫忙啊！拜託啊！」

樓厲凡實在沒有力氣，但是他看了一眼霈林海，那傢伙比他還糟糕，基本上是半死不活了。也難怪，他半途被變態校長找藉口打入了空間裂縫裡，據說裡面有很多喜歡開玩笑的小怪魔……想當然耳，他必然被欺負得很慘。

樓厲凡只得有氣無力的伸出右手，用幾乎快沒有的聲音小小的叫道：「御嘉……頻迦……隨便出來一個……」

一個短頭髮、精神十足的小女孩從他的手心中帶著一條白線跳出來，只有樓厲凡拇指長的小小身體在他的手心裡跳舞，「耶！好久不見！厲凡！你真帥！你真英俊！怎麼會忽然良心發現要把人家放出來？」

樓厲凡快沒力了，「我不是要放妳們出來……」

小女孩這才發現了不對勁，尖叫一聲：「呀——厲凡！你怎麼今天給人家的身體這麼小！人家不要啦~這麼小讓人怎麼玩嘛~」

「御嘉……我只是想讓妳幫忙開門……」早知道自己去了……「我甚至沒有多餘的力氣幫妳再造身體……」再加上宿舍區有特殊結界，妨礙呼喚式神，現在的他勉強能呼喚出來的只有這麼小的御嘉。

「你真的很不舒服嗎？」小女孩跳到他的枕頭上，貼著他的鼻尖盯著他的眼睛，「若是想要人家幫忙的話就直接說嘛，一定要說一句『拜託』哦，要是不說『拜託』的話人家會生氣哦，以後再也不幫你了哦，絕對不是騙你的哦，說『拜託』嘛，厲凡，說嘛說嘛~」

「……求妳……拜託……」當初他真是鬼迷心竅了，居然會讓這兩個聒噪的小丫頭當他的式神。所謂自作孽不可活……

小女孩快快樂樂的抱著床柱滑下地面，細小的身體後方拖著與樓厲凡掌心相連的白線，她努力的往門口跑去，兩條小短腿在短裙下一晃一晃，大大的腦袋好像隨時會讓她失去平衡摔倒在地。

不過，她跑到門口的時候，問題來了。樓厲凡替她製造的身體太過細小，就算再疊加十個她也搆不到高高的門把。她在門下面轉了幾個圈，回頭看著樓厲凡，占了整個腦袋三分之一的大眼睛裡含著淚水，「厲凡……都怪你啦！人家現在連門也開不到……就這麼點力量又不能飛……給人家一個正常的身體嘛……」

樓厲凡不知道自己上輩子到底造了什麼孽，別人弄個式神就可以樂得輕鬆，可他不行，每每最倒楣勞累的就只有他這個主人。他拚盡了自己最後一點力氣，將剩下的靈力全部注入了白線。白線倏地變粗，御嘉的身體劇烈膨脹起來。

「我幫妳再造身體……但是我的靈力到了盡頭了，接下來……拜託妳了……」樓厲凡昏睡了過去。

忙於變身的御嘉沒有發現他的狀況，她的全部精力都用在了怎樣利用樓厲凡的靈力而讓自己的容貌、身材和身上的飾物變得好看上面。

她小小的身體剛開始好像吹氣球一樣，膨脹成一個圓圓的形狀，看不出原形。到了一定的程度，她開始從口中呼氣，白色的霧氣從她的口中飄出，又被身體的各個部位吸收回去，逐漸幻化出了優美的窄肩、豐胸、細腰和美腿。從身體的各個部分又化分出來一些靈力，讓她穿上了一身可愛的衣裙。她用手在空中畫了一個圈，圈變成了鏡子，很自戀的前後左右照啊照，直到滿意為止。

而在這期間，那恐怖又可憐的敲門聲一直沒有停過。

最後梳理了一下鬢邊的髮絲，御嘉優雅的打開了門，「誰呀……」

沒容她將自己的美麗完全展示，外面那個不解風情的傢伙猛地衝了進來抱住她，臉幾乎完全埋到了她的胸部裡，「樓厲凡啊！霈林海啊！幫忙啊！救救我啊！哇——」

這種明顯在吃豆腐的行為讓御嘉想裝得優雅的努力付諸東流，她狠狠的揪起那傢伙的耳朵，也不看他的模樣就先刮了三十個巴掌，然後用她幻化出來的高跟鞋一腳將他踹出門去，這還不解恨，她又脫了鞋追上去一頓劈頭蓋臉的毒打，邊打邊罵：「打死你個流氓！打死你個登徒子！打死你個強盜！打死你個小偷！打死你個品行不端！打死你個遺臭萬年！居然敢吃我的豆腐！殺死你殺死你殺死你殺死你……」

直到那傢伙抱著腦袋哀叫「救命救命再也不敢了求好漢饒命」她才住手。

「活該！」她呸了一聲，一抬頭，發現周圍圍了一圈看熱鬧的學生，她右手扠腰做了個茶壺狀，「看！看什麼看！沒見過美女打人嗎！少見多怪！再看！再看連你們一起打！」

那些學生嚇得一哄而散。

可是在那些學生之中，有一個人沒有走。那人面色青青，衣袍飄逸，眼睛直瞪瞪的站在那裡看著她。

「還看！殭屍了不起啊！我還是式神呢！」她又踩了一腳躺在地上鼻青臉腫、氣息奄奄的人，「喂！你找我家主人有事沒？有事就說沒事就滾！我很忙！」

「我當然……有事……」

說完這一句，那人——東明饕餮也昏了過去。他怎麼也想不明白自己究竟犯了什麼錯，只是抱了一個式神而已，為什麼就得到這麼大的反應？那天他也有抱樓厲凡啊，為什麼他都不生氣？

他忘了一件事，樓厲凡是男的，而御嘉……就算是式神，她也是女的。而且那天樓厲凡不是不生氣，而是氣得不知道該怎麼生氣才好。

御嘉只得拖著那傢伙的腳把他拖進房間裡，隨便丟到角落裡，回身準備關門……

「呀——你幹什麼！」

當然，「幹什麼」的不是東明饕餮，而是其他人。

「不許進來！我說你不許進來！小心我告你私闖民宅……瞪什麼瞪！殭屍不會閉眼睛了不起啊！」

殭屍先生如果有可以控制的表情肌肉，此時肯定已經抽搐起來。不過很可惜，它沒有。它慢慢舉起僵硬的手臂，僵直的手指上插著一張紙條。

御嘉接過紙條，唸出上面的字：「霈林海、樓厲凡如晤：一星期前我們曾約定，你們可幫饕餮克服恐懼殭屍之事，如今怕是要提早進行。今夜演戰實習，他被敵方所控之三名殭屍圍堵，我情急之下令我手下兩名殭屍護持。然等我抽得空去看時，他正被一名殭屍揹在背上突圍，人已口吐白沫，不省人事。再如此下去，敵方自會知曉他的弱點，明年一月的實力演戰考試他必不能過關。所以請求二位，務必在這期間想出辦法，東崇千恩萬謝！」

底下有一行小字：「又及：他現在應當到了二位府上叨擾，請暫時收留他，謝謝！」

「這什麼玩意！」御嘉憤怒的叫，「把爛攤子丟這裡就不管了？怕殭屍？怕殭屍就不要到變態學院來上學啊！敢來就不要怕嘛！」

那殭屍敢情是專程送信的，見她讀了信，用僵直的脖子一點頭，轉身一跳一跳的走了。

「喂！把他丟在這裡沒人管嗎！我可是會把他賣掉的！那個殭屍——你有沒有聽到我的話？回去跟你主人講！我絕對絕對會把這小子賣掉！而且不會賣到牛郎店裡！我要把他賣到屠宰場！屠宰場！聽見沒有！」

殭屍連頭也沒回，消失在門口。

「可惡！」御嘉怒火沖天，用力踢踢腳下昏死的人，「居然這麼不負責！這世上還真有這種人！自己的麻煩自己不收拾，推到我家厲凡身上來！可惡可惡可惡！」

她又踢了那個可憐人兩腳作為洩憤。不過轉念一想，「讓某人不再害怕殭屍」這種小事不要說樓厲凡，就算是她也能做到啊！這種簡單得如一加一等於一的事情又有何難處！

「呵呵……呵呵呵呵……沒錯啊！就是這樣！這麼簡單的事情我怎麼會沒想到！呵呵呵呵～」正笑著，她忽然低頭看自己的腳面，一聲尖叫：「呀——我的尾巴哪裡去了！」

躺在地上的東明饕餮，渾身上下豎起了代表不祥預感的寒毛。

※◆◇◆◇◆◇◆※

御嘉為之尖叫的「尾巴」當然不是普通意義上的尾巴，她又不是獸制式神。她指的是從剛才起就一直拖在她身後，和樓厲凡相連接的那條白線。那條白線從樓厲凡身上吸取靈力發送到她身上，這是他們之間傳輸力量的方式，這樣她才不至於力量枯竭而死。

不過，它對於他們來說沒有什麼束縛的感覺，因為它只是一條能量帶，不會發揮絆馬索的功用，且在需要的時候還可以隱去它。

可是現在……白線……沒有了！

而且絕對絕對可以確定不是樓厲凡把它隱去了，因為他和霈林海都在打著山響的呼嚕熟睡中，沒有那個精力去做這種無聊的事情。

御嘉蹲在地上畫圈圈，「怎麼辦……萬一能量枯竭怎麼辦……要是在厲凡醒來之前能量就用完了怎麼辦……怎麼回事……怎麼會發生這種事情的……」

式神的宿所因式神的種類不同而分很多種，一種是宿於主人的影子中，一種宿於主人的體內，一種宿於主人的意識裡，還有一種比較特殊，可以在現實生活中和人一樣生活。

御嘉和頻迦是第二種，宿於主人意識之中的式神。一般像她們這樣住在宿主意識中的式神，在主人昏倒的時候自然會被拉回主人的深層意識裡，可是今天，由於御嘉拚命的要求把自己的身體變大，樓厲凡把自己的全部力量都送到了她的體內，而再沒有力量去接續他們之間的連接，才導致「臍帶」斷裂。

如果樓厲凡這時意識清醒還好說，可以由御嘉這邊發出接續線，然後由他反向接收。可是他昏睡過去了，這讓御嘉想接續都無法。就好像一組區域網，主機可以輕易訪問分機，但是分機需要得到允許或者用一些特殊方法才能訪問到主機一樣。

「呀……要是在那之前他不醒來的話，我會死的呀……」會變成鬼屍呀，很醜呀……

不過……她轉念一想，樓厲凡這次給她的最後力量沒有把握好，似乎給了她不少。她仔細算了算，嘿嘿奸笑起來：「嘿嘿嘿嘿……原來如此！原來他給我的力量這次足以讓我玩到日出啊！哈哈哈哈！老天啊！您真是厚待我啊！」

她作虔誠狀跪在地上好好感謝了一下上帝和如來佛祖，跳起來拉著還昏倒在地的東明饕餮的腳，倒拖了出去。

「有我御嘉出馬，效果自然與眾不同！……好重……呵呵呵……我包你過了今晚絕對不會再害怕殭屍！就算抱著殭屍睡覺也可以！哈哈哈哈哈！……重死了……」一張狂的笑聲一路而去。

她絲毫沒有想過，就算是一個絕對不害怕殭屍的人也基本上不會抱著殭屍睡覺的……

啊，更正，應該是任何人都絕對不會抱著那種低級殭屍睡覺的……

御嘉拖著饕餮的腳，一直拖到宿舍樓外的草坪上，也不管他腦袋後面有沒有被拖出血包，隨手一丟，就找了一根樹枝準備在地上畫咒符。

哪知她剛剛將樹枝插入土中，就聽得一聲恐怖的呻吟：「痛啊——」

「我的媽呀！」御嘉尖叫一聲，拚命後退，「呀呀呀呀！是誰！誰！出來！」

「我還……想問妳呢……嗯啊……」一個打扮得非常妖冶的女人慢慢的在地面上顯出形來，一隻手捂著肩膀，肩膀上插著那根樹枝，「好痛……痛死了……」拔掉那根樹枝，她走到御嘉面前，上下看了兩眼。

「不是帥哥，罰款一千元！拿錢來！」

御嘉看得出她一定也是某人的式神，而且道行比她高出不止一點半點，所以本來她打算小小聲道個歉就完了，想不到……一千元！

「妳搶劫啊！憑什麼要給妳這麼多錢！」

先不說她本人有錢沒錢，上下五千年不管在哪個朝代都是錢最重要，要是一個陌生人忽然莫名其妙要你給這麼一大筆銀子你也會跟他急。這是本能。

女人的手指了一下遙遠的地方，要是普通人的話只能看見那裡有塊牌子的輪廓，御嘉總算比較強一點，勉強看清楚牌子上面的字——

「擅自毀壞草坪花木者，殺！——女巫班全體教職員工」

妖治的女人撩了一下長長的頭髮，媚眼一翻，做出一副風情無限的樣子，一個路過的學生霎時間被她眼中的十萬伏特電壓電得撞到了樹上。

「入學的時候，帕烏麗娜就應該對妳的主人講過了吧？這學院之中，所有的物品擺設和植物都是有用途的，只要破壞其中任何部分，就很有可能導致學院內結界的崩潰，到時候女巫班的老師肯定會抓罪魁禍首去當人柱……」

御嘉不知道，那時候她在睡覺，因為她覺得開學典禮跟她沒有關係。

「不過呢……」女人呵呵呵的嬌笑了幾聲，「因為妳的破壞不太嚴重，所以只是罰款一千元，這樣滿意了嗎？拿錢來！」

御嘉在心裡盤算了一下，她和這個女人的道行不在同一個層次上，想打贏對方根本就是不可能的。但，若是逃走呢？

……大概不用兩步就會被抓回來。

那麼，只能用第三種方法了！

她用眼睛狠狠的盯著那個女人，那眼神中含有極其陰險、狠毒、恐怖的種種元素，就算是閻王爺見了，沒準兒也會退一、兩步。

那女人不是閻王爺，當然更不如了。她退了三步。

「妳……妳想襲擊工作人員？」

御嘉向前兩步，忽然之間眼神變得柔情似水，聲音也綿軟了下來：「姐姐～」

那種甜膩膩的聲音，比起糖精還甜了數倍，女式神再次倒退，「妳……妳妳妳幹什麼！」

御嘉緊追幾步，猛地抓住了她的手，眼神迷離道：「姐姐，妳好美，妳好漂亮……」

「妳住手！放開我！」好恐怖！這女孩……不會是有那種傾向吧！女式神打了個寒顫。

「姐姐……」

「妳再過來我就叫調戲了！不要過來……不要過來……不要過來！呀呀呀呀呀——救命啊！調戲啊！有式神調戲式神啊——」

御嘉當然知道自己的行為會造成什麼樣的誤解，不過這正是她需要的。她的眼神更加迷離了，「姐姐！我好崇拜妳！我好愛妳！我好……妳可不可以幫我？」

「什麼都行！妳放開我啊！」那個女孩已經緊緊抱住了她，那種和女人接觸的感覺讓她渾身起雞皮疙瘩，「我不喜歡女人！」

「我不是女人。」

「女式神我也不喜歡！救命啊——」

「姐姐妳剛才說什麼？」

「女式神我也不喜歡！」

「不對，是前面的。」

「我不喜歡女人！」

「不對！還要再前面……」纖腰盈盈一握……

「妳不要亂摸呀呀呀呀——什麼都行啊！只要妳放開我！來人啊！救命啊！被女人摸晚上會做噩夢……」

御嘉忽然鬆了手，一隻手放在嘴邊做了個蘭花指的姿勢，擺出一副八婆的樣子高聲奸笑起來：「哦呵呵呵呵呵——是妳說的哦！什麼都行！只要我放開妳！」

「啊耶？」焦頭爛額的女式神愣愣的看著她。

御嘉繼續奸笑，都快要把她自己笑死了，「式神啊！式神可是受言字契約的束縛啊！這位姐姐！妳可不能反悔啊！哈哈哈哈哈哈——」

言字契約：在此契約發生效力的範圍（時間、空間、人物）內，所有說出口的保證都將成為言字契約，不得更改，否則就會由契約之鬼來執行違背契約的懲罰。

就算有 200hix 的能力，人或者式神、或鬼、或其他東西，都不會違背言字契約的效力，因為不管有多大的力量，在面對契約之鬼的時候，力量都會被契約奪走，變成一個毫無能力的普通人。

女式神的臉上變成了染坊，在半分鐘之內變化了一百多種顏色，剛才妖冶美麗的自信也沒了，連一句流利的話都說不完全：「妳……妳……妳……妳……」

御嘉一拍她肩膀，「好啦，我知道我很漂亮，不過妳也不用因為忽然發現到這一點而驚訝到這種地步嘛！對了——」她對她微笑了一下，「我叫御嘉，是 333 號房樓厲凡的式神。妳叫什麼名字？主人是誰？」

女式神的臉青一陣白一陣，但還是老老實實回答：「我叫瞿湄，主人是帕烏麗娜。」這次換到御嘉的臉變得青白了，「妳是……副校長的……」

兩個式神同時蹲了下去。

「為什麼我作為堂堂副校長的式神也會被一個小丫頭捉住……」

「為什麼我會招惹到這所學校裡最可怕的人……」

學校有一位正校長和兩位副校長，其中一位副校長叫雪風，據說半年前因為某件重要的事而不得不暫時離開學校；另一位就是帕烏麗娜。雖然那個叫拜特的變態校長名義上是正的，但他根本什麼事情都不管，除了惹是生非就是給學生和教職員找麻煩，學校裡說話算話的原先是雪風和帕烏麗娜兩個人，而現在就是帕烏麗娜一個人。

「其實我不想妳幫忙做什麼，別罰款就好了……」

「那妳的意思是我得一直跟著妳？」

「啊？」

「不為妳做事，言字契約就會把我束縛在妳身邊啦！妳難道連這種事情都不知道？！」說不知道就吃了妳！

「……對不起……」

「……」

雙方都沒力氣生氣了。

「啊！對了！」御嘉終於想起了從剛才開始就被她遺忘在一旁的饕餮，她跳起來跑到他身邊，發現他正悠悠醒轉。

「這裡是……」

她一腳踩上他腦袋，這個可憐人又昏了過去。

「這個是……」瞿湄大汗淋漓，「東明饕餮跟妳有仇？」

御嘉回頭看她，「咦？妳認識他？」

瞿湄很無奈的說：「這所學院裡什麼人我都認識，妳那個脾氣暴躁又面無表情的主人我也知道……」

御嘉打斷她：「知道了就好！那妳應該知道他到底是怎麼回事吧？來來來！幫我忙！」

瞿湄嘆了口氣。她當然知道，因為今天晚上二年級的演戰課上，六個系十個班之中只有一個連手指還沒被碰到便口吐白沫昏倒的學生，就是東明饕餮。而且昏倒後他還說夢話，什麼「哈哈哈霈林海樓厲凡太謝謝你們了我再也不怕殭屍了」之類的，指導老師和學生們回來說起時都快笑死了。

現在他和樓厲凡的式神一起出現，那麼絕對只有一種可能。

「……妳打算怎麼幫他克服？」

「哈哈哈哈！我當然有辦法！」御嘉自信滿滿，「來！幫我畫個咒符陣！」

「妳要哪種的？」

「幻覺咒符陣！」御嘉在地上很快畫出一個大大的圓形，一抬頭，發現瞿湄還在袖手旁觀，她皺眉道：「妳幹嘛？為什麼不幫我？」

瞿湄抱著手臂，媚眼一翻，「如果只是要做幻覺，根本不需要咒符陣啊！我就可以做。」

她說著，指了指自己的鼻尖。

御嘉慢慢站起來，手中的樹枝掉到了地上，「妳說……什麼？」

「我就可以做。」

「式神怎麼可能有這種本事！」

「當然有啊～」瞿湄笑靨如花，「因為我生前是百年得道的狐仙。」

「狐仙！」御嘉尖叫，「狐狸精！」

前一句讓瞿湄笑開了花，後一句讓她恨不能上去撕爛御嘉的嘴巴。

狐仙，狐狸修成得道的妖怪。但是任何活物都不可能做成式神，所以既然她是式神，就說明她已經死了，現在的她只是魂魄的狀態。

「可是妳既然是狐仙，為什麼會淪落到當別人的式神？而且還是看守花園的？」

瞿湄的臉色很難看，「我不是『淪落』到當別人的式神！只是因為五百年一次的天劫沒能躲過去而不小心死掉，自己又不甘心……碰巧帕烏麗娜正在物色式神，碰到了化為幽魂的我，才把我收下了。還有，我不是『看守花園』的！學校內的結界由各個教職員的式神輪番守護，碰巧今晚我當值而已！」

「知道了、知道了。」御嘉敷衍的答了一句，她對別人的身世不感興趣，「妳既然會做幻覺陣就再好不過了！狐仙姐姐，請！」

瞿湄不喜歡她的態度，但是現在為了解除言字契約，只有為她做事才行。她怒氣衝衝的走到那個可憐人身邊，手一揮，大片的迷霧飄散了開來。

這是狐仙專用的「狐媚香」，有致幻的作用，受害者能力越高，致幻作用就越重。這本是逃脫那些專獵妖怪的方士們所發展出來的超能力，但是後來漸漸被用到其他的方面去了。比如現在。

※◆◇◆◇◆◇◆※

東明饕餮好像聽到有人在叫他，他慢慢的睜開了眼睛。

眼前是一棟陰森森的，好像鬼屋一樣的建築，所有的牆壁和門窗上都貼著黃色的符紙，門口和院外四角佇立著青面獠牙金剛武士的塑像，建築內黑洞洞的，好像什麼都沒有，又好像有什麼東西在裡面向外窺探著，讓人不由自主的心生恐懼。

門很厚，不用看他也知道，門後有五十種以上的精密機關，要是不按照一定的方法開啟的話，機關就會發動，把來訪者穿成刺蝟。這也是無奈之舉，誰讓他們太出名，讓很多中級殭屍都對他們非常忌憚，不定什麼時候就會來尋釁滋事。

——這裡是……我的家！

東明饕餮吞了一口口水。他不明白自己是什麼時候回來的，他明明已經發過誓了，要是沒有學到不害怕殭屍的方法，他就一輩子都不回家。這不是和誰賭氣，而是實在無法忍受那種整天與屍體為伍的日子……

趕屍家族，顧名思義就是以趕屍為生的家族。在古代，若是有人死在了異鄉，家人沒有錢一路吹打送屍體回家，而且很多人認為帶著屍體是很晦氣的，就算有錢，在路上連旅店也住不上，有時就會雇請趕屍人幫忙，帶著屍體走回去。

所謂的趕屍，就是為屍體下一道符咒，讓它變成自己能驅使的東西，然後趕屍人一路搖著鈴鐺在前面走，屍體就在後面跳躍跟行。少的時候趕一、兩具，若是多了，有時可以同時趕十幾具、幾十具屍體，在瘟疫或是戰亂之年，甚至有同時趕幾百具屍體的紀錄。當然，這需要一定程度以上的能力才行。

但是趕屍有個問題，就是屍體很有可能在趕屍的途中變成殭屍，到了那個時候，對趕屍人來說就很麻煩了。

殭屍，人死去以後剩下的屍體，因為某種原因而被啟動活化——或者不死也可以，身體因為某種契機直接跳過死亡階段而活化，比如被殭屍咬中，導致靈體直接脫離，進而化為殭屍——所變成的類精怪生物。它們不能算精怪，但是也不能算人，更不能算仙。

殭屍可分為幾級。

低級是一般較常見的那種，沒有意識，只知道吃人，不受約束，不害怕任何東西——除了太陽。它們是殭屍之中最低等的。

中級是稍微高等一點的，有部分的意識，但是智商不夠高，只是聽從主人的命令行事。東崇的殭屍就是如此。太陽對它們來說已經不能算是致命的東西，只是不太喜歡而已。

還有一類就是高級級別的殭屍，它們有自己的意識、有自己的想法，能夠思考，不願意被人驅使，和人類沒有太大的分別，唯一的不同在於它們沒有靈體，它們只是殭屍。這一類的殭屍一般都擁有不低的靈力，可以和 70hix 以上甚至 90hix 以上的靈能師抗衡。如果喜歡的話，它們甚至可以每天去曬日光浴……

最後一類，就是殭屍中的老大，殭屍之王——旱魃。它們對於殭屍們來說就如同式神鬼王對式神來說一樣，是最神聖、最恐怖的存在，甚至據說它們只要伸一伸手指就能打倒一個高級殭屍。這種事情是真是假暫時不用探討，不過旱魃的能力之高，就算是歷代有名的殭屍降伏師們也會毫不猶豫的搖頭認輸。

到了現代，因為趕屍這種事情已經不是很必要了，趕屍家族的人也慢慢開始去找其他相關的行業，東明饕餮的家人就找到了最接近的行業——抓取殭屍，並且打算世世代代延續下去，同時打算絕不丟掉趕屍的秘笈，說不定百千年以後又有用了呢？

東明饕餮就是出生在這樣的家庭裡。剛開始的時候他也是不害怕殭屍的，但是似乎在某天晚上，父母和爺爺奶奶都出去工作了，只剩下他和兄弟姐妹一起在家留守時發生了什麼很重要、很可怕的事情，從此他就變得對殭屍怕得要死。

至於到底是什麼時候發生了什麼事呢？現在問他，他是一點也想不起來了。

東明饕餮走到門口，手放在門上的某個凹陷中，技巧性的在上下左右四個方向順次按下，輕車熟路推開了那重重機關的門。門後，古老的齒輪吱嘎響著，好像什麼東西在呻吟。

門打開了一條僅供一個人通過的縫隙，他正準備斜身進去，忽然裡面一道亮光一閃，一道清澈的童音在耳邊炸響：「大膽殭屍！看我鐵鍬！砍！」

「噹」的一聲，東明饕餮眼前一片金星亂冒，撲通一聲倒在地上。如果他能這麼昏過去也就算了，可是偏偏沒有，那清澈的童音帶著惡狠狠的情緒似乎指揮了好幾根小凶器在他身上一陣猛砸亂砍，沒把他砍死，卻弄得他疼痛不已。

他忍痛抱著頭爬起來，踉蹌著步伐，躬著腰，慌慌張張往裡面逃。

那童音又從後面追了上來：「不能讓殭屍進我們家！大家上呀——」

聲音很耳熟，他似乎在哪裡聽過，但是又覺得很陌生，好像從來就沒有過印象。他腳下停滯了一下，那些鐵鍬或者其他什麼東西追了上來，又是一頓毒打。

「你們這些小孩怎麼回事！我不是殭屍！我是人！殭屍和人都分不出來嗎！啊呀！還打！再打就死了！」

那些凶器的攻擊停下，一道嬌嬌嫩嫩的小女孩聲音響起：「哥哥，好像真的是人吶……」

先前的那個童音完全安靜了，連呼吸聲也聽得清清楚楚的黑暗裡，忽然啪一聲亮起了刺目的燈光，東明饕餮被那光刺得眼睛都睜不開，忙用手擋住。

「呃……真是人……」

「真的是人呢……」

「弄錯了……呀呀呀……」

「爸爸回來又要罵人了……」

「哥哥你完蛋了……」

好不容易適應了燈光，東明饕餮放下了手。沒錯，他現在所在的地方是家中的大廳，門上那些大得可怕的機關還是安在熟悉的方位上，坐北朝南的位置上一溜兒掛著張天師和鍾馗等捉鬼仙家的畫像，前方擺放著供品，其他的地方……其他的地方，還是毫無例外的雜亂放著他和一個哥哥、一個姐姐、三個妹妹、一個弟弟的各種玩具和趕屍、驅除殭屍的道具。

他的身邊圍著七個小孩，他從他們臉上一一看過去，終於落到了一張熟悉到不能再熟悉的臉上——

他自己，東明饕餮。剛滿七歲的東明饕餮。

他一直盯著那個小東明饕餮瞧，終於把那小子瞧得沉不住氣了，高聲說道：「叔叔！你到我們家來幹什麼？有事嗎？找我們爸爸媽媽？還是爺爺奶奶？他們都不在家！家裡就我們幾個！你回去吧……」

他的話尾被他剛滿八歲的大哥大姐——那對雙胞胎——後知後覺的捂住了，「笨蛋！爸爸媽媽說了！要是他們都不在家，有外人的時候不能說他們不在！」

……真是越描越黑啊！

東明饕餮不禁疑惑，自己和兄姐當時笨得這個樣子，父母和爺爺奶奶晚上又經常不在家，他們是怎麼活下來的？靠那扇老舊到只要擁有 85hix 的能力就能輕鬆打開的破門？

「我是……呃……嗯，你們爸爸媽媽的朋友，他們今天晚上拜託我來陪你們的。」東明饕餮笑得很燦爛也很自然，一點都看不出來這是他有生以來第一次撒謊。

「騙人！」那個五歲的小男孩應該是他們之中年齡最小的了，他用那嫩嫩的聲音大聲反駁道：「爸爸媽媽說了！只要說是他們派來的人都是騙子！」

「對！爸爸媽媽從來沒有派過別人來！」

東明饕餮有些頭痛，但他還是微笑著說：「以前是以前，但是今天晚上不一樣，他們要對付很重要的敵人，必須有人在這裡保護你們才行。」

奇怪？這不是他剛才想出來的藉口！

孩子們臉上的懷疑變得稍微輕了一點，「真的？」

「真的！」東明饕餮笑著舉起右手，「我發誓！」他的手僵硬在半空。

這不是他要說的話！這不是他要說的話！他沒有想要這麼說！而且他「東明饕餮」不會對小孩子那麼溫和，就算那孩子是他自己也一樣，他不可能對他們這樣笑，也不會這樣哄他們！這到底是怎麼回事……這到底是怎麼回事？

不過從他莫名其妙的醒來，發現自己到了一個莫名其妙的地方開始，他就有了很奇怪的感覺。似乎他根本不需要費腦子去想自己該怎麼做，在腦中隨時都會有人在點醒他，告訴他接下來該說什麼、接下來該做什麼。

因為那種命令和他本身的命令有些許的重合，所以他一開始沒有特別嚴重的感覺，可是剛才自己的說話和動作卻讓他不能不心驚。

他已經幾乎不能控制自己的言行了……他是誰？他來做什麼？他真的是不含惡意而來的

嗎？還是因為別的什麼……原因呢？

小孩們沒有發現他的異樣，只覺得他過了他們的關，可以確定不是敵人了。他們都放下了手中的鐵鍬、棍棒之類的東西，拉著東明饕餮的手笑。

「真好！家裡有大人就一點也不可怕了。」

「我更喜歡爸爸媽媽在家……」

「沒出息！爸爸媽媽要工作！我們長大了！要自己看家！」

「爺爺奶奶也行……」

「你怎麼也這麼沒出息！太丟臉了！」

「哥哥罵我！哇——」

六歲的三胞胎之一開始哭，另外兩個也跟著哭起來，五歲的小男孩後發制人，聲音比她們三個還要響亮。

「哇——姐姐哭了！哇——」

吵死了……東明饕餮捂住耳朵，真想逃走算了。可是他現在只能待在這裡，除了捂耳朵的動作之外，其他任何動作都不是他自己所能控制的。可是連這個動作他也沒能持續下去，剛捂了兩分鐘，手就自動放了下來，抱住身邊最近的三胞胎之二，開始哄小孩。

小孩們很快就不哭了，然後他開始跟他們玩剪刀石頭布遊戲，誰輸了就刮誰的鼻子。他覺得指使他做這些動作的人似乎、應該不是壞人，否則不會有這麼好的耐心，能陪著這世界上最難纏的生物——小孩——玩。

可是他做的一些動作讓他很擔心，比如在玩一會兒遊戲之後他推說累了，就會到視窗的監視器去窺探外面的情況，每每看到毫無異常就會折回來，繼續和他們玩。可是要是看到稍微有些異常的狀況他就會很緊張，儘管心跳明顯沒有加速，可他就是知道自己在緊張。

牆上的老式掛鐘走到十二點的位置，開始發出悠揚的報時鐘聲。

「噹——噹——噹——」

他猛然站了起來。

——就是這個時候！就是這個時候！要發生什麼了！絕對的！當初也是！就是這十二下的鐘聲……

轟的一聲巨響，那扇老式的門被人從外面炸開了，碎屑片片亂飛，東明饕餮將孩子們護在身後，不讓他們受到半點傷害。

門剛被炸，由門而起的機關立即開始發動，外側的牆皮全部翻了過來，露出牆內側的機關，無數鋼針、飛鏢、小型彈藥四方散開如萬箭齊發，在房間內只聽得嗖嗖的暗器聲音、大大小小的爆炸聲音，以及不斷的慘呼之聲。

那擱置在圍牆旁的金剛武士突然集體向前走了一步，它們身後原先腳踏的地面翻開，接著每一個的身後都升出一個火箭筒來。它們機械而神準的抓住火箭筒，扛在肩上，只要感應到一定範圍內有靈動波的反應，立刻一炮發出，每擊必中。

可即使如此，還是能聽出外面有相當數量的敵「人」，看來它們這次真的是大總攻了！

「你們在這裡等著！我出去看看就回來！」

孩子們很乖的嗯了一聲。

他迅速的跑到被炸得面目全非的門口，躲在缺口處偷看外面的情況。這一看卻讓他吃了一驚。他本以為外面的敵人數量最多也就十幾個，能到七、八十個也很高了，可是沒想到，實際數字比他想像得還多！足足有四、五百個！

而且都是殭屍！

它們的隊伍組成很混雜，有高級的，也有中級的和低級的，其中又以高級的為多。

他驚愕的發現，自己現在沒有絲毫害怕的念頭，以前那種只要見到殭屍就會逃走、被摸到就會口吐白沫昏倒的情況，今天沒有任何一點徵兆。他回頭看了眼背後那群孩子裡的「東明饕餮」，忽然想到，難道這就是那時候的事嗎？這大概……應該就是讓他開始害怕的那天吧？所以他現在不會害怕，因為他還沒有遇見那件令他害怕的事情。

——那天到底發生了什麼？

——對了……那時候……那時候……爸媽好像藏了什麼東西，爺爺奶奶被一個殭屍群落的首領旱魃抓去，爸媽不得不拿了那樣東西去換，這中間似乎出了什麼問題，然後家就被包圍了……

暗器炮火再多也有用完的時候，機關的火力漸漸弱了下來，外頭的殭屍們慢慢的向房子走近了。

他呼地跳了出去，手中揮舞著一把——大刀！

大刀？！他跳出去以後才發現自己手上多出來的武器居然是大刀！

沒來得及想太多，口中已經大喝一聲，揮舞著那把他從來沒有摸過的武器衝了出去。

怎麼會這樣？他這輩子還從來沒用過刀呢！連演戰實習他都是只拿本《易經》就好！大刀？！他不會砍到自己吧……可是……對了，記憶中好像有人用過大刀呢，是誰？很熟的人……是誰？

閃神之間，他的刀已經純熟的劃過了四、五名殭屍，那些殭屍尖叫一聲，被劈成了七、八個部分，散亂的撒在地上。

刀光在他的身邊化作一段冰冷的獨舞，華麗而炫目，沒有殭屍能近得了他的身，也沒有任何汙穢能觸碰到他，他只需要一味的向前，向前向前向前！耳邊就會迴響起無間斷的慘叫，腳下就會踩到更新的殭屍身體。

這時，他知道身後的房子裡，那個小「東明饕餮」悄悄走到了門口，羨慕而入迷的看著他的刀術，看著他身邊因為殺戮而流轉的光華。他腦中模模糊糊記憶起了那時的情景——是的，當時他的確是在看，有一個人揮舞著炫目的光輝在他的視野中戰鬥，那是他的崇拜，他人生第一次所感到的叫做「崇拜」的東西！

對了，想起來了！再過一會兒，靈異協會的會長就會得到消息，然後親自帶著幾十名靈異協會高等成員和擁有破開空間連接能力的人跨越遙遠的空間來到這裡。

可是在那之前發生了什麼事呢？發生了什麼事？

他一刀砍進一個殭屍的腹部，那個殭屍說出了它作為殭屍的最後一句話：「喂！你……為什麼要幫人類？！」

「我不明白你在說什麼。」他抽出了自己的刀，那殭屍臥倒在了地上。

「不！你明白！」另一個女殭屍嚎叫，「你和我們一樣的！你是——」

他一刀削掉了她的半個腦袋，「我不是！」

——是啊，我是趕屍家族的東明饕餮，我是拜特學院的學生，我是……

——等一下！我是誰？我現在不是「東明饕餮」！那麼我是誰？我為什麼才在這裡的？發生了什麼事？為什麼過去的一切會以這種方式重現？我明明已經把那時候那些恐怖的事情忘記了，某件可怕到了極點的事情被我埋在了心底……

身後傳來一聲尖叫，他回頭，大驚發現一個低級的殭屍不知何時摸到了房裡，抓住了站在門口的小東明饕餮準備大快朵頤，那聲尖叫就是小東明饕餮發出來的。

「混蛋！放開他！」

這不是他的聲音，雖然的確從他口中發出，但那絕對是另外一個人的！可是這聲音他很熟悉，他知道是誰……那名字就在他的口邊，他就是說不出來。

他轉身想衝回去，但是被他殺紅了眼的殭屍們怎麼可能如他所願，他砍了一個就撲上來兩個，砍了兩個就撲上來四雙！他的刀上除了喀嚓喀嚓切割屍體的觸感之外再沒剩下什麼，可就算他如此努力卻仍然無法接近房子，只能在殭屍們撲上來的縫隙裡眼睜睜看著小孩被按倒在地上。

那個殭屍歡歡喜喜的在小孩的腿上惡狠狠咬下，伴隨著淒厲的叫聲，一大塊皮肉在殭屍的口中跳躍了幾下被吞了下去，大片的血跡噴灑著嫣紅散了開來。

「啊——！！」

那種痛徹心扉的叫聲也不是他的，而是那個揮舞著漂亮刀術、保護他們的人的。刀影幾乎已經看不見了，只能看見一片渾圓的銀色輪舞，一些低級的殭屍還沒有接觸到刀刃就已經被破空的刃風削成了一塊塊。

又是一聲慘叫，還有哭聲、喊救命的聲音。他的心中充滿了深重的無力之感，他擁有這樣的力量，為什麼還是連一個小孩子也保護不了？孩子就在那裡喊著救命，就在那裡，他能看見的地方……可是他過不去，唯一能做的就是在這個遠遠的地方心急如焚看著孩子被殭屍一點一點吃掉。

他帶著刀光持續飛舞，離孩子更近了，可是也看得更清楚，孩子的兩條腿已被吃光了。那隻殭屍滿意的抹了抹嘴，準備去撕扯孩子的胳膊。他再也管不了那麼多，大喝一聲，手中的刀脫手飛出，尖利的大刀呼嘯著穿過了那隻殭屍的脖子，硬生生帶著它飛了十幾公尺遠，將它釘在了牆上。

他手中沒有了武器，在殭屍們眼中無異於一隻被拔了牙的老虎，它們都衝了上來，他左衝右突，竟由於數量的懸殊而一時無法擺脫，被埋在了殭屍堆裡，無數的牙齒和指甲開始在他身上撕扯起來。

他心裡涼透了，卻不是為了自己，而是那個被撕扯成重傷的小東明饕餮。他看不見了，也一時無法脫離這種情況，難道說那時候就是……

「東崇！我們來了！」

「快點救人！」

「啊！那個孩子！」

傳來了呼喝的聲音，他聽出來第一個聲音是靈異協會的會長，知道救兵來了，立時精神大振。似乎有人幫他引開了包圍住他的部分殭屍，他身上一輕，在原地就猛地開始旋轉，尚咬在他身上的殭屍們在空中劃了一個半圓，遠遠的被甩開了。

他沒時間去和其他人敘舊，徑直跑到了還在流血的孩子身邊。孩子的身邊已經跪了一個焦急的女巫，正在以祝禱和咒語減輕他的痛苦和出血，可是即使減輕了那些，也還是無法減輕孩子的心靈傷害。

孩子的腿沒了，胳膊有骨折現象，肚子上不知何時也被開了一個洞，內臟還往外流著。孩子的眼睛裡飽含了可怕的恐懼，驚惶、無助、不知所措、沒人能救自己的絕望，可怕的記憶將永遠都留在心裡！

「他怎麼樣？」

女巫焦急答道：「不行！我能止血也能止痛，可是這麼重的傷他根本挺不住！再用不了兩分鐘他就不行了！」

「這次你們來沒有帶魔女？！」

女巫滿頭是汗，明顯快支撐不住了，「高級大魔女全部休假！我們沒時間跟她們聯繫！天主教的聖醫倒是來了幾個，但並不是最高級的，這麼重的傷他們也沒辦法！」

他盯著孩子蒼白的臉，聽著他逐漸微弱的呼吸，心中難受得如同刀割一般。這種深切的無力感他再也不想碰到了，太可怕了、太痛苦了！

他抬起頭，看著房間裡已經擠成一團的另外六個孩子，他們和地下這個孩子如出一轍的驚恐眼神讓他下定了決心。他一隻手托起了孩子的脖子，一隻手托起他的身體，亮出了一排閃亮的獠牙……

「你幹什麼！」女巫驚叫起來，「你這樣會害了他的！」

他惱怒至極，對她吼道：「究竟繼續這樣會害了他，還是被我咬一口會害了他！我是在救他的命！妳不明白嗎！」

「不對！」女巫拚命搖手，「你是……你是……旱魃！你是旱魃呀！東崇！你也要他變成和那些殭屍一樣的東西嗎？！」

他懶得再與她計較，低下頭，在孩子的脖子上，一口咬下——

靈異協會的人已經完全控制住了局面，會長甩了甩雙手上黏稠的屍漿，走了過來。

女巫見會長過來，結結巴巴的報告：「會……會長……會長！他咬了這個孩子了！他咬了這個孩子！」

「沒關係。」會長的聲音溫柔得令人如沐春風，「他這樣做，的確是救這個孩子唯一最好的方法了。」

「可是……」

「他不是旱魃。」會長是個很年輕的青年人，頎長的身體微微傾斜著，那種體態讓他看起來很帥，「他不只是旱魃，他的血統裡還混有一半吸血鬼的成分。」

女巫不再說話。一半吸血鬼的成分，也就是說，他的父母應該是旱魃和吸血鬼的結合，這讓他既有旱魃的強大力量，又有吸血鬼的不死能力，意思就是——現在在這裡能救這個孩子的人，就只有他了！

他放開了孩子，低聲對身後的會長說了一聲：「謝謝你，雪風。」

「不客氣，我們是朋友吧，東崇。」

——不對……

——我……

——不是……

——東崇……

——我是……

耳邊忽然傳來了兩個女人的尖叫，喋喋不休的，似乎在吵架。

「啊！雪風！」

「怎麼會是雪風！」

「難道說他曾經還當過會長……啊！妳居然不知道？！」

「我不知道又怎樣！我只跟著帕烏麗娜！」

「別的妳什麼都不關心？」

「他是帥哥沒錯，不過不是我喜歡的類型。」

——我是……東明饕餮！

眼前的女巫、孩子和建築物，都變成了青煙，緩緩散去，待煙霧散乾淨了，他的腦子也逐漸清醒了過來。他呼地站起，莫名其妙看著四周，弄不明白自己為什麼會在這裡。

剛才好像做了一個夢，他變成了東崇，到過去去救自己……真是個可笑的夢啊……

……不！

那不是夢！

那不是夢不是夢！

那是真實發生過的事情！

那天他又和兄弟姐妹一起看家，來了一個陌生人，說是他們的爸爸媽媽派來的，他們和他玩，然後外面來了很多可怕的殭屍，那個人就和它們戰鬥，保護他們。可是他被殭屍抓住了，一點一點的撕了吃，那個人拚命的吼叫著，想要跑回來救他，可是沒有辦法……

他就是從那時候開始害怕殭屍的。

雖然第二天他失去的腳又長了回來，身上的傷也好了，和健康的時候沒兩樣，可是他知道自己有什麼地方不一樣了，他變得不太喜歡陽光，即便不至於害怕，但就是不喜歡。他害怕屍體，害怕和血有關的一切東西，他有時候甚至會害怕自己，總覺得自己似乎也變成了別的東西。

現在他知道了，他已經在那時候死了，被吸血鬼或者殭屍咬到的人只有死路一條，然後復活，變成他們的同族……他已經變成了他們的同族。

那天那個救他的人，是東崇。

「喂！還發什麼愣啊！轉身！轉身！你身後兩個大美女是你的恩人！快回頭來謝恩！」身後清脆的聲音刺激著他的耳膜，讓他從自己的思考中脫離出來，茫然的看著她們。

「兩位……是？」

清純美女一臉的雀躍，她身邊的妖冶美女卻一臉的疲憊，打了個呵欠道：「好了好了，要謝恩你們自己玩吧，我沒精力了，要回去睡覺，啊～呵～真倒楣！」

她消失在了地面之下，清純美女想抓都沒抓住她，一怒之下也不管她了，上前扯住他的袖子喜孜孜的邀功：「看見沒？這次多虧了我，讓你重新歷經了過去的事情！怎麼樣？這下再不會害怕殭屍了吧？據說啊，只要害怕什麼東西的人，讓他回溯到過去，把發生恐懼的過程再演練一次就再也不會怕了！好辦法吧？只有我才能想得出來這麼好的辦法！你不用給我謝禮了，只需要……哎哎！我還沒說完呢！別走啊！可惡！過河拆橋的傢伙……」

不滿的嘟噥這麼一句後，她忽然大驚發現天邊已經泛出了白色，她一聲尖叫：「呀──天亮了天亮了！能量快用完了！怎麼這麼快！厲凡～我要回去～你快醒醒呀──」

白色的身影迅猛的衝入了宿舍樓之中。

※◆◇◆◇◆◇◆※

東崇正坐在床邊看書，東明饕餮輕手輕腳的進了房間，發現他已經醒了，不由得一愣。

「你醒了？」

「你回來了？」

同時問出兩句話的人為他們之間的默契驚訝了一下，隨即笑起來。東明饕餮走到床邊坐下，雙肘支在膝上，也不說話，就笑著看對面的東崇。

東崇被他看得渾身不自在，問：「你看什麼呢？」

「我只是笑，當初在我心目中的那個大英雄，居然是你。」東明饕餮笑得很開心。

「……你這話什麼意思？」好像明褒暗貶一樣。

「我一直很想再見到那個大英雄一面，想讓他教教我那麼帥的刀法，讓我能夠在那麼多可怕的殭屍裡別再害怕。可是實在是太恐怖了，這麼長時間裡，我都忘記了。」

東崇合上了書，「其實我早就想對你說了，你不用害怕那些東西，你比它們強得多，你輸的是心理。」

「是，那是本能。」東明饕餮承認，「本能讓我從那時候開始對一切有殭屍味道的東西恐懼到了幾乎過敏的地步，真是太可怕了。」

東崇一笑。

「對了，我有一個問題。」

「嗯？」

「你既然有那麼高的能力，為什麼還要來這裡上學？」要是看他當初殺殭屍時的樣子，能力最低也達到 140hix 了，為什麼現在還要在這裡留著？而且在實習的時候看他的能力也不怎麼樣……

「你以為我是為什麼才會變成這樣的？」東崇哼哼哼三聲，看來東明饕餮的話勾起了他的憤怒，「要不是為了救你……救你這個死小孩，我的能力會被削弱到這個地步嗎？！」

「耶？」東明饕餮非常不解。

「你以為幫你再造身體很容易嗎！用吸血鬼的能力和你同調把你的小命拉回來容易嗎！我只是欠了你爺爺奶奶一個人情，居然要我還到這個地步……」一想起來這件事，東崇就悔得腸子發青。

那個所謂的人情，其實只是年輕時候的東明爺爺和東明奶奶曾經追殺過他，不過後來當然沒成功，再後來他們成了朋友，他們就老拿那時候的事情威脅他，說什麼「我們不殺你就是給你改過自新的機會」……現在得了！他還巴不得自己在當時就被殺了呢！

東明饕餮笑得很得意，又繼續說道：「不過我能活下來還真要感謝你呢，雖然從那時起就開始害怕殭屍……我想過，要是我更強的話一定不會害怕，可是卻不那麼簡單，我就算見到最低級的殭屍還是會本能的發抖。」

但為什麼他一直都沒有發現東崇是殭屍呢？而且居然還是旱魃！他的能力不會退化到這個地步了吧？還是說……他唯一能平靜接受的殭屍，只有東崇一個人？

東崇淡淡的笑一下：「那你要怎樣？一輩子發抖？還是要我保護你一輩子？」

「用不著！」東明饕餮對他晃了晃拳頭，「我會保護自己！我也是很有自信的男人！」

東崇做了個嗤之以鼻的動作。

「但是！」東明饕餮附加了一個但書，「我還會害怕一陣子，這麼多年的本能不是一下子就能改得過來的，你可以在那之前繼續救我吧？別讓我再被吃了，那種感覺很痛啊！」

東崇的臉色變了一下，一把拉過東明饕餮的頭髮，不管他的哀號，將他的腦袋扯到自己身邊，低聲說道：「自己的身體就要自己保護，我能保護你一時也保護不了你一世。你現在知道了，你的身體裡從那個時候起就有了旱魃和吸血鬼的能力，你就是吸血鬼和殭屍的王族，以後你就好好保護自己，別再奢望我會幫你。」

「啊！要是碰見比我強的怎麼辦？！」

「我們力量相通，我強你也會強，你有多強我就有多強，要是碰見比你還強的……我也沒辦法了，我會先逃走的。」

「你這個懦弱的傢伙！」東明饕餮氣憤的指著他的鼻子，「你怎麼可以這樣！我們是好哥們兒！好兄弟！你居然會說出這麼無情的話來！」

「好哥們好兄弟也有劃清界限的時候，正所謂兄弟本是同林鳥，大難當頭各自飛……上次實習的時候你不就把我丟下跑了？」

「那是形勢所迫啊！可惡！我再也不怕殭屍了！我才不怕！你這種人我也不用了！不必你這個無情的傢伙保護了！」

東明饕餮檢討完自己，就很義憤填膺的一腳踹上去，東崇立刻躲開，兩人在房間裡展開大戰，枕頭和各種雜物開始在房間裡亂飛。

外面的天開始亮了，有人也不管自己五音不全就對著外面大唱美聲。

有陽光普照的地方，真好。

這時，一個枕頭砸到了衣櫃上，衣櫃的門吱哇一聲開了一條不小的縫，露出裡面並排站的幾個青面殭屍。

「呀啊啊啊啊啊啊啊啊啊啊——殭屍呀啊啊啊啊啊啊啊啊啊——」

「喂！放開我……咳咳……快喘不過氣來了！」

「殭屍呀——」

「你不是說你不怕殭屍了嗎？」

「忽然舊病復發不行嗎？！」

「……」

看起來，治療殭屍恐懼症的征途還是「路漫漫其修遠兮」……請二位加油！

第9章

樓家姐姐們大駕光臨

這世界上有一種可怕的東西，它的名字叫做「姐姐」……

十一月份，拜特學院內終於有了一點秋天的意思。樹葉開始發黃，一些落葉落得比較早的樹下已經落了厚厚的一層葉片。

每天忙於學習並且保護自己防止被殺死的霈林海和樓厲凡二人，一點也不知道他們的生活即將發生嚴重的變化，依然很悠哉的上課，不時特訓一下，偶爾霈林海再度犯錯，仍然會受到樓厲凡「情難自禁」的狠狠懲罰。

東明饕餮事件在那天晚上他們睡著的時候，碰巧被御嘉解決了——勉強算是。

東明饕餮雖從此對御嘉避而遠之，卻對樓厲凡崇拜萬分，他最常說的一句話就是：「厲凡！你真是厲害！連手下的式神都如此如此這般這般……」

樓厲凡煩透了這小子沒完沒了的恭維，他又不是某國昏君，整天閒得聽他胡說八道！煩躁起來就會放出御嘉、頻迦兩個和他好好「聯絡感情」，那沒用的小子一見到她們立刻腳底抹油，可等到她們被收回，他又會馬上出現，繼續他的歌功頌德。

「你到底想怎樣！」一天，樓厲凡終於失去了耐心，也不用御嘉和頻迦來收拾他了，他親自掐住那傢伙的脖子，死命的前後搖晃，「有時間你幹嘛不去和你室友的殭屍玩！敢到我這裡來給我添亂！我掐死你——」

「厲凡厲凡！別別！別真把他掐死了！」霈林海從後面抱住樓厲凡，拚命往後拖，「他是很煩沒錯！但是你把他殺了的話我們沒辦法向校長交代啊！」

「我會把他的屍體藏好的！你放心好了！」樓厲凡還想繼續撲上去。

霈林海都快哭出來了，「厲凡！真的不能殺！不是屍體的問題！要是有殺人紀錄的話，你就沒辦法畢業了！」

樓厲凡的手指在東明饕餮的脖子上停留了許久，終於放開，「對哦……」

殺過人的人身邊會有厲氣，凡有厲氣者，任何靈異學院不得發放畢業證書，並終身剝奪考取職業靈異師的資格。

東明饕餮絲毫沒有感覺到自己剛才是真的從鬼門關走了一遭，他很高興的拍樓厲凡的肩膀說：「我就知道嘛！厲凡！你不會殺我的！我們是朋友嘛！像我這種對朋友兩肋插刀，人好能力又強的人，不會有人討厭的嘛！還有啊，我人真的很好，要是你有什麼事……」以下省略他為自己歌功頌德的三千兩百字。

「……不管了！拿不到畢業證書就算了！我以後去考魔女執照！」已經氣得錯亂了……

「厲凡！住手啊——」

在霈林海的保護下，毫髮未傷的東明饕餮哼著小調離開了充滿殺氣的 333 號房，走出他們的宿舍樓，準備回自己的房間。但是在那之前，他看了一眼手上的錶，忽然想起來東崇比他多修了一門殭屍製作課，東崇現在應該還沒下課，所以殭屍應該還放在房間裡……

一想到這個他就無比頭痛，這麼多年的條件反射可不是一天、兩天就能克服的，總不能要求他馬上就不怕那些東西。可是他的朋友不多，就算是朋友，除了東崇之外，能夠在他出聲之前發現他的人也幾乎沒有，再加上懶得去經營這些人際關係，到這時候他才發現自己原來連能去的地方都幾乎沒有。所以他決定哪裡也不去，在學校裡轉轉就好了。

拜特靈異學院門口，出現了三個拖著巨大箱子的女人。

若是詳細說來的話，當時的情景應該是這樣的——原本碧藍的天空上忽然捲起了詭異的陰雲，起風了，陰冷的風夾帶著雪片一樣的樹葉四處翻滾，然後那三個女人忽然就出現在學校外面那條唯一的小路上，吭哧吭哧的，一人拖著一個比她們本人大了兩倍的箱子，如蝸牛般向學校走去，一邊走，一邊還在沒完沒了的吵嘴。

一個頭髮挽成高高的髻，身上穿著繡有金絲的黑色長袍的女人，氣急敗壞的邊拖箱子邊罵道：「該死的厲佳！說什麼空間轉移術妳最行！這下可好了！在拉斯維加斯整整轉了一個月！還不如坐飛行器來呢！」

「那怨我嗎？！那怨我嗎！」頭上披著長長的頭巾，將臉蒙得只剩下兩隻眼睛，身上被五色圍巾包纏得曲線畢露卻裸露著胳膊的女人舉著拳頭反駁：「我說過我需要正確的意識引導！都告訴妳們了不要想別的東西，妳和厲婭那時候卻一個想著帥哥、一個想著賭博，連口水都流出來了！我能不轉到拉斯維加斯去嗎！」

「流口水的是厲顏。」黑髮披散到腰部、穿著紅衣白褲的酷帥美女立刻澄清，「我只是在想如果當時我們賭贏了的話不就直接坐飛行器來了？何必費那麼大勁做空間轉移……」

「還說！還說還說！」樓厲佳狂吼：「都是妳們兩個！非要去和老爹賭！這下好了！路費沒了！還倒欠他十年的工資！」

樓厲顏很不滿：「喂！那十年的工資我不是已經在拉斯維加斯贏回來了？妳也玩得很爽嘛，整整一個月妳有提過離開的話沒有？」

樓厲婭馬上點頭附和：「沒錯沒錯！我們老老實實的贏回來了，而且還贏回來了在拉斯維加斯十天的包吃包住包玩免費旅遊！耶！」

樓厲佳沒再說話，因為在那裡她輸了至少九位數，險些被抓去賣掉，全靠這兩位也不知道是倒楣過頭還是幸運過頭的姐妹把她贏了回來，否則……

她們三個，就是總在樓厲凡口中出現的三位魔頭——樓家大姐厲顏、樓家二姐厲佳、樓家三姐厲婭。

樓厲顏是一名高級占卜師，經她所預言出來的事情，準確率能夠達到百分之九十九，至於那百分之一，則是因為她無法預測與自己有關的事情。她現在正與一個靈異法庭的大法官拍拖中，大概準備一年後結婚。

樓厲佳是一名高級感應師，只要讓她接觸相應的資料，她就能感應到與該資料相關的所有資訊，用這種超能力偷窺一些別人不想被他人知道的隱私是她的興趣。她現在正與一名靈異獵人拍拖中，準備以後夫妻搭檔開事務所，用各有所長的超能力追殺被以賞金通緝的靈異人員——管他是好人是壞人！

樓厲婭是個純粹的魔女，出生便會使用各種魔法，是個魔力天才，現在暫時就職於魔女研究院。她現在最頭痛的事情是如何擺脫一群對她的超能力由崇拜到愛戴到現在已變味成了愛情的小魔女們，男朋友——無。

拖著巨大的行裝，三個女人終於挨到了學校門口。

「啊！終於到了！」

三人異口同聲的嘆了一口氣。疲憊的身心啊，終於可以在這裡得到放鬆了！

此時，宿舍裡的樓厲凡背上忽然掠過了一陣惡寒，他知道這絕對是不祥的預感！可是……他左右看看，房間裡只有正被他「教導」得淚水盈盈的霈林海，沒有任何異樣。

「錯覺吧？」他想。

拜特學院的校門是從來不曾關閉的，唯一的屏障就是門口的那道結界，高於某個階段的能力者方能進入。這種東西當然難不住那三個從這裡順利快樂畢業的前學員，三人拖著箱子很順利的走了進去。

不過，難住了她們的事情不是校門，而是樓厲凡。他為了防止她們的騷擾，自從住到了學校之後就沒寫過一封信，更沒打過一通電話，她們到現在連他住在哪棟樓裡也不知道。

學校如今的學生約有八千人，宿舍樓十五棟，每棟樓高五層，每層五十個房間。如果去掉二、三、四年級和研究生的話，大概還有將近四千人左右。這要是找起來可是大費功夫！而且在這所奇怪的學院裡，學生的住宿分布不是按照年級劃分的，而是純粹按照入學時的抽籤來決定，沒有任何規律，要找人也很不容易。

「怎麼辦？」蒙在頭臉上的頭巾快把她熱死了，樓厲佳拚命用手搧風，「去找拜特？」

「哪個拜特？」另外兩人異口同聲問她。

這間學校有很多拜特，校長是一個，每個宿舍樓裡有一個，保健室的校醫是一個，後山鬼門的看守者又是一個……雖然年齡和性別完全不同，但他們的長相都很相似，變態的嗜好和各種習慣也很類似。以前她們在這裡上學的時候，曾經以「他們會不會都是那個變態校長的親戚」或者「他們肯定是變態校長的分身」這種話題來打賭。當然，最後也沒得到答案。

「當然是宿舍管理員那個！」樓厲佳瞪了她們一眼，「她肯定最清楚每個學生住在哪一間宿舍。」

「好辦法！」

不過話說回來，三位非常有魅力的大美女拖著這麼大的箱子到處走實在很破壞形象，所以她們決定把東西丟給哪個倒楣的傢伙，好讓她們可以輕身上陣。

三人之間對這種事情根本不需要什麼交流，就算不說話，她們也知道其他人打什麼主意，立刻就開始四處瞄著找合適的冤大頭。

這世界上總有一些人比較不幸，該被人發現的時候發現不了，不該被人發現的時候卻常常不幸的被衰神看到，比如東明饕餮。此時，他正忠實的履行著自己的諾言，在學校裡悠然的轉圈——沒錯，就是字面上的意思，轉圈。

三位美女發現他的時候，他正在中心花園裡轉，不小心撞到樹上，暈頭轉向的爬起來，又開始繼續轉。

「他在幹什麼？」

「不知道，是修煉什麼特殊的超能力嗎？」

「大概吧。」

只有天知道，他只是無聊而已。

「那就他吧。」

「需要對他下咒嗎？」摩拳擦掌中。

「用不著！有美女的魅力在這裡，哪裡還需要用咒語！」

樓厲顏很得意的率先出馬了，她向前走了幾步，在距離東明饕餮五公尺的地方停下了腳步，美麗的腰肢一扭，擺出了一個誘惑的姿勢，「嗨！帥哥～」

東明饕餮沒有反應。不是他傲，也不是他沒聽見，而是他從來都是被人視而不見的，已經習慣了，就算忽然有人叫他，他也會認為那是在叫別人。

樓家大姐的自尊心受到了嚴重的挫傷，尤其是在聽到兩個妹妹在身後的竊笑之後。

「喂！那個轉圈的！」既然軟的不行那就來硬的好了！可惡！居然讓她這麼破壞形象！她手一指，「你給我停下！本美女找你有事！」

原本有兩個被她方才的姿態所迷惑的男人正打算來主動獻獻殷勤，卻被她的一聲惡氣驚得如同醍醐灌頂，自認不敢上前招惹，灰溜溜的逃走了。

東明饕餮停下轉圈，左右看看，似乎、好像在這裡轉圈的人只有他一個。他指著自己，張口，做了個很震驚的表情問：「妳叫我？妳看得見我？」

「你廢話！」我不是瞎子，你不是隱形人，憑什麼看不見你！「喂！我問你，你願不願意幫美女的忙？」

東明饕餮很有耐心的解釋：「我的名字叫東明饕餮，妳可以叫我饕餮或者其他的什麼，不過請不要叫我『喂』，那樣不太好聽。」

樓厲顏暴跳如雷，一張精緻美麗的臉上滿是肅殺的氣息，「我管你叫什麼！說！你願不願意幫我的忙！」她的手在虛空中一閃，不知怎的便抓出了一把長劍，抵在東明饕餮的「下面」道：「快點說！不然……」

「哎呀呀，何必舞刀弄槍的……」東明饕餮絲毫不在情況中的攤開雙手做了個投降的動作，「其實我很喜歡美女的，但是太辣的話會找不到男朋友哦。男人很怕女人太凶的。」

樓厲顏氣得腦袋上直冒青煙，她身後的那兩個女人又很幸災樂禍的悄悄對話。

「啊，姐姐終於老了。」

「沒錯沒錯！色誘術對小男孩不靈了。」

「幸虧姐夫不怕她老啊，又老又凶……」

「不然真的像那小子說的一樣……哦呵呵呵……」

樓厲顏怒火攻心，忘記了自己還穿著金絲長袍，必須維持莊重的表象，也不打招呼，刷刷刷幾劍迅猛刺出。東明饕餮沒想到她真的會說出手就出手，一驚之下迅速後退，躲過了前三劍，卻沒躲過第四劍，嗤拉一聲，他的腰帶竟被她一劍劃斷。

「啊呀！」他大叫一聲，慌忙提住褲子，上下左右跳躍騰挪，企圖逃出她劍術的包圍。但他不管有多高的能力，經驗和攻擊力始終不可能比得過樓家大姐，十幾招過去之後，他身上的T恤已被劃得殘破不堪，可愛的屁屁也有了若隱若現的趨勢……

樓厲顏對於自己的美貌可是相當有自信的，她絕不承認居然有人能夠逃得過她的魅力，所以若是有人膽敢打破她這一認定，那絕對要死得很慘！所以她不打算就這麼簡單放過這個傢伙！至少要讓他完全春光外露……哼哼哼……我殺殺殺殺殺殺！

在這間學院裡，類似這種忽然打起來又忽然停手的事情多得很，尤其是這種連一點建築物和植物動物都不傷害的打鬥。剛開始大家都很好奇，時間長了就沒興趣了，他們在這裡打得盡興，周圍連一個多看一眼的人都沒有。

樓厲顏的劍法越來越快，東明饕餮漸漸只能看得見她劍光劃過的軌跡而看不到她的劍影，躲避變得越來越吃力，T恤整個變成了破布，只剩下褲子「還算」完整，可是那狠毒的女人連這一點遮羞也堅決不留給他，眼見那致命的一劍就要將他的褲子整個……

忽聽一聲尖利的呼嘯傳來，樓厲顏眼前一花，面前已經多了一個手執長刀的男子，硬將她那致命的一擊擋了下來。

「住手！」

只這麼一下，樓厲顏立刻發現自己的能力與面前的這個人差得不是一般的遠，就算再給她十年的時間，她也未必能贏他。而她的原則是好欺負的就欺，但是若遇見比自己強的馬上收手——簡言之就是欺軟怕硬——所以她立刻收回了攻擊，持劍後退。

見她收手，那人也不強追，一轉手，長刀便不知消失到了哪裡去。

「請問——」他向她拱手，「不知饕餮是如何惹到這位……女士？竟要下如此毒手？」

樓厲顏也一轉手，長劍同樣消失了，她呵呵呵嬌笑了兩聲：「呵呵……這算什麼毒手，只是要扒他衣服而已。」

那人——東崇轉身向東明饕餮，「呃……你幹了什麼？難道這位女士愛上你了？」

樓厲顏身後爆發出兩個女人的瘋狂大笑，樓厲顏臉色青一陣白一陣。

東明饕餮好像被人非禮過了一樣狼狽的提著褲子，氣急敗壞的說：「胡說八道！她做這種事情是愛上我的話，那我就去和你的殭屍結婚！」

「是是是，我知道了……」既然賭這麼毒的咒，那就應該不是了，「那麼這位女士……啊，忘記請教芳名了！」

雖然這傢伙說話方式比較奇怪，但是總算還能聽，樓厲顏身子微微一扭，對他拋了個媚眼，「樓厲顏，我叫樓厲顏。」

東明饕餮、樓厲凡和霈林海都是男的，所以對於男人的相貌沒什麼感覺，其實東崇的容貌不是什麼「普通」，反而可以說是相當帥氣，再加上身材較為雄壯，絕對是一般女孩愛慕的對象。不過很可惜，這個人——或者說吸血鬼？旱魃？——雖然能力高超，但和東明饕餮一樣遲鈍無比，所以直到現在還沒有女朋友。

很自然的，這個遲鈍的人當然不會發現到那個明顯的媚眼，他很想問她是不是有些眼睛抽筋，但是怕她又不由分說打上來，要是傷到女人就不好了，所以他決定忽略這個問題。

不過，她報上來的這個名字怎麼聽怎麼耳熟，他想自己似乎在哪裡聽過，卻想不起來。

「呃，那兩位是？」他也注意到了她身後的兩個女人——在他眼中也只是兩個人類的女人而已，沒別的感覺。

自身魅力再度失敗的樓厲顏真想撲上去和他廝打一通，但……可以猜到自己絕對打不過，所以她決定暫時還是不要動手的好。

她指了指左面，「樓厲佳。」又指了指右面，「樓厲婭。我的兩個妹妹。」

樓厲顏、樓厲佳、樓厲婭……這下，再遲鈍也該知道她們絕對和某人有什麼關係了。

「那個……」東明饕餮很不情願的開口，「妳們和樓厲凡……是什麼關係？」

「姐弟關係！」異口同聲的回答。

※◆◇◆◇◆◇◆※

「叩叩叩！」

「誰？」

「是我。」

當樓厲凡再度聽到門外傳進來的是東明饕餮的聲音時，他忍無可忍的從正用來訓練霈林海的符咒中抓起一張，砰的一聲將其化作了一柄掌心雷……

霈林海眼疾手快的劈手奪過，拿著它冷汗直冒的轉了兩個圈，才想到要用反解咒將之恢復原狀。

「厲凡，算我拜託你了！千萬不要殺人！反正他千可惡萬可惡，也比不上你家的魔頭對你做的事恐怖，對不對？所以拜託你要忍，千萬要忍！」

「……知道了。」霈林海說得對，反正東明饕餮再怎麼可惡，也比不上家裡那幾個魔頭對他的蹂躪更可惡……這樣想就平靜了……平靜了……

樓厲凡親自打開門。

門外，褲子破爛，身上套著東崇外衣的東明饕餮很快樂的向他招手說：「厲凡！你今天一定要謝謝我！我幫了你一個大忙啊！」

「……」只要你別來找我就是幫我大忙了！

不忍心看到東明饕餮的失望，霈林海接口問道：「忙？什麼忙？」

「我帶來了幾個你們一定很想見的人——出來吧！」

他的樣子很像在召喚式神，不過更像是某部動畫片裡「賜予我力量吧！」什麼什麼的，樓厲凡很想笑一下，不過當三張美豔的臉從隱蔽的牆邊忽然出現在他面前的時候，他連表情要怎麼擺都忘記了。

「厲凡！我們好想你～」三隻八爪章魚掛到了樓厲凡身上，蹭啊蹭啊蹭，「好想你哦～厲凡！你有沒有想我們？厲凡～」

東崇仔細審視一下依然僵直站在原地的樓厲凡，說了句三位美女絕對不會愛聽的話——「三位女士……他嚇暈過去了。」

大家扶樓厲凡坐下、給他喝水、順氣……很久之後，樓厲凡終於緩過氣來了。

「妳們三個……妳們三個……妳們三個……為什麼會出現在這裡！」為什麼他都到了這裡卻還是沒躲過她們！

「因為我們好想你……」樓厲顏在他身上嬌柔的蹭。

「因為我們好愛你……」樓厲佳的小手在他身上摸來摸去。

「因為沒了你，我們好寂寞……」樓厲婭托起他的下巴，似乎想在他的「櫻桃小口」上留下一吻。

霈林海、東明饕餮和東崇三人遠遠的躲著，極其肯定的交換了意見——樓厲凡，又昏過去了。

樓厲凡小時候在這三個女魔頭的壓迫下所受的苦就不一一詳述了。當然，最重要的一點是，由於他本人對那些事情諱莫如深——或許是不堪回首？因此大家也不得而知。不過，就算他不說，看看那三個女魔頭對他的行為，大概也能猜出個十之一二。

一、他小時候受盡了壓迫。

二、他小時候受盡了奴役。

三、他小時候受盡了……調戲。

反正怎麼也逃不出這些猜測，所以霈林海立刻對樓厲凡的過去充滿了同情。

把東崇和衣服被劃得破破爛爛的東明饕餮送走之後，他趁著三位魔頭正驚嘆兩個男生的房間居然也能收拾得這麼乾淨、不像有些人房子髒得好像豬窩時，悄悄的走到樓厲凡身邊，哥倆好的拍拍他的肩膀，小聲安慰道：「沒關係，我不會歧視你的，就算你家裡有這麼……可怕的人，你也是好人，我知道。」

真是純粹畫蛇添足的鼓勵法，不過很有刺激作用，樓厲凡本來依然處於被嚴重打擊後的呆滯狀態，一聽到這句話馬上毛都豎起來了，眼裡冒火的盯著這個相當沒有自覺的傢伙，壓低了聲音罵：「歧視？我要你歧視？雖然家裡有這三個魔頭不是什麼好慶祝的事情，不過也輪不到你來歧視我！」

霈林海大汗淋漓，覺得自己「好像」說錯話了，「那、那個……我不是那個意思……」

「不過，我每天的日子的確不好過。」樓厲凡忽然轉了口氣，雖然還是瞪著眼睛吊著長臉，但語氣裡的憤怒已轉到那邊正對他們的床進行實地考察的魔頭身上，「那種被她們奴役壓迫欺負破壞的日子真是受夠了，所以一接到入學通知我馬上連夜離開家，一分鐘也不多待！可惜……」他深沉的嘆了口氣，「又被她們抓回去，進行所謂的學前教育，還給我準備了那麼巨大的行李……」如果沒有她們的「幫助」，他肯定帶著換洗的衣服就逃走了。

「那個箱子是她們替你準備的？」見對方點頭，他又問：「箱子上的封印是誰加的？」

要是不說的話，恐怕所有的人都快忘記了，當時樓厲凡來學校的時候，他所帶的行李箱子上有一個並非用來防盜的「防盜封印」，然而霈林海在接近那個箱子時沒有起任何反應，這是很奇怪的事情。

樓厲凡還沒開口回答，在樓厲凡床上彈跳的魔頭之一——樓厲婭好像想起了什麼似的，大聲打斷了他們的悄悄話。

「對了！厲凡！我忽然想起一件事，你給我老老實實回答！」

「……幹嘛？」他很想像普通人家的弟弟一樣很跩的答她一句，不過他不敢，只能僵硬的反問。

「老媽替你加的那個封印，你到學校的第一天就被人解開了吧？是誰解開的？」

她一問出這個問題，房間裡瞬間變得異常安靜，另外兩個正在品評天花板燈具的女人也停止嘰嘰喳喳的說話，目光好像刀子一樣咻地轉向了樓厲凡和霈林海。

樓厲凡本能的想退一步，奈何坐在沙發上連退都沒地方好退。

「妳……妳妳妳妳妳妳妳們管管管管管我！」

「不管你。」三位魔頭一齊向他逼近，「我們管的是那個封印！說！誰解開的？」

樓厲凡鞋也不脫直接蹦上了沙發，在沙發的靠背上左右躲避，「我我我我我早就忘了！怎麼樣！」

魔頭漸漸逼近，樓厲佳的面罩幾乎都貼到了樓厲凡的臉上……可是就在此時，她們忽然非常默契的改變了目標，惡狠狠的目光轉移到了霈林海的身上。

霈林海和她們對上就發怵，發現她們的眼神正將他鎖定於射程範圍之內時，他慘叫一聲跳起來就想跑，然而很不幸，他的左腳勾到了右腳，當即仰面朝天摔到了地上。

那三個女人一見他栽倒，立刻如猛虎下山一般撲了上去。被三具看來很嬌小但其實總分量絕對不輕的身體同時壓在身上那種感覺，可真不是人受的！霈林海只覺得肺裡的空氣呼地一下都被擠了出來，沒出來的也都憋到了嗓子眼裡，險些一口氣上不來死過去。

「救命……」

樓厲凡看了一眼他的慘狀，悄悄躲到房間角落裡裝作沒看到。

樓厲佳摸了摸霈林海已呈青色的臉，哦呵呵呵笑起來：「手感真不錯……」但是她的笑聲沒保持多久，面罩下的聲音突然變得狠厲起來：「你給我老實說！當時在學校門口，是不是你提了厲凡的箱子？！」

霈林海氣息奄奄道：「我……我……我……我只是幫忙……不過我知道錯了……求幾位姐姐饒了我……」

「你知道錯了？」樓厲婭奸笑一聲，「你哪裡錯了？嗯？」

見鬼的他哪裡知道自己什麼地方有錯啊！他錯就錯在不知道自己錯在了哪裡！

「當然是因為啊……哦呵呵呵……」樓厲顏的笑聲讓人禁不住頭皮發麻，她的臉靠得他近近的，幾乎就要親上去了，「那個封印……是為我樓家找媳婦兒用的啦！」

「哇哈哈哈哈哈哈哈哈哈——」

三個女人同時狂笑起來，那種尖利的笑聲簡直能把人耳膜戳破，不過最可怕的不是這一點，而是她們所說的話中的意思……

於是接下來霈林海開始口吐白沫，樓厲凡拉開窗戶禱告了一下就準備跳樓自殺。三個女人發現事態不妙，慌忙一人搶救已經瀕臨死亡的霈林海，兩人拉住已經一隻腳跨出了窗戶的樓厲凡。

「厲凡！看開一點看開一點嘛！」

「喂！你不能死啊！」

「啊啊！糟了！這小子沒呼吸了！」

「姐姐又不會對你另眼相看！」

「不要這個樣子！」

「反正這世界上有那種傾向的人多了去了，又沒關係！」

「姐姐妳別再火上澆油了！」

「救命呀！他真的沒呼吸了！死了死了！」

終於救回了兩個想不開的人，三個女人分別把他們安置在兩張沙發上進行開導教育。

「厲凡，你不要這樣子……」

樓厲凡面色鐵青，眼睛直挺挺盯著虛空中的一點，死也不往那三個女人或者霈林海那邊看一眼。

樓厲婭硬扳過了他的腦袋，逼迫他看著自己的臉，「厲凡，這世界上的事情不如意者十之八九，你不如就認命了吧……」

樓厲凡的臉有了變成黑色的跡象，一旁看著霈林海的樓厲佳又尖叫了一聲：「厲婭別再說了！這小子又開始吐白沫了！」

樓厲婭硬生生把後面節哀順變之類的詞吞了回去，很遺憾的說道：「既然你們實在不喜歡就算了，姐姐們其實也是為了你的幸福著想嘛……好了好了，別再擺那副快死的樣子，實話告訴你吧，雖然那個一般確實被當成『情侶啟封咒』來使用，但其實不是最正宗的咒符，而是替代品。」

樓厲凡的臉慢慢轉回平時的顏色，霈林海也不再口吐白沫了。

「它正確的名稱應該是『同波咒』，用來測試兩個人之間是否有最相適的靈極波動。由於真正的情侶之間必然也有這種波動，而且一般來說情侶啟封咒比同波咒更貴重一點，所以有時候同波咒會被當成替代品來使用。」

簡單而言，就是說樓厲凡和霈林海之間湊巧有這種相適波動，所以霈林海才能觸動樓厲凡的箱子。當時樓厲凡只是因為他能動那上面的封印卻不被彈出去而感到驚訝，絲毫沒有想到那竟然是這種符咒……他還以為是霈林海比較厲害，把封印破除了呢！

「不過——」樓厲顏在房間裡轉了兩圈，見妹妹們已經把事情搞定了，便很美麗的呵呵笑了一下，「如果這個咒符是這麼解釋的，那這個房間又該做何解釋呢？」

「房間？」樓厲佳反問。

樓厲顏走到房間門口，刷地拉開了門，「厲婭，還記不記得這個房間呢？」

房門牌上，赫然三個燙金的數字——333！旁邊還有一個代表七號樓的七腿蜘蛛標誌。

樓厲婭忽然全身僵直，樓厲佳大叫起來：「啊！情侶之間！剛才都沒注意到！厲婭！這是妳之前和厲顏兩個人的房間嘛！」

樓厲顏抓起身邊櫃子上的一具朱砂硯臺丟過去，險險擦過樓厲佳的臉。她怒道：「少說沒用的廢話！」

不過即使如此，樓厲凡和霈林海還是聽清楚了。

「妳和……三姐的房間？！」

「哈哈哈哈沒有啦哈哈哈哈……」樓厲佳乾笑。

那種乾巴巴的聲音一聽就知道有問題，不過幸虧樓厲凡不是她們，對於八卦不感興趣，又害怕她們借題發揮，便沉默了下去。可是事端這種東西，不是一、兩個人不想就能平息下去的，所以很多事情……嗯，肯定會非常的不盡人意啊！

而霈林海就是那種非常會無意間挑起事端的人，他看了看身邊幾個裝聾作啞的人，問出了一句讓大家都非常想殺死他的話：「啊，這麼說的話，樓大姐和樓三姐是情人嘍？」

樓厲佳大驚，一拳砸上他的腦袋，另外青筋爆出的兩個女人撲上去一頓狂揍，直到他鼻青臉腫了才住手。

「哼哼哼……臭小子！看你還敢不敢胡說八道！」樓厲顏拍拍手，餘怒未消的走開。

「要不是最近到了大滿月，哼哼哼……臭小子我咒死你！」樓厲婭拍拍手，同樣餘怒未消的走開。

所謂的大滿月不是指天上的大滿月，而是泛指人體內的靈力潮汐。不過，只有剛開始是這樣，後來就變成了專指魔女魔力潮汐的專有名詞。大滿月時魔力會達到最難以控制的頂點，此時一般的魔女都會盡量少使用超能力，否則恐怕會造成無法挽回的後果。

「可是……可是……」霈林海依舊不記教訓，堅持打破沙鍋問到底，「妳們明明是情侶之間出來的……」

「我看你真的是活、得、不、耐、煩、了——」這次冰冷得讓人好像身處北極一般的聲音是樓厲凡發出來的，他那雙和三位姐姐異常相似的眼睛對霈林海發出了死光，「照你的意思看來，住在這情侶之間的人就一定得是情侶？嗯？是不是？嗯？」

話是這麼問，可是他的眼睛卻明明顯顯的說著「你要是敢同意的話就把你灌上水泥沉到太平洋下面去」。

霈林海當然很明白若是胡說八道的後果是什麼，而且對於那種事情他本人也不會承認。所以他低下頭，小心翼翼的回答：「當然……不是……」

「所以我們『現在』也不是。」樓厲顏扭著腰身走到樓厲凡的床邊倒頭躺了下來，「啊～好累哦！累死了！我睡一會兒，你們可別忘了我們的行李。」

經她這麼一說，另外兩位魔女也跟著打起了呵欠，完全忘記了剛才她們造成的「幾乎流血事件」。

「啊啊，果然很睏吶！厲凡，記得我們的行李哦，我們都先睡一會兒。」

「記得哦，我們的行李。」

把兩張床並到一起，三個女人橫七豎八的躺下，沒兩分鐘就很沒形象的打起了呼嚕。

霈林海托著自己被打得面目全非的臉，不死心的問樓厲凡：「那個，厲凡……可不可以告訴我，剛才你大姐說的她們『現在』不是情侶是什麼意思啊？」

樓厲凡梗著脖子不說話。

「難道是說……」

「她什麼也沒說！」樓厲凡黑著臉走到窗邊，從剛才被他打開的窗戶往外看，「你在關心那些不著邊際的事情之前，還是先關心一下實際的問題比較好。」

霈林海莫名其妙，走到樓厲凡身邊往他看的地方一瞧——哈哈哈的乾笑起來。

「好像體積比我們的門大多了，哈哈哈哈……」

正對著他們的窗戶底下，整整齊齊的擺著三個巨大的箱子。

「對了，還有一個問題，厲凡……她們睡在這裡，那我們睡哪裡？」

「……」

兩人同時看了一眼漸漸黑下來的天色，相對無言。

※◆◇◆◇◆◇◆※

被魔女們占了床鋪，霈林海和樓厲凡只得睡在地板上。房間的床被魔女們占了，房間的大部分剩餘空間也被她們的行李占了，而他們……連地板也睡不好，只能把沙發搬到別人的房間去，他們擠在窗戶下邊的小小角落裡休眠。

他們不是沒想過到別的房間去擠一擠，不過似乎因為「情侶之間」的詛咒，只要他們離開這個房間，就只有瞌睡得要死卻睡不著的悲慘命運。

然而，儘管他們如此委曲求全，三位魔女還是不肯放過他們。突然的睡去之後，到了半夜，她們都好像約好了一樣醒了過來，然後一個接一個到浴室裡去洗澡，把她們巨大的箱子從房間的這一邊拖到那一邊，從裡面拿出東西又放回去，一會兒低聲談笑，一會兒又高聲奸笑，不知道究竟在計議什麼。

如果在這種嘈雜的環境中他們還能睡得著的話，那他們的神經就必然是鋼筋一類的東西製造的了——可惜不是。他們不敢發出抗議之聲，甚至不敢被她們發現他們醒了，否則還不知道有怎樣可怕的事情在等著他們，所以他們相對苦笑，很快又把眼睛閉上裝作睡著。

此後一週，他們都過著這種非人的日子。

白天他們上課，三位魔女就閒晃到各處和以前的熟人聯絡感情；晚上他們很累很想休息，但魔女們卻堅決不放過他們，一會兒要吃好東西，一會兒想與其他房間的帥哥「認識一下」，沒事了也要找點事情支使他們做這做那，他們膽敢不從就一哭二鬧三上吊，再不行就擺出魔女的架式說「哼哼哼哼你們居然敢違抗魔女真是活得不耐煩了去死吧詛咒你們」，兩個無奈的可憐人就得為了她們一時的興趣而疲於奔命。

不過，託她們的福，他們也看到了一些非常有趣的事情，如果沒有她們在旁邊的話，他們恐怕這輩子也沒辦法看見那些景象的。

比如天瑾。某一天她打開門，湊巧對面的房間門也打開了，樓家大姐從裡面走出來，兩人碰了個臉對臉。按說這也沒什麼，況且像天瑾那種陰森的人也絕對不會因為這麼點小事而有任何反應——一般碰到這種事情只有對方慘叫著逃走的情況。可是那天她卻彷彿見了鬼一樣，發出了一聲普通人無法想像的高頻破壞聲波，樓道裡的燈啪啪數聲全部碎掉，然後她轉身竄回房間，死也不再出門一步。

後來樓厲凡他們才知道，她原來是樓家大姐開辦的預知課程的短期學員，在樓厲顏的手下吃了不少苦頭……

再比如變態校長，從聽說她們來了那天起，他就再沒出現過，可是三位魔女非常鍥而不捨，一直追到了一百四十層的教學樓頂上，硬是逼得變態校長從樓頂跳了下去，卻不知怎的沒用防護罩，結果摔得半死，光繃帶就纏了半個多月。

後來他們才知道，原來當初她們說的「和變態校長很對路」這樣的話根本就是騙人的，她們只是很會賭，有多次都讓變態校長輸得連褲子都沒了，直到她們畢業他還欠樓厲佳兩百多萬……簡單而言，就是逃債罷了。

還比如娑妮……娑妮這個就比較特殊了，吃癟的人不是娑妮，而是樓家三姐樓厲婭。

當時她們正看中了一個不知道是幾年級的小帥哥，打算跟蹤一下人家，結果不幸的事情發生了，她們正好與下課回來的娑妮對上了眼。被迫跟著她們一起跟蹤的樓厲凡和霈林海還沒反應過來發生了什麼事，就見樓厲婭面色蒼白的四處找藏身之所。樓厲凡還以為她要找方便的地方，問了一句之後立刻被她打得找不著北。

可是就是那麼一下，讓娑妮的目光往這邊看了過來，樓厲婭面無人色的想奪路而逃，卻因她一句「啊，那不是厲婭嗎？^^」攔了下來。

「哈哈，哈哈哈娑妮妳好，居然又在這學校裡見面我們真是有緣啊哈哈哈哈哈。」那麼僵硬的笑聲，是樓厲凡作為她弟弟以來從來沒聽到過的。

娑妮款款走來，挽起看來很想直接死掉的樓厲婭說了句「的確是很有緣呢，呵呵呵我們好好聯絡一下感情吧……」，然後就把她踉蹌著拖走了。

樓厲凡很驚訝，這世界上居然還能有人讓他家的姐姐嚇成這樣子。而樓厲顏和樓厲佳卻狂笑數聲。

原來是樓厲婭在當初還是學生的時候就被許多女孩愛慕，娑妮當初和她們是同一屆的學生，很不幸的也是愛慕者中的一員，而且比魔女們還鍥而不捨，最愛的事情就是在樓厲婭她們的房間門口蹲點守候，還差點用愛情咒縛把兩個人今後的命運連接起來。樓厲婭到現在還沒找到男朋友，有時候就會懷疑是不是娑妮在她不知道的時候把她的紅線剪斷了……

當然，娑妮竟是個男的這件事，直到畢業以後她們才知道的。

到了晚上，樓厲婭還沒回來，樓厲顏和樓厲佳一反常態的既不關心她去了哪裡，也不打算去偷聽，只老老實實的待在房間裡——不過當然，自己的弟弟和另一位帥哥還是一定要奴役的。

樓厲凡和霈林海當然還是窩在窗臺下的那個小小空間裡，好像後母養的孩子一樣可憐。

「厲凡，她們到底什麼時候才離開啊……」霈林海哭喪著臉問。

樓厲凡也很想知道答案，可問題是，那三位魔女根本就是任性到了極點的人，除非她們能找到更讓她們有興趣的東西，否則絕對不會那麼簡單就離開的。

「除非奇蹟出現……」

樓厲顏和樓厲佳沒精打采的在床上看書，看了一會兒，開始無聊的打滾。

「真無聊吶～」

「沒錯，好無聊哦……」

沒有人好整的時候真無趣！那兩個小子也夠沒用的，不知道反抗就算了，居然躲到牆角裡連一句話也不說！讓她們想找碴也找不到！

「厲婭為什麼還不回來？無聊！無聊！無聊死了！」

她們是無聊找碴三人組，要是少了一個，自然會比較無趣。

「真是無聊死了！」

「無聊……」

「啊！對了！想到了！」樓厲顏和樓厲佳的目光對到了一起，突然心有靈犀一聲尖叫。

樓厲凡整個人嚇得跳了起來，心想：這兩個女人……這兩個女人又想到什麼怪招了嗎？

兩個女人呵呵呵呵呵呵大笑了幾聲，目光如炬的燒向樓厲凡和霈林海。那種目光很恐怖，兩人的後背不由自主的緊貼到了牆上，恨不能一直鑽到牆外面去。

「你們知道，所謂的『情侶之間』是什麼意思嗎？」

「不知道……」看妳們的臉就不想知道！那種不懷好意的目光太露骨了！

「嘿嘿嘿～告訴你們一個事實哦～」樓厲佳扭到樓厲凡身邊坐下，也不管他起不起雞皮疙瘩就緊緊抱住他的肩膀，笑得越發恐怖，「拜特學院建校四百多年來，所有在這個情侶之間住過的人，都會在第一年就成為幸福的情侶，百分之九十九點九的情侶都在畢業的當年結婚！想不想看每一對情侶的結婚照呢？在學院歷史紀念館都有哦！哈哈哈……哈哈哈……」

她的笑已經不像笑了，而像是被什麼東西掐住脖子一樣，上氣不接下氣。

樓厲凡明白她說這話的意思，也就是說，他和霈林海……有恐怖的畫面在他的腦袋裡閃現了一下，立刻被本能自動delete。

不過，他對於這一點並不害怕，剛住進來的時候就從很多相關的、不相關的人那裡聽說了這個可怕的詛咒，也看了那些詛咒下產生的幸福婚姻的證明——照片。可是他不認為這種無聊的詛咒會在兩個男人身上實現。

「我才不在乎。」他繃著臉說道，「大姐和三姐當初不也是在這裡住嗎？不要告訴我詛咒在她們住進來的時候忽然失靈了！」

樓家大姐發出一陣高亢的笑聲，嬌媚的貼近了霈林海的身邊，「你以為我們一開始就能阻擋這個房間的詛咒嗎？在住到半年的時候，我們……哦呵呵呵……」

霈林海和樓厲凡忽然一陣惡寒。

「我們當然什麼也沒有，不過那種程度的詛咒可不是我們能抵抗得了的，要是再繼續下去的話，說不定就真的……」

樓厲凡對自己催眠：我什麼也沒聽見、我什麼也沒聽見、我什麼也沒聽見……

「可是呢～就在我們最困擾的時候，終於從我們可愛的校長嘴裡探聽到了一件很重要的資訊——關於破解這個詛咒的。」

探聽……就算用腳趾頭去想也知道，她們絕對不是「探聽」，恐怕是又用賭博之類的卑鄙手法脅迫那個變態交出辦法來。

樓厲凡看著她，雖然他想擺出不在意的表情，但焦慮卻形之於外，擋也擋不住。只從這種明顯的神色裡就可以輕易看出他對於得到破解的辦法有多麼迫切，但是……

「所以，你們真的真的很想知道……我們當初是如何破解情侶之間的詛咒，對不對？」

「……沒錯。」但是請不要再用這種目光看著我們，我們會做噩夢。

「所以我們打算告訴你們解脫的秘訣，想不想聽？」

「……」

「想不想聽？」

不是不想聽，可是樓厲凡在考慮。他的姐姐每做一件事情都是有目的的，而總原則一般都是「玩」、「好玩」！他不相信她們會忽然發了善心教授他們解決的方法，最有可能的原因恐怕是她們想到了某種比較有趣的欺負人的方法，想用這種藉口在他們的身上試一下。

不過，也不能排除她們所說的方法是真的可能，他現在唯一可以確定的就是，那種解脫的辦法絕對不是什麼好主意，否則她們是絕對不會告訴他們的。

「喂！你們到底要不要知道啊？」

霈林海可不知道這些利害關係，本來他很想以樓厲凡馬首是瞻的，不過看樓厲凡似乎在猶豫什麼事情，他又實在很害怕魔女們會一怒之下收回本來要告訴他們的辦法，考慮了三秒鐘之後，他大聲回答：「要！」

樓厲凡知道自己這下不要也不行了，氣急敗壞的狠瞪了他一眼，卻沒有發表反對意見，也低聲答：「要……」

「大聲點，溫柔的姐姐們聽不見～」

「要！！」震死妳！

推開那三件巨大的行李，勉強將房間最中央的一小塊地方騰了出來──所謂的一「小」塊地方呢，就是指小得只容一個人站立的小小空間，多半個人都擠不進去。

樓厲顏、樓厲佳、樓厲凡都站在箱子的縫隙之中，唯獨把霈林海推到了那個小地方讓他站在那裡。

「你的超能力是全能的吧？」樓厲佳告訴他：「在這裡有一個不同的空間，在你站的地方開一個空間洞，讓這個空間和那個空間能夠連接。」

霈林海指著自己的腳下問：「在這裡？」

「對。」

「……我不會掉下去嗎？」

「少囉嗦！」美女變成了凶惡的夜叉，「我讓你開你就給我開！再問殺了你！」

霈林海在「掉下去」和「被殺死」之間選擇了前者。他伸出右手的食指，圍繞著自己的身體虛空畫出一個圓圈的形狀，當那個圓圈的最後一點缺口也被封上的同時，他的腳下出現了和他所畫的圓圈等大的一個黑洞。

當然，由於重力的作用，霈林海只來得及啊了一聲，就無聲無息的掉了下去。

「咦？」樓厲佳非常驚訝，「厲凡吶，他不會靈氣馭空嗎？」

「不會。」那個只接觸了靈異能力三年的菜鳥，當然不可能會。

「那他怎麼不告訴我？」

「……妳沒問。」甚至連說都不讓說。

「真是對不起他啊。」一點歉意都沒有的這麼說了一句，樓厲佳跳進了黑洞中。

樓厲顏和連話都懶得說的樓厲凡跟在她後面依次跳了下去。

※◆◇◆◇◆◇◆※

霈林海開出來的空間洞很黑，而且又窄又長。樓厲凡在黑暗之中降落了許久，久得幾乎都以為根本不可能有底了，卻忽然間眼睛一亮，好像有一條刻意的分界線一樣，黑色一下子變成了明亮的橙色。

在視野一亮的同時，樓厲凡感到自己腳下用靈氣馭空托浮的部分觸到了一個異常柔軟的地方，他知道已經到了底，便卸去靈氣馭空的支撐。腳下果然是一種彷彿踩著棉花一樣無處著力的感覺，他轉頭四顧，發現自己正身處於一個袋狀的橙色空間中，空間周圍的壁障散發著柔柔的光。霈林海就在離他不遠的地方，正在四處看著周圍的情況。

他們現在所在的地方似乎是某種隧道的入口，有四條出口，每條出口都是看起來差不多的狹長隧道。所有的隧道都散發著那種橙色的光芒，牆壁很光滑，橙光從牆壁裡面透出來，淡淡的，並不刺眼。

「怎麼樣？」樓厲凡問。

「沒特別不一樣的感覺。」霈林海皺眉答。

他所說的「沒感覺」是指方向預感，就是能夠指示他向更安全的地方而去的預感。這種感覺在靈異超能力裡很重要，有了它，就能避過大多數極為危險的事情。

「我也沒感覺。」樓厲凡說，「而且總覺得好像……很不舒服。」

霈林海同意。

不是隧道本身的事情，也和顏色無關，就是一種感覺。雖然他們沒有像樓厲顏或者天瑾那樣高超的預知能力，但是微弱的感應能力還是有的，隧道內肯定有陷阱，就算沒人告訴他們，他們也能模糊的感覺得到。可是至於哪條路的陷阱比較危險一點，他們就感覺不到了。

「對了，你姐姐呢？」霈林海問。

樓厲凡奇怪的看著他，「她們沒有先走嗎？」下來的時候只看見了霈林海，他還以為是那兩個女人不想等他就自己先走了，可沒想到……

「我下來以後就在等，可是只等到你一個人。我還以為她們不打算下來呢……」

她們怎麼可能不打算下來！會忽然想到要讓他們來做的事情，必然對她們來說很好玩，而好玩的事情她們是無論如何也不會錯過的。不過問題就在這了，既然是這樣，那麼她們去哪裡了？霈林海第一個下來，他最後一個下來，她們既沒有在上面也沒有在下面，那會在哪裡？總不會滯留在中間吧？

「行了，不管她們了！」樓厲凡不耐煩的說，「她們不在正好，我們自己來！」

「呃，等一下可以嗎？」霈林海叫住了正打算走向其中一條隧道的樓厲凡。

「幹什麼？」

霈林海指了指隧道，「那個……你打算就這麼走進去？」

「那你還打算怎樣？」讓人抬進去？

「我不是那個意思。」霈林海乾笑，「我是說，她們說要教我們解除詛咒的方法，可是把我們弄到這裡就不見了，連接下來該怎麼做也沒講，這個……」

「她們不講的原因只有兩個可能——」樓厲凡豎起手指，「第一，她們不需要講。只要我們進來了，順其自然去做，就可以解除詛咒。第二，很有可能她們沒有辦法通知我們。或許這裡是不允許不相關的人進來的，所以她們被引導到了別的地方。不管是哪個，我們都沒辦法得到她們的引導了，不過要說的話，還是在沒有她們的情況下會比較安全一點。」

「也許有第三種可能……」霈林海小心翼翼的也豎起了一根手指，「她們想看戲……」

「這也是一種可能。」樓厲凡的臉色更不好了，「不過你還是閉上嘴，老老實實去做自己的事情吧，無論如何先過去這一關再說。」

霈林海閉嘴，點頭。

第10章

破除情侶之間的詛咒

為了破除詛咒而在隧道中看來看去的兩個人一會兒就昏了頭。

四條隧道都是一模一樣的，霈林海用盡了自己可憐的遙感能力，卻感應不到任何東西，也就是說在他的感應之中，這些隧道不管選擇哪條都是一樣的。樓厲凡也沒指望他能感應到什麼，聽到結果以後便毫不驚訝的隨意選了一條隧道，逕自走了進去，霈林海緊隨其後。

剛走進去的時候隧道沒有任何異常，雖然樓厲凡和霈林海小心翼翼、如臨大敵，可既沒有出現怪獸也沒出現鬼物，甚至連物理性的陷阱也沒有。

霈林海很高興，約莫走了五分鐘之後還毫無問題，他便忘乎所以的狠拍了柔軟的牆壁一下，大笑：「哈哈哈哈！真是的！竟然讓我緊張了這麼久！原來什麼都沒有——」

「有」字剛剛出口，牆壁就彷彿回應他的話一樣猛地一震，忽然露出了無數洞口，刷刷刷刺出了幾十根鐵刺，霈林海大驚失色，身軀左扭右倒，險些閃到了腰。然而，鐵刺依序迅疾刺出，他避無可避，最後不得不貼身於地面，就地前滾，方才勉強躲過了鐵刺的襲擊。

樓厲凡正準備回頭好好收拾一下他，讓他從此養成在陌生的地方絕不隨意亂動的好習慣，卻在剛一轉身的時候感覺腳下一空，散發著橙黃色光的地面陷了下去，出現了一個一公尺見方的黑洞。

洞中一無所有，似乎是另外一個不知名的空間。樓厲凡本能的去抓洞口的邊緣，想藉此支撐身體，可是觸手所及之處，本應是地面的地方也軟了下去，他的手無處著力，竟抓不住任何東西而滑了下去。

霈林海剛狼狽的爬起來，便發現樓厲凡向那無底的黑洞滑落下去，他慌忙撲倒在洞口伸手去抓他，總算險險搆到了樓厲凡的手腕。可是一接觸到樓厲凡，他身下的橙黃色地板就好像遇到了熱氣的塑膠一樣，開始慢慢軟化、消失，他的身體也在地板上緩緩陷落了下去，沒多久地板就會完全消融，霈林海便會和樓厲凡一起掉到那個不知名的空間裡去。

「蠢材！放開我！這樣你也會掉下去！」樓厲凡怒吼。

霈林海當然知道這一點，可是他要是放手的話，樓厲凡必定會掉入那個空間之中，他不像自己有徒手空間洞的能力，要是掉進去的話，就再也回不來了。

「你的另一隻手！」霈林海對他叫道，「把另一隻手給我！」一隻手無法施力，兩隻手的話他或許可以把他硬拉上來。

「混蛋！我讓你放開手！」

「你的另一隻手！」霈林海堅持不懈，然而他忽然想到了什麼，又叫道：「靈氣馭空！靈氣馭空！你不是會靈氣馭空嗎？快用啊！」

身下的地板柔軟到了不可思議的地步，霈林海的身體有一半都陷了下去，由於地板的邊緣在慢慢消失，他的上半身也有三分之一都懸在了半空之中。

「你以為我不想用嗎！」樓厲凡對他回吼，「剛掉下來我就想使用了！可是沒辦法啟動馭空氣機啊！」

他可不是霈林海那種菜鳥，一遇見危險，他的身體本能的就會做出反應，可是他在想要啟動馭空用的靈氣氣機時，卻發現力量無法集中，然而靈力卻沒有被任何東西封印或者束縛住——簡單來說，就是他的靈氣馭空的超能力被封鎖了。

這時霈林海的上半身已有三分之二懸空，他想後退，但身體卻被柔軟融化中的地板固定住了，絲毫不能移動。

「霈林海！鬆手！」樓厲凡快被這個固執的傢伙氣死了，死一個和死兩個，兩者之間究竟哪一個更值得選擇？這種蠢材居然想不清楚！「你快點鬆手！否則打死你！」

他的手做出了凌空打的姿勢，卻遲遲沒有打下去，因為霈林海苦著臉對他小聲的說了一句：「厲凡，現在放開也沒用了，反正我身體被黏住，逃也逃不掉了……」

樓厲凡真想昏過去算了！他以為自己還會感激他嗎？！要是有一個人逃出去，那個陷落的人至少還有救，要是連這隻菜鳥也一起進來……GOD！上帝為什麼不現在就殺了他！

霈林海現在的姿勢非常難受，因為他全靠腹肌和下半身在維持兩個人的重量，而且不知道是不是他的錯覺，樓厲凡的身體越來越重，重得他幾乎就要拉不住了。他更緊的抓住樓厲凡的手腕，生怕一個不小心就會讓他鬆脫下去。

而樓厲凡沒有感覺到自己在變重，只覺得霈林海抓住自己的手腕越來越用力，剛開始還能感覺到越來越痛，可是到了後來，他的手已經因為血液循環不能通暢而漸漸麻木，再也沒有感覺了。

「霈林海……我叫你鬆開！」再這麼下去這隻手就真的完蛋了！他才不要！他寧可死掉也不要殘廢！

「不要！」霈林海堅持。

——真想殺了你……

樓厲凡不再指望他會鬆手，開始扭動身體，猛烈的搖晃起來。

「你幹什麼！」霈林海快抓不住了。

「甩脫你！」既然你不主動放開我就讓你被迫放開！

「你掉進去肯定死定了！」

「我願意！」

霈林海抓住樓厲凡的手本來就越來越無力了，被他這麼一晃就更是難以抓牢，他的手心已經出了不少汗，再這麼甩下去，樓厲凡終究會把自己甩掉。霈林海知道自己沒有辦法說服樓厲凡，可是他也不甘心就這麼鬆手，讓這個脾氣糟糕透頂的傢伙自生自滅。

他的腦海中浮現出了那三位女魔頭的臉。如果她們在這裡的話，絕對會有辦法救出樓厲凡的吧！就算沒有更好的辦法，至少也有辦法讓他甘心被救！可是他……他卻是百無一用，空有一身全能 150hix 以上的能力，可沒有哪一種能在這時候起作用讓樓厲凡脫離險境的！

——如果她們在的話……

「哈哈哈哈哈哈！想起美女姐姐的好了嗎？哈哈哈哈哈哈！小弟弟們果然還是離不開溫柔美麗的大姐姐啊！」

一陣恐怖的笑聲在霈林海的腦中驟然響起，他的手一滑，險些把樓厲凡扔掉。

——樓樓樓樓……樓厲顏！她為什麼可以在我的腦袋裡講話？！她在哪裡？！

他脖子都僵硬了，腦袋也沒辦法四處扭動，只能轉動眼睛搜索周圍的情形，可惜他現在的視野只能看見部分正在融化的橙色地板，以及黑得沒有半絲光線的黑洞。

——她們一定就在附近，可是會在哪裡呢？會在哪裡……

「不用找了啊，你看不見我們的。」

——妳們到底在哪裡？快出來幫忙！

「不可能～」那聲音聽起來很快樂，「這個考驗是給住在情侶之間的人的，外人進來就會被結界遮罩。不過你也不用擔心，等你們過了關，我們就能見面了……」

——怎麼能不擔心！

霈林海幾乎破口大罵出來。

——妳們的弟弟命懸一線，我急得火燒眉毛，妳們卻無動於衷？！妳們還有沒有一點人情味啊！

「為什麼要有人情味呢？」樓厲佳的聲音插了進來，「反正『有人』為他擔心就好嘛，沒關係、沒關係。」

——那妳們在我的腦袋裡說話又有什麼意義！

「我們來幫你加油^0^——霈林海加油！霈林海加油！霈林海加油……」

可以想像得出，她們兩個應該正在跳啦啦隊式的大腿舞……

霈林海腦袋開始充血，他終於明白樓厲凡為什麼要叫她們魔頭了，真的是如假包換的魔頭！無情的女魔頭！

——滾！別再出現在我的腦子裡！否則我就不客氣了！

一怒之下，已經有些麻木的手上勁道鬆了點，樓厲凡在他手中的手腕又下滑了些許，他幾乎就要抓不住了。

「呵呵呵呵呵……既然這麼關心我們家的厲凡，為什麼不乾脆就順其自然，從了這情侶之間的效用呢？」

——這種放屁的話也能說出來，不愧是魔女家庭中出來的女人！

霈林海氣急的對她們吼。

不過，要是仔細想一想的話，這似乎也沒什麼好驚訝的，從這三位魔頭的樣子看來就知道，他們家絕對是女權至上，而樓厲凡的媽是高級大魔女，外婆是千年女鬼，再上面的還不知道是什麼的……在這種家庭裡教育出來的女人們，自然非同凡響！

——難怪樓厲凡也是一樣……剽悍！如果是女人的話，一定更恐怖……

「霈林海，你不覺得你對姐姐們的態度應該更和藹一點嗎？^^」兩位魔女的聲音之中飽含著風雨欲來的寧靜，「你看，你的手已經快抓不住了哦～」

樓厲凡的手果然又向下滑了一截，霈林海背後滲出了一層冷汗，只有更拚命的抓住，可是他恐怕不能抓得更緊了，因為就算樓厲凡的手已經麻木，可那種勁力還是痛得他狠瞪霈林海，再緊的話……再緊的話，要麼他被樓厲凡的眼睛殺死，要麼樓厲凡被他捏碎腕骨。

——妳妳妳……妳們……

「叫姐姐。」

——姐……姐姐……（為什麼這時候還要拘泥這種事情！）

——請快點幫忙！救救他！（為什麼好像他是我弟弟而不是妳們的弟弟啊！）

「其實很簡單～」樓厲佳的聲音變得很詭異，掩藏著壓抑不住的笑意，「只要你對他喊一句『我愛你！』，他和你之間就會被紅線連接上，到時候不管他到了哪個空間裡，你都可以很輕易的找到他了。」

霈林海腦中霎時一片空白。

——我我我我為什麼要喊這一句！我要是對對對他喊喊喊了這一句肯定會被他殺死的！

「哦……」魔女們事不關己的說：「那就讓他去死好了。」

霈林海身下的橙色地板失去了光澤，也不像剛才一樣柔軟，忽然間發出啪的一聲，似乎就要從托著他腿的那部分斷掉了。

——妳……妳們真的……見死不救？

「你們真的死了的話，我們會去向那個變態校長要身故理賠金的，大概能有幾億元？」

「是五億啦。」

「哦呵呵呵呵……沒錯。」

也就是說，她們是寧可要錢也絕對不會出手幫忙的。

霈林海看著樓厲凡，他現在的表情很無奈、很悲哀，就好像有誰硬逼著他生吞了一顆雞蛋。樓厲凡看見他這種樣子就很不爽，真想一拳打得他把前年吃的雞蛋也吐出來。

「霈林海！你到底放不放開！」他決定了，這傢伙再說不放開，他就真的殺了他……

「我……愛……你……」

「啥？！」樓厲凡覺得自己的耳朵故障了。

樓家姐姐的聲音再次炸響：「聲音太小啦！」

「我愛……你……」

「你到底在說啥？！」樓厲凡決定，要是能安全回家的話，一定要去洗洗耳朵……嘖，連霈林海說的話他都聽不懂了！

「臭小子！你聲音大一點會死嗎？！再這樣下去……」手……麻痺掉了……

樓厲凡的手在一寸一寸滑開。

「我愛你！！」

手一滑，霈林海終於再也抓不住樓厲凡，被那句可怕咒語化作了大理石般僵硬的人掉進了那個黑洞之內，另外一個被黏在地板上的人也變成了某種僵硬的石化物，一時無法動彈。

「呵呵呵呵……孺子可教！孺子可教！」

霈林海好不容易才從那句恐怖的話中緩過勁來，這才發現樓厲凡已經在黑暗中消失得無影無蹤了。他大驚，不由自主的吼了出來：「看看妳們兩個出這什麼鬼主意！厲凡呢？厲凡呢？他不見了啊！」

「誰說他不見了？」兩位美女笑得很悠然，「看看你的左手，你們有紅線連著呢。」

霈林海依言看向自己的左手，果然，在手腕處被繫了一條暗紅色的線，那條線非常長，一直綿延到遙遠的黑暗中，看不清楚究竟到了哪裡。

可是……這麼長的線……

「我該怎麼把他拉回來？」要是一點一點拉的話，會不會拉到明年去？

「呵呵呵……你只要再喊一聲『我愛你』……」

「……我還是一點一點拉好了。」再喊一次，被樓厲凡殺死之前他就想自殺了。

「好啦，和你開玩笑的，你要是再喊下去，我們家唯一的弟弟不嫁給你都不行了。」魔女姐姐的聲音難得正經起來，「呼喚他，他自己就會循著紅線回來的。」

「怎麼呼喚？」

「用『靈擴』。」

靈擴，用靈力將聲音放大三百倍以上，頻率放高至兩萬赫茲以上。由於普通人類能聽見的頻率範圍是二十到兩萬赫茲，兩萬赫茲以上被稱為超聲（ultrasound），人類是聽不見的，而且傳播的速度和距離都比普通的聲音要遠，因此一般被用於特殊的呼喚。靈擴不屬於超能力範圍，只是技術性的方法，只要擁有靈力的人都可以輕易掌握。

霈林海將靈力聚集在喉頭，讓它在聲帶上發出絲絲振動。剛開始只是微微的顫動，到了後來，振動的頻率越來越快，逐漸形成了微弱的聲音。

樓……厲……凡……

樓……厲……凡……

樓——厲——凡——

樓——厲——凡——！！

手腕上的紅線倏地變得很緊，似乎它在另一頭正將什麼重物扯回來。霈林海努力向黑暗中看去，可是仍然看不到無盡的遠處有什麼東西。

「厲凡真的……能回來？」總覺得有點懷疑……

「哎呀，你居然不相信我們？看看，他不就在那裡嗎？」

霈林海看不見她們，當然更看不見她們所指的方向，不過當他再度極目遠望的時候，終於看見了遠處一個正在逐漸變大的白點。樓厲凡今天穿的是一件白色的上衣，這麼說，應該沒錯了。

「謝謝兩位姐姐……」霈林海終於鬆了一口氣，樓厲凡回來了，總算讓他不會再有罪惡感了。

可是兩位魔女姐姐沒有說話，霈林海忽地覺得心裡一緊，似乎有某種不好的預感……

沒錯！不好的預感！樓厲凡他……樓厲凡他衝回來的速度太快了！

那種速度簡直就像是飛機的俯衝，時速達到了一百公里以上吧！所以，從霈林海看到樓厲凡衝回來的身影開始，還沒有五秒的時間，他已經能看得清楚他臉上的毫毛了！

「厲凡！你不能這麼撞過來啊……」

淒厲的慘叫聲還沒完，人體導彈已然撞上霈林海的身體。

將霈林海黏住的柔軟地板在他鬆開了樓厲凡之後就完全硬化，這時候被樓厲凡一撞，只聽卡啦幾聲碎響，霈林海陷入的身體全部脫離出了束縛，被撞得整個人直挺挺向後飛去，又撞上橙色的天花板，再彈到地上。

那種衝力如何？一輛時速一百公里的汽車撞上你是什麼感覺？對，就是那樣。

加上撞了天花板上一下，落地的時候再撞了一下，樓厲凡始終都在他的上方，結局當然只有一個——

可憐的霈林海口吐白沫，昏過去了。

霈林海的記憶中，只有第一次的那麼一撞，其他的就不記得了。因為他昏得很徹底，也因為樓厲凡的體重實在是……咳咳。如果他能就這麼一直昏下去說不定還比較幸福，可是某人肯定不會讓他這麼幸福下去，因為某人很憤怒，非常憤怒，異常憤怒！

樓厲凡暈頭轉向的爬起來，發現霈林海就在自己的身下，不由得怒從心頭起，拎起已經翻了白眼的霈林海的領子，死命的前後搖晃道：「霈林海！你這個混蛋！快給我起來！霈林海！霈林海！」

其實樓厲凡更想做的是幾拳上去把他打死，但是鑑於他剛才所作所為的本意並不壞，因此未曾成行。

霈林海悠悠醒轉，「厲凡……你沒事……真是太好了……」再昏……

樓厲凡的拳頭更打不下去了，他氣得長嘆一聲，決定不再為難他……

可是腦中閃現出剛才的情景，忍不住又是心頭火起，他狠狠掐住了霈林海的脖子，抑制住自己想要把他的腦袋往地板上死命撞去的欲望，對他吼道：「混蛋！霈林海！你給我清醒一下！你知不知道你剛才幹了什麼！可惡！快醒醒！再睡我殺了你！」

霈林海面色青白的睜開眼睛，氣若游絲的為自己辯白：「我我……我不是在睡……我是……」昏過去了啊……

「不要給我裝死！你知不知道你剛才做了什麼！我讓你放手放手放手你居然不放！幸虧還被拉回來！不然到時候兩個人一起掉進去誰去求救！誰來救我們！嗯？！你這個蠢材！」

霈林海說不出話來，因為他的氣管都快被掐斷了，首先還是掙脫要緊。

樓厲凡總算發洩完了自己的不滿，這才不太情願的鬆了手，讓霈林海趴在地上咳了兩聲，確認他還沒有被殺死。

「咳咳咳咳……厲凡你好重的手……」

「我這是要讓你長點記性！下次再敢違抗我，殺！」

「對不起……」

樓厲凡站起身來，看著周圍的情形。剛才讓他掉下去的那個黑洞消失了，牆壁上的機關也已不復見，就好像什麼也沒有發生過一樣，平滑的牆壁和地面依然發著柔和的橙色光芒。

「這個空間到底是什麼做的？難道是意識形成的嗎？」

所謂的「意識形成」，就是指像之前對他們進行最後一次入學考驗的教師溏心的超能力相似，屬於具象現系的超能力。

不過，這種超能力又和他的不太一樣，溏心只是能夠具象現一些現實中存在的事物，而且必須是在他人的夢中才能發揮最大的效用。但這個空間的形成明顯沒有那麼簡單，不僅全由幻想製造出來，還至少包括了其他三種超能力——空間開洞、多層空間連接和空間維持。

這三種超能力中，以最後一種最為重要，做這個空間的人必須始終維持這個空間，才能讓他們這些突然的訪客暢通無阻的進入。

霈林海是能開空間袋，這只是空間開洞的超能力，但是空間維持就不行了，因為這種超能力必須有持續不斷的能力供給，不要說他只是 150hix 以上的能力，他就算是 1500hix 的能力，恐怕也是沒辦法長時間維持這麼大的空間。

霈林海艱難的從地上爬起，活動一下剛才抓住樓厲凡時麻木的手，「雖然可以確定這絕對不是溏心老師的超能力，不過在這空間裡的感覺和那時候在夢裡的空間感還是有點像。」

「大概是能力質性相似？」樓厲凡想了想，「或許是和他有血緣關係的？」

「或許是……」

兩人腦子裡同時浮現出了某個變態被樓二姐逼得跳樓，如今渾身纏滿繃帶的樣子。

「……」或許真的是……

「啊，對了！」樓厲凡忽然想起一件重要的事情，他盯著霈林海，非常嚴肅的問：「剛才我掉下去的時候，你喊了一句什麼？」

霈林海想起了那句恐怖的「咒語」，全身又是一陣僵硬。

「喂！我在問你話！」

霈林海同手同腳的一步一步往前走，「哈哈哈哈今天的天氣真好啊，哈哈哈哈。」

「霈林海！」

他們兩個都忘了紅線的存在，而那條紅線……不見了——

只是不見了，不是消失了。

兩位魔女在這個空間的某處。

「那個呆子還真緊張呢，要是告訴他，厲凡真的掉進去的話，會一直掉回他們的房間，他會怎麼樣？」

「那樣就不好玩啦。」

「對啊，想看他為我們家可愛又美麗的弟弟緊張的樣子，嘿嘿嘿嘿……」

「姐姐……妳好變態……」

「妳不想看？」

「……想。」

「那就別說我！」

※◆◇◆◇◆◇◆※

霈林海這次記住了，只要乖乖走路就好，否則若是再發生一失「手」成千古恨的情況，不被陷阱弄死也會被樓厲凡掐死。因此他很老實的走在樓厲凡的身後，就差跟著樓厲凡的腳印一步一步往前走了。

隧道似乎很長，他們走了很久的時間，沒有再遇見陷阱，沒有發生什麼意外，但是也沒有看見盡頭。霈林海看了一眼自己的錶，想知道現在是幾點了，可是他剛放下手，立刻又舉起來，離眼睛近近的仔細瞧，臉上露出了不可置信的表情。

「厲凡，你的錶現在幾點了？」

樓厲凡舉起手在眼前晃一下，「哦，八點半……嗯？！」話還沒說完，他把已經準備放下的手腕又舉起，用和霈林海異常相似的姿勢將戴錶的手腕舉到眼前努力看，「這錶……」

霈林海點了點頭，「你的錶停了吧？我的也是。」

樓厲凡驚嘆一聲，面無表情的回頭面對霈林海，「……我的錶不是停了，而是在倒退。」

「咦？」霈林海還是第一次聽說這種事情。

樓厲凡把手腕伸到他的面前，錶上的指針果然在很有節律的反方向行進。

「我們進來的時間不短了，據我估計，大概有一個小時左右。」樓厲凡說，「你的錶現在幾點？」

「九點半。」

「我們進來的時候是幾點？」

「大概九點多的樣子吧？沒看錶。」

「我想……」樓厲凡托著下巴沉思，「或許我們進來的時候就是九點半了，你的錶在那時候停了，而我的錶正好從那時候開始倒退。」

霈林海學他的樣子托著下巴想了一會兒，很茫然的問：「那又怎樣？」

樓厲凡險些給他一腳丫子，「又怎樣！這說明這個空間裡的時間是亂的！亂的！」

「……」他完全不明白……

樓厲凡對自己發誓，如果能和這個傢伙一起待到畢業，那他在一個月內考完靈異師職業執照後，首先要做的第一件事就是先把他做掉……

「我告訴你……」樓厲凡盡力讓自己平靜下來，告誡自己絕對不能被這種人氣死了，「一般而言，我們用的空間概念是三維的，也就是說，長、寬和高已經足以描述我們的可見宇宙中的所有物體。嬰兒和動物實驗已經證明，我們固有的觀念——世界是三維的，可謂與生俱來。可是如果我們把時間作為另一維包含進來，那麼四維足以記錄宇宙中的所有事件。不管是誰用什麼方法開的空間，都不能脫離這個理論。」

霈林海有點恍悟了：「這麼說來……你是說，這四維中的其中一個維度被打亂了。」

「不，或許不是其中『一個』維度，而是所有的維度都被打亂了。」

「啊？」

樓厲凡伸出一根手指，在這空間中指了一圈，又回到原點，「我們走的時間太長了，我不相信有人能用這麼高的能力、這麼長的時間維持一個這麼巨大的空間——來做這種無聊的事情。所以我剛才就在想，或許這個空間的某個部分被彎曲了，起點和終點被連接在一起，或者我們在某個分支上被封鎖住了，只能在同一個地方繞圈子。但如果是空間的維度發生了混亂的話，這些就可以解釋了。就好比我們蒙著眼睛走路，而另外一個人拿著次元刀在我們的前面開闢空間，儘管我們明明就在終點的前面，但就是走不到。」

霈林海想了想，問道：「照你的說法，這樣空間的能力只是要滑頭而已嘛……對了，如果只是空間混亂倒沒有什麼，他可以在我們之前開一些岔路，我也可以在自己面前開一條正確的路。可要是時間混亂了呢？有沒有什麼影響？」

「應該……沒有吧。」樓厲凡不敢確定。因為他從來沒遇見過可以混亂四維空間的人，所以這些事情他理論上都有依據，卻沒有實踐經驗。

「可以再讓我看一下你的錶嗎？」能夠看見反方向走的錶是很難得的事情，霈林海打算仔細看看以後再向別人吹噓一下。

樓厲凡伸出了手腕讓他仔細看。

霈林海看著那塊正在嚓嚓反向行進的錶，不管看幾次，都感覺同樣驚訝：「嗯嗯，還真有這樣的事呢！反方向……嗯？厲凡，你看看你的錶，走得是不是比剛才快了？」

樓厲凡也看向自己的錶，指針似乎走得的確比剛才要快，「好像的確是這樣……」

那錶彷彿聽到了他的話音，秒針的速度慢慢提升了上去，逐漸變成了瘋狂的旋轉，秒針已經逐漸看不見了，只有一個旋轉的影子；分針的速度也在迅速提升，一會兒變得如電風扇般發狂旋轉；時針也出現了同樣的情況。

「這這這這這……厲凡！這到底怎麼回事？！」霈林海一緊張，連話都說不完全了。他還是頭一回看見這麼瘋狂的錶，居然能這麼轉，難道不會炸掉嗎？

「我怎麼知道！」樓厲凡氣急敗壞。他想起了當初看的一些教科雜誌上介紹的一些小竅門，要是遇見這種情況的話，首先要把那發瘋的錶取下來，否則……否則……

可是那塊平時鬆鬆掛在他手腕上的錶，今天卻好像被黏住了一樣，死也脫不下來。他拚命扯、拚命甩，發動了霈林海和他一起拉，可是那錶還是如同生了根一樣，在他的手腕上一動不動。

「厲凡！這錶要是取不下來的話會怎麼樣？！」

「就會……」錶上的指針中，連時針都看不見了，只有模糊的光影在發瘋的旋轉。樓厲凡正扯著錶帶，忽然舉起了自己的手，對霈林海吼：「看見沒有！就會這樣！」

霈林海這才發覺面前的樓厲凡驟然縮小了好幾號，聲音也變成了青春期的男孩子，現在的樓厲凡，大約只有十三、四歲左右的樣子。

「你的時間……！」

「我的時間被退回去了。」

霈林海的錶停了，所以被退回時間的只有樓厲凡一個人，再這麼下去，他的時間會一直退到嬰兒時代，甚至胎兒時代，很快就會死亡！

「這怎麼辦？這怎麼辦？」霈林海急得團團轉，要是樓厲凡死掉的話，他那三個姐姐沒準兒會以這個為藉口殺死他……

樓厲凡的身體迅速縮小成十歲左右的樣子，原先的衣服早已不再合身，上衣好像布袋子一樣耷拉著掛在身上，褲子早掛不住了，他必須兩隻手提著才能讓它不要掉下去。

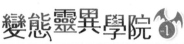

「你會不會時間抵抗？」樓厲凡的聲音嫩嫩的，一張小孩的臉上帶著大人的冷靜，「就算不能把時間轉回去，至少能讓它不要再繼續返回。」

「我沒有做過時間抵抗！」

「……」現在不是發火的時間、現在不是發火的時間……「你這隻手按住我的錶，另一雙手抓住我的那隻手。」

霈林海依言而行。

在他接觸到樓厲凡的時候，一種奇怪的感覺從他們接觸的地方傳了過來，那似乎是一種意識，在向他傳遞什麼東西，但更多的卻好像是從他身體裡面進行掠奪。某種氣息順勢導入他的身體，占領了他體內被掠去了一些東西的某個地方，盤踞了下來。

「這是……」

樓厲凡的外表已經變成了一個只有六歲的小孩，若是再下去，他就連話都不能說了。霈林海正這麼想，卻聽樓厲凡用六歲小孩子的聲音清亮的喊：「魔女侵入！抗我者殺！」

「啊？」霈林海不明白他這一句是什麼意思，反而體內被盤踞的地方忽然難受了起來，他本能的想聚集力量去抵抗，卻忽然發現他已經不能再控制能力的走向。能力在向外洩漏，可他好像被什麼東西控制住了，有感覺，卻沒辦法讓能力隨意行動。

——這難道就是厲凡所喊的那句話的意思？「魔女侵入」……

樓厲凡完全變成了嬰兒，霈林海必須蹲下，小心翼翼抓住那兩隻小小的小手才能保證他不要摔倒。再接下來，樓厲凡難道真的要變成胎兒……

正想到這裡，霈林海的嘴自己張開，吐出了本不屬於他的聲音：「魔女有心，魔力無形，我今以借身替我身，侵入智慧，掠奪能力，立下魔女契約。今日咒論，此身既是我身，且聽我祝禱，容我制控……」

——魔……魔女制控咒！

發現樓厲凡居然在使用選修課上學習的魔女制控咒，霈林海真想死掉算了！這是很卑劣的咒文之一，它能讓施咒者完全控制被施咒者的身體和能力，極其容易造成借刀殺人的冤假錯案，而且可以讓施咒者潛入對方的深層意識，竊得一些不為外人知的隱私。

老師在課堂上的時候就說過了，他教授魔女制控咒主要是為了讓大家能夠反向制控侵入者，因為反向制控的時候，也必須要會使用魔女制控咒。

可是他要是現在使用反制控咒的話，樓厲凡絕對死定了！他他他……他該怎麼辦？

霈林海的猶疑讓樓厲凡獲得了充裕的時間，唸完不長的制控咒的他，此時已完全控制了霈林海的身體，他鬆開抓住嬰兒左手的那隻手，快速的在嬰兒的額頭畫了一個花結似的符咒，抓住那塊仍然紋絲不動的錶的手也隱匿在表面上畫出了一個柁字咒，然後大喝一聲——

「時間反制！回來！」

力量隨之灌沖而入，被埋在一堆衣服裡的嬰兒刷地又變回了五、六歲的模樣。

「成功了！」霈林海興奮的喊。

「還沒有。」樓厲凡冷靜的在霈林海體內說道，「我在你的體內只能使用時間反制，而不能使用時間抵抗。反制的時間太短，要不了一會兒我就會再回到嬰兒的狀態，到時候再用時間反制就不起作用了。」

「那怎麼辦？！」現在也來不及再追究他隨意侵入自己體內的問題了，還是先解決最重要的事情為好！

「……把我抱起來，跑！」

「嗯？」雖然完全不明白到底有什麼重要的用意，但是現在他只有聽樓厲凡的，用那一堆衣服將五歲的樓厲凡隨便包了包，也不管方向，便拔腿開始狂奔。

霈林海一邊跑，樓厲凡一邊在他的腦中說：「其實這麼跑也對救我沒有什麼太大的裨益……」

霈林海趔趄了一下。

「我讓你跑，只是為了闖開空間。我們首先必須脫離這個空間才能解除時間的反轉，否則以我們的能力，恐怕還不能完全抵抗。」

「你後面說的我明白。」霈林海一邊說話，腳下的速度沒有絲毫的減緩，「但是什麼是闖開空間？」

「我之前說過了，我們現在的情況就好比我們在蒙著眼睛走路，而另外一個人拿著次元刀在我們的前面開闢空間。現在要做的就是比那個人還快，走到他的前面去，讓他在來不及將空間一個一個分裂或者修補連接之前就走過去，或許就能闖出這個空間之外。」

「那為什麼不讓我直接開空間洞？」那樣不是比較快？

「不行！我今天一定要找到終點！若隨便開空間洞的話，只會開到別處，回不來了。」

「你……是命重要，還是解除詛咒重要？」

「解除詛咒重要！若真是注定要和你結婚，我不如就在這裡死了算了。」

「……」又不是叫你明天就結婚……

霈林海拚命向前狂奔。周圍的景物本來就是一樣的，他如此狂奔，周圍也不見得有哪裡與之前不同，依然是重複了又重複，散發著橙色光芒的通道。但是他不敢鬆懈，如果樓厲凡時間反制的作用時間過了的話，那就真的完蛋了。

先把樓厲凡的命放在一邊，如果是他自己一人在這裡，這輩子恐怕都出不去——這所學校裡變態的程度太高了，天知道那個創造了這個空間的人會不會有把他關一輩子的準備。

跑的時間太長了，通道裡這樣相同的景象有著異樣的催眠作用，霈林海漸漸感覺不到自己在跑，他只知道自己的雙腿在機械的重複運動，然後身邊有著同樣的東西在不斷後退、後退、後退……

橙色的光芒在眼前閃著漂亮的光華輪繞，劃出了各種各樣奇異的圖形，似乎在傳遞什麼資訊，又似乎什麼也沒有。他已經感覺不到自己的雙腳在跑了，腿不是自己的了，身體也不是自己的了，明明絲毫感覺不到疲累，但為何總覺得很想睡？如果能這麼睡過去的話，或許會比較輕鬆……

「霈林海！」

樓厲凡一聲厲吼，霈林海猛然清醒，這才發現自己剛才幾乎邊跑邊睡著了。

「這樣不行。」樓厲凡說，「如果你被這條通道催眠的話，那我也沒辦法控制你的身體了，你要是死了就算了，我可不要死在這裡！」

霈林海內心哭哭：不用講得這麼明白吧……

「那你說怎麼辦？」

「我會一直提醒你的。」

繼續奔跑，繼續奔跑，身體被催眠的麻痺感又上來了。這樣周而復始，到什麼時候才是個頭？到哪裡才是目標的終點？或者說，終點真的存在嗎？不是那幾個魔女臨時想出來整他們的鬼點子嗎？一想到這裡，心中的懷疑就漸漸加深了。

魔女是可信的嗎？他們所學的魔女常識選修課上，課本的開篇第一句就是「絕對不要相信魔女，絕對不要不信魔女」。如果你相信了，很有可能被欺騙，但你要是不相信，很有可能會墜入不幸的深淵。如果衡量二者，其實還是一開始就不要相信，按照自己的想法去做比較好……

那麼剛才那句「我愛你」呢？

想到這個霈林海就脊背發涼，可是又不能不正視這個問題。樓厲凡安全回來了，而且那條紅線也消失了，可是在這個號稱能「解除詛咒」的地方喊出那麼一句順應了詛咒的話，難道不會加深詛咒不幸的程度嗎？

「霈林海。」樓厲凡忽然叫他，「你看看周圍，是不是變得有點暗？」

霈林海的視線在四周轉了一圈，果然如樓厲凡所說，通道內的光芒比剛才的暗淡了不少，已經不再是純淨橙色了，而是橙色中帶了些許暗暗黑霧的顏色。

「這是怎麼回事？」

「不知道，不過……說不定是好兆頭。」

「怎麼說？」

「剛才一模一樣的景物說明我們始終都在同樣的空間裡轉圈，可是現在景物不一樣了，或許就說明我們比那個分裂空間的人更快了一步，脫離了剛才那個被封閉的空間。」

「但是……」

「但是？」

「但是不能確定這一定就是好兆頭，說不定又是另外一個陷阱……」

周圍的景物明顯暗了下來，前方可見的通道盡頭也不再是橙色的，而是變成了被黑暗籠罩的恐怖的地方。身邊的通道上，暗色分布明顯向心性地散發著黑暗的光，一直爬伸到那個黑色的盡頭。他們就好像在某種怪物的洞穴裡奔跑，一直向那個怪物的嘴裡奔去一樣。

「厲凡……跑過去嗎？」很恐怖啊……

「跑過去！」

「……我害怕……」

「要麼在我的控制下跑進去，要麼在你自己的意志下跑過去，你自己選。」

「我……」只是被樓厲凡控制著跑進去也就算了，問題是，要是他再敢拂逆樓厲凡，那結果絕對不是被揍一頓就能了事的，樓厲凡肯定會遵守自己「下次再敢違抗我，殺！」的諾言，「我……我自己進去……」

「嗯哼。」

反正看或者不看都是一樣的，看了更害怕，所以霈林海決定，閉上眼睛進行生命中最重要的一次衝鋒——

「霈林海？！」

衝衝衝衝衝衝衝——

「喂！你的眼睛——」

衝衝衝衝衝衝衝衝——

「霈林海你這個大蠢材！為什麼要閉上眼睛啊——」

腳下忽然落空了，但是身體沒有直接掉落下去，而是由於剛才死命助跑的慣性高高飛起了一下，然後才飄然下落。霈林海這下可閉不上眼睛了，可是他又不敢把眼睛完全睜開，只睜開了一條小縫。

周圍很黑，還是很黑，不過越往下掉就漸漸亮了起來，不過再亮起來的卻不再是剛才那種橙色的光，而是某種很溫柔的暈黃色的光。

「厲凡，這……」

「看下面！看下面！」

「嗯？」霈林海後知後覺的向下一看——「哇呀呀呀呀！」別的什麼也沒看見，只看見樓家大姐和樓家二姐在他們的正下方，好像也忘記了呼喊，就那麼張著嘴、目瞪口呆的看著他們掉下來……

無聲無息……然後……

一聲巨響……慘不忍睹……

霈林海抱著五歲的樓厲凡四仰八叉的躺在那裡，臉上的表情已經驚恐到了恨不得自己現在就死掉的程度。

樓家大姐和樓家二姐被他當了墊背，呈匍匐狀被壓在下方，只有出氣沒有進氣。

「兩……兩……兩……兩位姐姐……」天啊！地啊！為什麼不讓他直接摔死啊！就算摔死也比現在這種情況好啊！

「霈——林——海——！」

兩位魔女同聲呼喚他的名字，但那種聲音陰氣慘慘，血光濺濺，就算是一千年的怨靈都沒她們的怨氣重！

樓厲顏的髮髻被霈林海一肘子砸成了草窩，樓厲佳的面紗歪了，頭髮同樣蓬亂，兩個人美麗的臉因為貼到了親愛的大地母親而一片血肉模糊。

「對……對不起……」完了，他身體都嚇得僵硬了……

她們艱難的抬起頭來，悲憤吼道：「你這個混蛋知道對不起還不趕快從我們身上起來難道想把我們兩個千年難遇的美人壓死壓殘壓個生活不能自理只有含淚下嫁給你你才甘心嗎！快滾——！」

霈林海的身體像解脫了某種咒語一樣，連滾帶爬的跳起來——手裡還不忘抱著樓厲凡，趕緊躲到牆角裡，後背緊緊貼著牆，幻想自己能穿牆而逃……

兩位幾乎被毀容的美女顫巍巍的爬起來，手指顫抖的指著霈林海，「好……好小子……你給我們記住……」

霈林海決定，脫離危險之後第一件事就是先去整容，整得連自己老媽都認不出來……

不管怎麼恨，首先要做的事情還是要把自己收拾整齊、打扮漂亮，然後才能去說別的，這是女人的天性。所以在說出恐嚇的話之後，兩位美女什麼也沒做，先忙著掏出鏡子梳子手帕化妝品把自己修整得能見人，這才回頭面對霈林海。

「霈林海！我們記住你了！等出去以後……嗯？你懷裡抱著什麼？」樓厲顏和樓厲佳大步走近他，拉開那一堆衣服，「啊！你和我家厲凡連小孩都有了？！」

「請……請兩位姐姐不要胡說……」霈林海和他體內的樓厲凡臉都綠了，「這個是……這個是……」

「我知道，是厲凡對不對？」樓厲顏不屑的接口下去，「這種事情我還能看不出來？哼哼……我家可愛的厲凡啊……變成怎樣我都認得出來！」

她就著衣服將小兒貌的樓厲凡抱起來，高高舉起。樓厲凡現在還在霈林海的身體裡，所以小孩樓厲凡現在正睡得很香。

樓厲佳戳了戳弟弟嫩嫩的小臉頰，忽然道：「咦？為什麼只有一個空殼？本神呢？」

本神，不是指靈體，而是指神識。神識依憑靈體而存在，但並非只有靈體存在才能維持神識，在一定情況下，神識也可以脫離限制，隨意遷移──比如在使用魔女制控咒的時候。

霈林海指了指自己，「在這裡。」

樓厲顏看他一眼，「哦，原來厲凡也在你的身體裡面嗎？好，記住了，剛才砸我們的你也有一份。」

霈林海臉上的綠色加深了……他感覺得到，樓厲凡因為他洩漏了這個「天機」而在異常憤怒。

他們現在掉入的這個地方是一個如同葫蘆肚一樣的洞穴內，洞穴頂上有一條細得只容一人通過的入口通道，應該就是剛才他們掉下來的地方。

洞內空間很大，牆壁上、洞頂上除了那個入口的地方之外，都貼滿了各式各樣的符咒，粗略估算至少有千類以上的品種。

洞穴中央有一個直徑約五公尺的大咒式圈，由水泥一類的東西做成，上面用金粉和銀粉鑲嵌了幾百個大咒式。咒式圈的中央有一個直徑一公尺左右的小圈，散發著幽幽的藍色和綠色的光，這兩種光芒毫不融合，卻在相互纏繞，蜿蜒如蛇。

所謂「大咒式」，是咒的一種，不用紙筆，而是用其他不易損壞的東西製作，效力時間長，用途廣泛，但相對的，吸取施咒者能力的程度自然也高，除非有 100hix 以上的能力，否則沒人會用。

樓厲顏一手抱著弟弟，一手指著那個小圈說：「那就是這個『詛咒的情侶之間』發出詛咒的中心點，你們現在要做的，就是走到那裡去，然後……」

「等一下！」樓厲凡在霈林海體內發聲問道：「關於這個洞穴，姐姐妳應該知道它的位置吧？為什麼不一開始就告訴我們方位，讓我們把入口開在這裡直接進入？」

「因為我高興。」樓厲顏說。

樓厲凡氣得說不出話來。

樓厲佳哈哈笑了兩聲，解釋道：「其實是這樣的，這個空間被設立了一定的『法則』，就好像剛才我和大姐跟著你們一起下來，但是我們被直接彈到了這裡，你們卻到了入口一樣。要進入這裡的『情侶』……喲喲，不要擺那張臉！我這句話是加引號的！要進入這裡的情侶，必須經過特定的考驗，否則不允許進入。即使我們告訴你們這個空間的位置，你們也進不來，最多會被彈到入口去，和之前指引你們的位置是一樣的。」

這種說法樓厲凡還勉強能接受。

「那麼大姐，剛才妳說走去那裡，然後要做什麼？」

「接吻。」

「接吻？！」樓厲凡心中頓時閃過了千百種念頭，最後固定下了一個——與其在這裡受這種變態詛咒的折磨，還不如直接把霈林海殺掉來得直接……

霈林海現在和他兩心同體，他想什麼霈林海馬上就知道了，於是霈林海開始打算著退學事宜。與其被恐怖的樓家人看中這條命，還不如現在馬上退學，就可以不用再住在這個倒楣的情侶之間裡，更不用擔心自己被殺……

「你們兩個！」樓厲佳額頭上爆起了青筋，但她的聲音卻變得比之前溫柔許多，那種情況很詭異，樓厲凡、霈林海不由自主的退後了一步，「告訴你們哦，不要指望有別的主意，也別想打退堂鼓。只要進了這裡就必須解除詛咒，如果不能解除詛咒，我們誰也不能離開這裡——一直到死！明不明白？明不明白！」

頭昏目眩……

連後退的機會也沒有了嗎？！

早知道會這樣，他在外面就把霈林海殺掉——早早就退學——該有多好……

樓厲顏走到大咒式圈的周邊，伸出雙臂，她懷中的樓厲凡被衣服包裹著，慢慢離開了她的手臂，飄浮到咒式圈的中心，又緩緩落到小圈上。

樓厲凡一落到小圈上，大咒式圈立刻發出了奪目的白色光芒，照得人睜不開眼睛。整個洞穴內都迴盪起了嗡嗡的聲音，好像所有的咒符在進行大合唱一樣。

霈林海覺得有某種吸力從大咒式圈那裡傳來，他無法抵抗，身體不由自主的一直往那裡滑去。

「霈……霈林海！你要是敢動我一下，等出去以後我絕對把你大卸八塊！」

「我……我……我也不想啊！」為什麼我要親吻男人？為什麼！

「總之不管你用什麼辦法，快點脫離這種狀況！」

「你為什麼不幫忙？你比我厲害啊！」

「……因為我也沒辦法……」

「那你還逼我！」你都沒辦法我還能有辦法嗎？！

——救命呀！！！

當事的二人束手無策，樓厲顏和樓厲佳袖手旁觀，所以一切都很順利，霈林海硬是被拉進了大咒式圈之內，慢慢接近圈中的樓厲凡。

到了小圈的外圍，霈林海好像被什麼東西絆了一下，撲通一聲摔倒在地，五歲樓厲凡的小臉就在離他不到二十公分的距離內……

「我不要……我不要！救命啊——」身體還在不停的被拉近、拉近……

「不要再喊救命了！」樓厲凡氣急敗壞的在意識中敲了他一下，「我想到了！你快點給我下去！」

「嗯？」

「我自己親我自己就沒問題了！你快點給我滾到意識最深層去！」

「……我明白你說的意思，但是……怎麼滾？」除非昏過去。可是哪裡有那麼隨心所欲的事情？

樓厲凡這才明白，這傢伙連控制自己神識的能力都沒有，自己的臉已經到了不到五公分的距離內，這傢伙居然還在磨蹭！他一怒之下，一腳將霈林海踩了下去……

他們現在的情況其實是這樣的——有一層水面，水面上是神識清醒狀態，而水面下就是神識昏睡狀態，樓厲凡所說的讓霈林海進入意識最深層，意思就是讓他沉到水面下去，而霈林海既然不會，那他就助他一臂之力，踩著他的腦袋，硬將他踩入了水裡。

霈林海的神識昏了過去，剩下的只有樓厲凡本人的神識，他如釋重負的呼了一口氣。現在，他自己五歲的臉就在眼前，只要吻下去，一切就解脫了。

他閉上眼睛，吻了下去……

小樓厲凡錶上的指針驟然停止，過了幾秒鐘，朝著順時針方向瘋狂的轉了起來，他的身體也和之前縮小的樣子一樣，慢慢的長大了；而在霈林海體內的樓厲凡，身上被大咒式圈壓制的束縛鬆了開來，睜開眼睛，看見自己回復了原狀，不由得大大的鬆了一口氣。

然而，就在他以為一切都安全了的同時，眼前忽然一陣金光亂閃，他抬起頭怒目而視，面前是他那兩個該死的姐姐，一人手中拿著一個只有手指大的縮微照相機看著他，笑得異常得意。

※◆◇◆◇◆◇◆※

所謂的魔女，就是絕不按照常理做事的女人。

那兩個女人也不例外。

第二天，變態學院裡就掛滿了「霈林海」和樓厲凡接吻的照片。所以，雖然這一屆情侶之間的詛咒早已被破除了，但是這兩個人的情侶之名和那個遭瘟的情侶之間，卻是更加的地威名遠揚！

這，就是魔女的報復……

PS：

那個變態校長呢？

他還在保健室裡躺著，一邊還在不停的叨唸：「厲佳，可以了吧？我都幫妳們把他們玩到這個地步了，妳們還要我怎麼樣嘛……把欠錢的字據還給我吧……」

至於樓厲婭？

直到他們破除詛咒，她還在娑妮的房間裡，和娑妮「敘舊」。

「大姐！二姐！為什麼妳們不救我呀！妳們好冷酷哦！好無情哦！嗚嗚嗚嗚……」

《變態靈異學院01他和他，命定的室友》完

敬請期待更精采的《變態靈異學院02》

Unusual

附錄漫畫

作者／蝙蝠
人設原案／TaaRO
漫畫／非光

非光

用電腦每小時會起來走走的上班族，
起身看遠處發呆也是一種享受！

FB：nlimme111

喀嚓
開學報到日大危機!!
從147樓校長室被踹落!!
不會吧!
抓緊
出來!御嘉!頻迦!

頻迦&御嘉
~登場~
拉
好痛!!!
御嘉!頻迦!
難道不能再慢一點嗎?
我們的力量只夠
支撐你一個人呀!
你又抓著一個秤砣,
我們當然拉不住了!
沒錯沒錯!
我們可是嬌弱的
女孩子呢!
沒關係,你放手吧。
秤砣
但我要是
放手的話……

鬆開
霈林海——
愣住
Bye Bye
等一下！厲凡！不要分神……
消失
消失
呃？
呃哇哇哇哇！！
!?

你沒事吧？
公主抱
別鬧了
對了，忘記你根本不需要我的幫忙。
歡呼
歡呼
看來本屆第一對情侶誕生了★
呵呵

後記

寫下「第二版」三個字的時候，我個人已經被自己感動到淚流滿面了。

基本上，這本書是我在年輕的時候，嗯，十四年前吧，用稚嫩的文筆寫下的一個很不成熟的故事。十四年前啊，那個時候我甚至還是單身，而如今我的女兒都已經六歲了。

用一句經常在領導的演講稿裡聽到的話：歲月如歌，時光如梭。轉眼間，我也即將是奔四的年紀了。（捂臉）

這麼多年以來一直寫著並不算受重視的文字，連家人、同事也只是模糊的知道我在寫小說，卻不知道我在寫什麼，至於《變態靈異學院》這樣的故事，連名字都不敢讓他們知道。

我一直認為，這種碼字方式除了賺點奶粉錢，也就沒有什麼了，直到不思議工作室的編輯給了我這個機會，讓我能寫下這「第二版」三個字，我才突然感覺到一股被什麼劈中的驚訝與激動。

第二版耶！

不管是什麼原因，不管是多少印量，這是第二版耶！

還記得很久很久以前，出第一本書的時候還在想，這本書要是沒人買，該多可怕呀。

而如今看到第二版這三個字就突然明白過來——

原來我更在乎的，是受到承認。

而我得到了！

這比僅僅是「出版」，更讓我覺得激動的事實！

哈哈哈哈哈哈哈哈！！（不要看我，讓我蹲在牆角裡激動地哭一會兒）

如今的網文界百花齊放，萬家爭鳴，能寫文的不知凡幾。最近在看的某幾部同人小說，文筆好、情節佳、故事跌宕起伏，令人欲罷不能，然後我看了一下作者的後記：我要參加中考，所以不好意思停更啦……

我的表情當時就變成這樣了：⊙▂⊙

一個國中生！寫的小說讓我這個奔四的老女人看得欲！罷！不！能！我幾乎可以想像得到，她未來的小說將會是多麼吸引人。好期待啊……

然後突然想起了我自己的國中時代。

我真正開始寫文是上了大學以後，大學快畢業了，才在網路上開始發表文章。即便是那時候的文章，如今看來也是令人非常不滿意的。當時還覺得受歡迎程度不夠，如今才覺得，呵呵，有那麼幾個人喜歡就已經謝天謝地了。

國中時代我在幹什麼呢？我那個時候在傻傻地玩……哈哈哈哈……

上了高中，有時會寫一些東西，但直到現在我也不能承認那是在寫文，只能說是在寫字而已。前段時間，我將那個時期寫下來之後從此再也沒有看過的東西拿出來翻了一下……

那個時候剛寫完還覺得自己滿有才的，寫了那麼多字，有那麼多人物，好好哦哦哦～～

如今看了一眼……

哦呵呵呵我還是立刻馬上把這些垃圾扔掉吧！不不不不能扔，萬一被人看到我都要羞慚至死了！還是燒掉吧！嗯！立馬燒掉！這種黑歷史就再也不復存在了！

人和人比，差距為啥就那麼大呢……(*>﹏<*)

所以說，文筆這個東西，有的時候就是個悟性，這種東西和年齡無關，就是老天爺賞不賞飯吃的問題而已。

嗯，我想，老天爺還是賞了我點飯吃，也不算是非常給我難堪的樣子，呵呵呵……

當然啦，和那位國中生作者相比，老天爺給我的那碗飯裡裝的是涼皮，隨著年齡增長，加的也是涼皮；而給那位國中生作者的是肉夾饃，而且是會隨著年齡的增長往裡使勁加肉的那種。想想還真是有點不忿呢～～

這種事情如果追究下去的話，真是沒法活了。不過我這種人才不是那種隨便就被打倒的呢。無論如何，有這碗涼皮已經很不錯了，說不定有些人的碗裡只有豆芽兒呢～比上不足，比下有餘嘛！

阿Q精神永放光芒，哦耶！

希望這碗涼皮兒您吃得還滿意，歡迎再來哈！

蝙蝠　於二〇一六年十二月

創世記典Online萬聖嘉年華：
我的王者變公主?!
Novel 蒼漓 illust touko
不惡搞，就不是創世記典Online
打飛天女巫、打南瓜怪、打蝙蝠……
萬聖節主題活動哪能那麼平凡！於是——
遊戲官方的好心(?)成了王者與扉空的最大惡夢!!!
隨書附贈驚喜彩色拉頁！想看女裝版王者和扉空？那就買書吧！
典藏閣
華文聯合出版平台
www.book4u.com.tw
采舍國際
www.silkbook.com
不思議工作室
立即搜尋
版權所有© Copyright

飛小說系列155

變態靈異學院 01

他和他，命定的室友

出版者■典藏閣
作　者■蝙蝠　封面繪者■TaaRO　拉頁繪者■夜風　漫畫繪者■非光
封面設計■ChenWen.J
總編輯■歐綾纖
製作團隊■不思議工作室
郵撥帳號■50017206 采舍國際有限公司（郵撥購買，請另付一成郵資）
台灣出版中心■新北市中和區中山路2段366巷10號10樓
電　話■(02)2248-7896　傳　真■(02)2248-7758
物流中心■新北市中和區中山路2段366巷10號3樓
電　話■(02)8245-8786　傳　真■(02)8245-8718
ISBN■978-986-271-733-2
出版日期■2016年12月

全球華文國際市場總代理／采舍國際
地　址■新北市中和區中山路2段366巷10號3樓
電　話■(02)8245-8786　傳　真■(02)8245-8718

新絲路網路書店
地　址■新北市中和區中山路2段366巷10號10樓
網　址■www.silkbook.com
電　話■(02)8245-9896
傳　真■(02)8245-8819

線上總代理：全球華文聯合出版平台
主題討論區：http://www.silkbook.com/bookclub　◎新絲路讀書會
紙本書平台：http://www.silkbook.com　◎新絲路網路書店
瀏覽電子書：http://www.book4u.com.tw　◎華文電子書中心
電子書下載：http://www.book4u.com.tw　◎電子書中心（Acrobat Reader）

☞**您在什麼地方購買本書？**☜

1. 便利商店（________市／縣）：☐7-11　☐全家　☐萊爾富　☐其他____________

2. 網路書店：☐新絲路　☐博客來　☐金石堂　☐其他__________

3. 書店（________市／縣）：☐金石堂　☐蛙蛙書店　☐安利美特animate　☐其他____

姓名：________地址：______________________________

聯絡電話：____________　電子郵箱：______________________________

您的性別：☐男　☐女　　您的生日：西元________年________月________日

（請務必填妥基本資料，以利贈品寄送）

您的職業：☐上班族　☐學生　☐服務業　☐軍警公教　☐資訊業　☐娛樂相關產業
☐自由業　☐其他__________

您的學歷：☐高中（含高中以下）　☐專科、大學　☐研究所以上

☞**購買前**☜

您從何處得知本書：☐逛書店　☐網路廣告（網站：__________）　☐親友介紹
（可複選）　☐出版書訊　☐銷售人員推薦　☐其他________________

本書吸引您的原因：☐書名很好　☐封面精美　☐書腰文字　☐封底文字　☐欣賞作家
（可複選）　☐喜歡畫家　☐價格合理　☐題材有趣　☐廣告印象深刻
☐其他________________

☞**購買後**☜

您滿意的部份：☐書名　☐封面　☐故事內容　☐版面編排　☐價格　☐贈品
（可複選）　☐其他

不滿意的部份：☐書名　☐封面　☐故事內容　☐版面編排　☐價格　☐贈品
（可複選）　☐其他

您對本書以及典藏閣的建議____

____

____

✌未來您是否願意收到相關書訊？☐是　☐否

✍**感謝您寶貴的意見**✍

印刷品

$3.5
請貼
3.5元
郵票
不思議信局
FUSIGI POST

235 新北市中和區中山路二段366巷10號10樓

華文網出版集團　收

（典藏閣－不思議工作室）

This college
is a little strange.
Novel 蝙蝠
Illust TaaRO